教學河戀
——教室小說工房

放下金色書卷在我靜默著、領受著的掌心。

與我關聯的世界多麼古老虔敬，

我把恬靜的種子轉送給寬慰者的韻律。

終究這一切如拂塵潔白的身影。

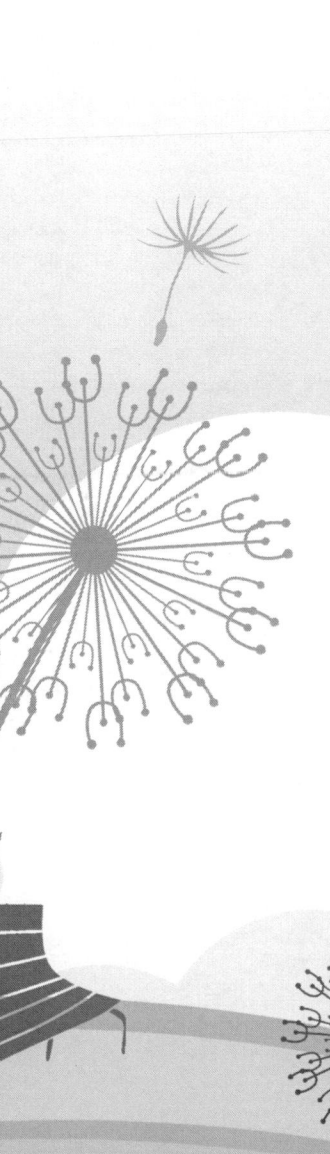

白佛言 【著】

序言

如是

回家的路：
依是，這光，這影，這寬敞的草地。
依是，這綠草，這微風，這撥動漣漪的湖邊豆娘。
這名，輕輕，這日子，清爽，喚醒也是一首歌道途。

有一些事、景是只能從河流的譬喻來說的，如個明喻人生像一條河流，走過河床的聲響，最後的終點站是海潮的聲音日夜。如個暗喻人生是一條河流，最後的盡頭是天藍。如個較喻，人在生活中的流動意象，歲歲年年，甚過於河流的聲音，至少河流的方向明確。如個略喻，人生啊！河流經過清澈，片片點點的花瓣落了美感也經過無痕的時間。如是借喻，河流最後的一堂課，淺藍色的藍天。或如此置喻：河流，黑色的片麻岩，白色的飛鳥。

人群，聖經，曼達拉。

走過時間沖泡微風
語弄的翅膀

　　光線與浮影，一杯棗紅的普洱茶，
澄清白瓷杯底空間中年的苔綠子曰。

　　如果天使是附著真、善、美的密度？
　　如果這是光陰？

　　總想把這美，這眼神底的美感，這心靈的漣圖個明白的。這下可好了，有一些心靈上的私人直觀，卻是只能留下一個內在的覺受，讓自己的生活腳步受用無窮而已。我命名祂，這可看、可聽、可聞、可觸、可想、可行、可識的現象為「喜歡」。

　　傳說卑南溪的伏流由大小兩面湖水連串，形似國樂樂器的琵琶，這意象已然是一種聲音，一種古老久遠的聲音，一種可以思念心懷的感覺，這是琵琶湖。

　　湖水淨澄透澈，映襯著藍天的淡藍色曲調，那周圍繞起來的綿連蔭綠，鑲嵌在這悠靜的木麻黃林中，靜靜地在這兒，也是在這兒靜靜的聆心，我要到了這一份滿願，我所找尋的重要時刻都在這湖，看那邊，看湖，看這邊，看小魚兒躍出水面的那一個瞬間，訝然了！這清雅仙境一般的脫解自然成形。

　　常見遊人在此賞心悅景、垂釣自己的一片天地，甚而小憩獨處片刻光陰。

　　回憶中見到孩子們活出一片片笑聲，如春天的花瓣在春風中浮浮動動。

　　我暗自笑著離開，因為他們身上帶著陽光的味道，像曬過陽光的被褥，在睡眠的夜裡格外地香、格外地甜，我享受著這小學的人生教室。

2009年白佛言作序於台東茶語工房

目次

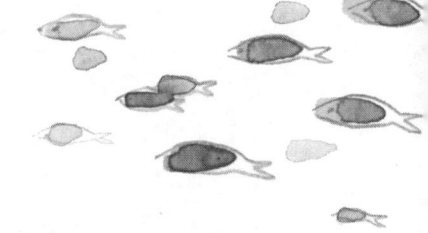

第一章　向自己說聲對不起

你一旦在夏天偶爾聽到過這樣的旋律，以後它就會讓你回想起這美麗的季節；一種更內在的關係把這音樂和夏天聯結在一起；這音樂誕生於晴朗的日子，而且注定和這樣的日子一起重現，這音樂中包含著些許夏日之精華，不僅在我們的記憶中喚醒晴空的形象，而且讓我們確信晴朗的夏日又回來了，讓我們真切地感覺到它觸手可及的存在。

——普魯斯特

1.

時間會自動找出一個對味的感覺來填補自己的方向，像夢想。像幽禁一、二個星期不出門看看外頭世界的同時，人的心思也漸次緩緩下降，如餘霞、如斜暉，提不起生命的原始衝動。

世上能見的空間如數學列式的減法一般，結果總是比全部的整體少了許多。人所編織起來的人際脈絡，也如法炮製一番，少些對話、少些交流、少些精進，當耳朵聽到同伴往前走的腳步聲，生命會不自覺地把我們的集體潛意識從文化中拉出來。

他開始有意識地尋找那屬於自己的自我文化語彙，定義自己的體驗與思索。他面臨中年人重新定位自我的自我對話：「這時，我必須告訴自己：這不是我的全部，我想用我的部分想望，

來完成自我的圓滿；我會和大伙兒見面，見面在『某處』，如果『某處』是我們祈求交會的彼此與處所，那麼聲音將會喚起這一切。」

公雞在清晨曙光未透之前的奪嗓而出，通常是幾個小節八分音符為一拍的行板重奏，響著田野。還留在大地上的露珠，淡淡的味覺是一個深夜放在那兒的記憶，這圓滾滾交談著的歌曲，如花花草草開幕。巧克力香甜的晨光活生生地降臨，分分秒秒正在幻變的四周，喚醒什麼似地，大地被叫喚著該表達一些興奮的意見；陽光在水面上挪移時間，喋喋耳語般的嚮往，一溜煙似地熱情。

生命究竟拿走的是什麼？留下的是什麼？我們往往不得而知。

2.

當小學老師的一種好處，是可以擁有整個暑假的夢想與冥想，可以完全關起門來獨處備課，與自己好好相處，一種傻呼呼的實驗歷程。

有時可以不想過去、不想現在，只想未來的教學圖騰而安住定位夢想的流浪書寫，書寫可能性的未來交談，遼闊的那裡可能有一種可能性的佛語是自己的。

離學校正式開學還有一個月的時間，黃老師已確定新的學期，將從行政職位轉換跑道，接任六年四班。他只在自己的宿舍裡和自己獨處，這一個特殊的六年級，讓他的神情如此抱歉，他一掀一落地進行著回憶。回憶是人類最真實的凝結場所，回憶是個人最誠實的自我對話。

他清晰地看著自己，觸動未經時間、空間裁剪的生活影像。

　　大女兒離開他之前的一個夜晚，帶著妹妹若有所思地說著：
「爸爸，等我長大了，再回來照顧你，好不好？」

　　「好！就這樣。」

　　黃老師曾是這個孩子的老師，他只扮演倚靠的心情，摸著孩子細膩的髮際說著：「爸爸從小時候就告訴你一句話：『當妳有著一個夢想，你就勇敢地去完成它！爸爸永遠都會支持妳的自我決定，爸爸能帶給妳們兩個孩子的──就是夢想，這是身為一個父親的偉大。遇到困難的時刻，只要讓心靈安靜下來，想一想黃老師會怎麼處理事情，妳就會找到路徑和方法。』」

　　就這樣，他的宿舍掛著一張電影海報「冷山」，切切割割的畫面，是他和兩個孩子一起玩過的生活寫真照片。這生活照片好像一種預告，預告我來的時刻，預告再見你我，不只如此簡單地說出他和孩子的小時候，好像存在就是一份禮物。

　　有時他會想起以前教導過的學生，一幕幕開朗可愛的笑容，讓這個時刻心平氣和。有時他又會騎著藍色單人車，前往屬於自己的祕密基地：台灣東部縱谷平原市區黑森林旁的琵琶湖。在那兒享受一個下午，享受一個黃昏的閒情。

　　回到自己的家，煮一杯未參加杯測前的哥斯大黎加莊園咖啡豆，台灣北部原豆咖啡店，嚴醫生店長親自在淡水淺烘培的技藝豆子。

　　他注意塞風器具的上半部，當底座跑上來的氣泡，逐漸細膩地表現蟹眼的狀況後，他開始放進研磨豆粉。

　　輕輕地壓粉浸漬，順時針攪拌三刻度研磨的豆粉後，再輕輕地拉出竹片攪拌器。

　　等待與心底計時是一個美妙的享受時間，豆子經過釋放的歷程轉換出幾種香味，先青澀再經歷著淡淡不成熟的果香。四十

秒至五十秒之間的短暫時刻，他只能擁有二秒的準確，準確地聞到飄上來的微微果酸。關火、下攪拌器，順時針方向攪拌出漩渦狀的旋轉水貌，拉出攪拌器。把準備好的冷布捂著虹吸管的下座，這時持續釋放的微酸，會在虹吸管的上座釋放出升高的果酸與果甜。

因著大氣壓力原理，上座的咖啡被自然的大氣壓力壓向下座流動著。深禾黃色的咖啡在下降時，全冒著蟹眼狀的小氣泡。等待咖啡渣呈現一大球冰淇淋狀的小丘，即拉出虹吸管上座。

最後的一個動作是將盛著咖啡的下座，再開火煮去青澀味，看著、聽著煮出第一、二聲的輕微呸啵聲時即關火，倒出一杯為自己準備的咖啡。

他會純意地品嘗咖啡的層次酸味與豐富的醇郁變化，口腔中的三條唾液腺體不停歇地吐露唾液，這蜜稠是他所喜愛的水滋味，他開始注意暴露在空氣中的氧化過程，這一切因子都在不停地進行互動，形似一種對話式的交談著。一邊品嘗咖啡，再一邊閱讀自己的旅行文稿「我和一個湖交往了」：

3.

為了窩藏翩翩往來的思念
我來到這湖
簽下一輩子的約定

如果，如果我就要離開，有什麼影像會存留下來？留在今天剩下的時間裡？留在夜裡意象空間的詩學？有什麼能熨平心事，讓我無憾的離開？細數走過的路程，如觀

賞者、鑑賞者般置身事外。知識和思考在最末一刻輕易瓦
解？跟著大家走，隱沒在其中是為了和大家相同？或在陌
生人群中才自由自在？

　　知識與思考讓我自己在自己的邊緣打轉，固定？慌
忙？規律？充實的陽光？鮮明印象如果子的夢？

　　夏末時節的午候，陽光在屋外召喚，像呼朋引伴般吸
引。我走向琵琶湖的四季，如同走過曾經。一人、二人、
三人，這水的瑩澈，雲的雪白，藍藍的湖泊，藍藍的笑
容，藍藍的天的顏色，廣漠無雲的青的新鮮，引我進到那
神祕的密城裡去，就單純地、純粹地游入它的王國裡去。

　　我終於脫解知識的外衣，盡量赤裸自己，進入了它的
綠藍色調。琵琶湖的水在陽光的洗滌之中，暖暖的。在它
的核心處，陽光的線條無私地直到湖底，一條一條的隨著
我的身體周圍來過，我像個魚人悠遊其間，輕輕慢慢的撥
弄我的眼神，像舞者向著綠洲的深處滑舞，興致地參與它延
伸的綠色原貌，用身體觸動它在水中的晃舞，用手摸它綠色
的肌膚，陶醉在陽光吐息希望的未來，細細小小的泡，微
微弱弱的沫，全在它們肌膚上擁吻，像小矮人對著白雪公
主爭寵。我敞開的身體所能做的，只是看著。看著它們的
美好。驚奇的眼神，訝然地盯著它們的微笑臣服，讓這一
切在原來地方的暖。而我也是這其中的一份子，沒了分別。

　　愛的尊重讓它就是這個樣子，讓我就是這個樣子。

　　當大地泛滑的眼神給了我一眼，我還奢求什麼？

　　大自然放開所有的色彩，如光穿透的感覺，直接、
給予。這浪漫，是理性的。進入時間和空間的活著，是這
般湧現。描述可稱為再度神遊其間的詩，人生能接壤的處

所，像這實踐經驗生活的本質，這趟像詩，讓人安身立命的遊戲化一般，天真無限展延，像這湖的綠，漾著。像一朵花苞，見到陽光就打開翅膀的自然。

跟著鮮活的現象生活吧！這縱情水底冒出水面的綠洲搖曳生姿，我這眼珠子冒險在它們周圍搜尋另一種眼神。我是個浪人遊者，旅程定在這乾燥沙灘的路途，赤著腳，柔柔軟軟的觸覺像腳痕摸過許多小宇宙一般驚喜，或靜止或沉默，或不起一點波紋，或微風在水面上走動的漣，整個湖一下子見著了生機。如旅人的腳，入定如僧人，脫俗的淨與靜謐。

就在這裡，我們彼此都夠豐富，夠感動，愛上這存在的詩意裡。這活動躍然心田的生命線條，綠色盎然。

我和一個湖交往了，像走回搖籃孕育、喚醒我的詩歌，這深刻呼喚我的依靠，如虔信者找到一個角落，棲居自我一樣。學著像飛，飛在空中的姿態，想像原型之中的迴盪。

葉落，黃色彩，空中的幾個舞步，黃黃的舞。童年夢開始的場所不也是這樣染成的嗎？

入了夜，我知道清晨會吻了我，這天都會在回憶裡。在湖中游來游去。晨間的風裡鮮活一片曦白，像舌尖點妝舌尖，而夜晚與白天盡在這一刻傾訴。傾聽過後，生命依然盎然。

我本身就是一個祈禱，琵琶湖這麼詩意的如是。

這是他兩個女兒不在他身旁的孤獨經驗，他完全是自己的，也完全不是自己的，因為思念的不見面，有時他彷若失去生活的重要元素。

　　為了再見面心靈中的重要意義，他只能擇選一個生命中的定點，哪怕是會移動的暫時性蹺蹺板，一上一下地晃著時間玩趣，儘管如此，生活裡畢竟還有一處支點平穩這晃動，這晃動的體會。

4.

　　一個聲音、一個影像、人究竟活了下來了，精采乎？

　　這需要練習一種習慣性的反射技藝，習慣性的生活反射動作技能。他開始運用佛教密宗的閉關方法與禪坐專注力的練習方法，選擇大自然的變化和四季的幻化一起幻化。

　　它是雨，是透明、滴答、是幻影；它是風的無形、無象，四處行動的微風；它是大地的孕育，一位慈母的堅實與鋪張開來的母愛，靜靜地守候；它是熱情進入實體的焰火，升上來的虹光與隱形的翅膀飛天；它是觀看地、水、火、風的觀看者，只看，用眼睛看，不用思想，用覺受之外的覺受單純地看，讓一切回到一切的原本的樣子，回到一切的原初的樣子，所以是空的、無住留的，一切的一切都在他的眼前被觀看與流動，經過與經過的沒了心思。

　　有時他還會隨著時間的錯落倒帶，想起那一年春天的味道，那一年春天曖昧迷人的陽光，他隻身一人「悄然漫舞的來到這一路上」：

　　　　晨間的陽光悄然了我家的小小庭院。四月的風，四月的和煦，四月的陽光悄悄來到。

　　　　窗前漫移的光線在孟宗竹林上的擺動姿態，令人想起：還有比陽光落下來的陰影更加豐富、更加神祕的嗎？

日子呀！我們口傳的陰、晴、圓、缺，言說起什麼來著？一不留神，哪知我眼前看著的光與影的同時呈現，是一種引人遐思的美好。

我看見風在行步的內在聲音，幽靜地鮮活了這放開雙手勞動的假日。舞吧！在我眼前，直接中的間接趣味。像午後陽光的斜抹與我的約見：這一排樟綠的蠢動，就不再睏著午睡片刻，有點兒惺忪，有點兒醒，風只要一微微的走動，我就已是享受。享受在四月午陽照顧不周的蔭處，有一息息涼風送來開展的樣貌，你說！神奇不就是早已鑲入時間的幻變之中了嗎？一群鳥兒大概也是這樂吧！跟著風歌唱，起落春天跌宕的符號。漫漫歌吧！在我眼底。

在這一天的時間，空間只是襯著的景。

我用什麼和自己相處？

不需要再有什麼，時間中的一切都已經是這樣，在默默敘說神采飛揚的祕密，那容我低頭再次問問：那一朵花，為何如此地痴笑微風。

悄然漫舞的手腳迎著風，來到一路上，有我這樣。

台東商校旁的一整排刺桐樹，正處在四月望遠七月的滿紅位置。下午四點以後的陽光，在這裡走著。有點兒慢了，這並不因為時間慢了下來，而是因為午候的風，把這兒編輯著。多姿多采的枝幹，陽光在灰白的枝幹上攀爬，移動隨時變化著的習慣。那一排可以隨時隨地延伸長廊的綠，葉綠從陽光的重量中落了下來，它總地說：繫不牢的時間的話語，如水輕輕把弄身上飄著的光芒，把最末的一個字留給葉落。葉輕輕緩緩地落下了靜息，身旁的、經過的時間會對著他，說聲：「你好！終於見面了，面見了就

好！」聆聽大地在這一段路上的，默默閒步。

　　黑色的柏油路面上，有光譜的盪漾，像穿起樹影的千面舞者，像盪起秋千耍玩午後的孩子，我們都不盡然地知道，那到底樂個什麼勁兒？

　　一隻鳥兒穿過刺銅綠葉下垂的天空，這裡自組成一個國度，綠、淺綠、深綠，交織著疊，如一床眠。我都想要一床如是交疊漾舞的夜呢！微風與微陽穿梭在這處空白的日子，因為不想要成為什麼，所以讓我一溜煙地，就滾在四月的土地上，呼吸一隻鳥兒剛巧翻飛牠的表演動作，這是牠的一篇作品。我見到牠的白，如見到嬰兒的肚臍一般樂呢！

　　像叛逆中的率真與和諧，感謝叛逆讓我看得見真實。

　　夜深當中，最接近著自己。明月整個懸在晴朗的夜空上，比含著還要立體地看著我，我更看著它的無語，而我的話也嚥下這最後一口甜美。

　　隻身一人，如個自助旅行的獨行者。獨自走入琵琶湖林中，在林中的靜謐傾聽黑暗的無聲無息，置身其間的一片天空，無雲的牽掛，細細的雲絲自然地遊走，待會兒又不見它的白。萬點星藍閃爍夜深悄靜的寂，這些都是萬籟俱寂的吐露，郊遊其中的，只是一個赤子和一個與他，相伴相處的影子，走在這裡。

　　進入更深的林中，黑暗。我學著詩人對黑暗說：「黑暗，你好！」我造訪你的神祕，我叩敲你核心當中的自由。只有自己一個人的時候，散步才會發生深刻，持續地發生幸福的感覺，像含入一口以時間的微微火候，蒸出來的曼特寧咖啡之醇香、醇甜，鼻腔的兩側緊隨著，從喉底迴上來的餘韻，如腳步與呼吸在一起的擁抱。

雅賞夜深得如此優柔。

我索性脫了鞋子，讓拼貼的步伐，繞到午後時刻的，這一條刺桐樹綠的長廊，風靜靜地，了無人煙。整條路上都為我預留這一訂單，我訂下這個月兒輕落的盟約。午後躺在這路旁，仰望群綠的溫度還微留一些。那時經過的人群看我，我敞開成為陽光、成為葉綠、成為枝幹的灰白、粗壯，這時都已消隱成過往的時間。

我看見什麼來著？

最後的一堂課都是如此，安靜地和自己獨處得如是靜默之深。我不再自己與內在對話，只看著這靜。這靜，這自己的消失於無風當中。

等著吧！我的含笑會如同落了的葉片，片片沉在夜露的聲息上，羽化為一抹朝霞，含在曙光乍醒之前的那一雙眼睛，放開所有的鳥之歡笑，放開在歌唱的心中歌唱。

我聽見什麼來著？

死亡休眠了鬆落之生生不息。

我，站在月亮跟前歌唱的男孩。

我，站在月亮面前漫舞的男孩。

這一路上，自然把它交給了我。這男孩，對陽光的存在而好奇的存在。

誰的腳已走在途徑當中？

5.

這一些生活上的迴響記憶已書寫成敘說的文字，他知道書寫亦是一種省思自我，再看見自我面貌的重要時刻，這是一種祭典

儀式。把思緒與價值觀、想望、挫折與問號都攤在文字面前面見自我，他開始發展自我獨處的實驗歷程。

　　他索性閉上眼睛在家裡頭行走，家裡頭不留下一盞燈，一個夜晚、二個夜晚、三個夜晚，他體驗著看得見與看不見的世界，他必須更專注，甚至挑剔般地移動腳步，這挑逗性的慈愛和細心讓他一下子記住家中的每一個位置、每一個物品擺設的寬度與高度，什麼事都不做，什麼事都不想，活像一個嬰兒的初步學走，學習新的視野與新的人生腳步。維持避免尷尬的場面才能無憂無慮的對自己露出驚喜萬分的心情。

　　他留下字詞裡面的自我，對以前的日子深深一鞠躬：

　　「日子，抱歉，我知道的日子往往不夠深刻。時間，抱歉，我知道的時間往往不夠超然。」

　　他愛上臣服於祈禱的姿勢。

教學河戀
教室小說工房

第二章 大人在閒聊作為一個夢

我只能細細地觀照千年茶樹的茶湯，在體內對於生理腺體的擴展效應。茶氣深邃的世界往往是禪坐經驗者的天堂。一縷縷茶氣幻化的滋味，流傳出景東原始森林自然保護區的千古神話。遙想三國時代諸葛武侯平定蠻夷，教導蠻族種植大茶樹，這生命思考移植在西南邊陲的，這傳統工藝的生活美學，往往是一種走過來的認識。（白佛言）

1.

人的一生像一棵會結出果子的樹一般，二月中旬的枝頭漸漸吸收來自大地裡的水分、養分，因著季節溫度的轉換，一種溫煦的溫和讓大地上的顏色有所變化。

鵝黃的柔弱、嫩的翠色，欣欣然地吐露著大地回復了生機，潛藏的冬季退了色塊，作為一棵植物有它們自己的名字，它們不用費心地尋找屬於自己的名稱，只作為一次順應四季的旅程，年復一年，日子把它們推向成熟的蔭綠。

它們會聽到許多聲音，大自然的一切細細微微的天籟之音；作為一種獨處，這一棵樹已經足夠。三月整棵苦楝樹會以整個生活的展放淡淡、紫紫、濛濛的白濛。像春天的早晨一樣煙嵐，春天的裡頭藏著齊放的花朵，視覺、嗅覺、觸覺、味覺都朦朧著這氣氛。如果心靈更安靜的話，那傾聽的聽覺還會告訴你花開的撼

動，一種花瓣在深夜悄悄轉動的聲音。

　　現在是九月初放，人不作為一種叛逆、爭議、服從、壓抑、繞著一個社會職稱而被指定為責任的語詞。只想著完成，就能滿足地注意著樹上澄黃纍纍的果子，一串串地垂下來，因為成長的重量。

　　秋冬他會變得更深沉的褐顏色與表面佈滿皺紋，那是一種再見的訊息，因為下一站是花開的季候，走在人行步道上，味覺會告訴你春天又醒來了。

2.

　　作為一個人，有自己的名字，人這個名稱需費心地找尋屬於自己的名稱，費心地找尋屬於自己的語詞，只作為一次順應生命的旅程，年復一年，日子把人的夢想推向成熟的蔭綠，夢想會帶給人的思想有期待未來的想像與想望。

　　接下這一個六年二班，他的夢想又再度萌發生機，他想把他探索的生活讓孩子們來分享，分享他走過的生活點滴，生生滅滅與最終的體會與作為一個人的人文素養。

　　這一天他剛從人行步道回來，八月底端的秋風爽涼的吹拂著，舊的教師宿舍庭院裡一棵兩代前輩種下的芒果樹，植根在這裡的入口處；圍牆和上一代的往常不一樣，被他切割成樓梯樣的高低起落，上面各排了三塊橫擺的紅磚，紅磚向外、向內伸出一小截，遠遠的便可以輕易看出立體。

　　每一階層放著陶泥素燒的花盆，種著白色馬格莉特、白色、黃色玫瑰花。圍牆內是一群白色的小葉種山杜鵑花，沿著石塊鋪開的小徑排列到屋門外，一株圓葉的蘭嶼羅漢松，準備著成為時間的布幕或背景。院裡的石道旁錯落地種著十二株孟宗竹，它會有每一年

的風吹，翠綠的聲音在風中，像綠色的風鈴響著，四季變得長綠了。

　　從屋內可以隨時抬頭，望向透明窗外的景緻。稀稀疏疏的綠色飄呀飄的，空間就在這樣的佈置中，有著林中的覺受與想像，清晨潤潤的氣息。

　　屋門前的蕨類群落散居著一坪半的地域，兩株六、七十公分高的鐵線蕨柔軟的傘開，垂落的淡綠覆著大陶缸裡的浮萍，它們好像都注定生活在微風與水氣的懷抱裡。

　　稀稀疏疏的讓路過這兒的行人，能夠看見這處小花園，花開花落與嫩綠色的視覺。

3.

　　他喜歡紅磚的顏色，搭配著灰色水泥牆與木框窗。舊顏色容易讓歲月與人、事安靜下來，屋裡詮釋的淡黃色燈光把這二樓屋層溫暖著。

　　這是夜晚，夜晚有許多故事在裡頭、外頭進行著。清晨的鳥鳴、清晨的帶著微弱晨曦的微風，從紗窗轉進來。他會醒著眼，耳朵也醒著靜聽鋼琴音符，目不轉睛地看著窗外，用三年默默靜靜地爭取光線的白色九重葛與粉紅色九重葛的歷史生長。

　　它們把眾神之手伸向天空，伸向天空作為一次夢境日記，伸展到達遠方的印證。滿樹的婚紗般的雪白之花分開藍天，在藍藍的背景前綻放夜晚準備演說的一場白色花會。你在近處、在遠遠的角落，就可以看見這種等待，像望著一種宗教式的白。

　　語文教育研究所的同學會拜訪這裡，與其說拜訪他，倒不如說來來往往的拜訪一種氣氛，來來往往的拜訪一種夜晚織成的淡黃色光線點綴的音樂。

　　每個人都帶著故事，有的人會說出來，有的人會隱藏，有的人喜歡在心裡打轉自己的祕境。因為許多人人事事都只有自己能懂，作為一個人而言，這一些都會得到赦免，因為生、滅本身不是一種罪。

　　大自然的一切過程一直在努力的宣示這個生、滅教材中的美麗，美麗的瞧見故事中的人文。

　　情感上的表達是一種大自然界的示現，人類莫不如是。

4.

　　回憶在尋找父親與母親的形象，尋找生活在一起的語詞。是不是作為一種失去才能開始覺察擁有的真諦？

　　作為一種語詞本身有它的意義存在，存在於這語境的時空中，而喚醒作為它的伙伴，讓回憶醒著，我們面對的獨處就是這些。

　　究竟「夢」是如何開始的？如何結束的？和我們生活中的點點滴滴成為對比嗎？生活中的種類已令人分不清東、南、西、北的方向，這該如何詮釋了得？

　　回憶會翻箱倒櫃的來到，塵封的斷斷續續會因為一種類似分子撞擊的迴盪作用而喚醒，我們被要求回到原始的現場景象，回憶被說出來。

　　這樣的夜風，他們聊起秋天、秋月、秋色、秋風爽涼的人生話題。

5.

　　這一剛開始的淡黃色省電燈管亮起，他們各有不同的敘說，在月亮走到二點鐘方向時，他們分享著「大公雞的人生故事」：

　　九年了，九歲了。很少一隻公雞的歲月是隨著動物園成長的。

　　菩提樹伸長著新的枝條，每一年學校都會對校園大樹做截剪疏枝的美化工作。三月、四月長長的枝條旁吐露芽苞，從長出細小的新芽開始，生命總算有個窗口，以淡淡褐黃、柔嫩翠綠彼此渲染著一片葉脈細胞，它低垂身腰向微軟的南風一起說話，千百片草綠色的葉子一起舞蹈動作，交錯間的意象，彷若金庸武俠小說天龍八部中的「凌波微步」，清柔的道家思想，視覺意象裡如水之流動。

　　摘下一片葉子成為卦象仔細觀察，都可以看出春天的雨水和陽光的熱情，在這片小小世界裡的公關工作。

　　大公雞是一隻踱度傲視四周的鬥雞，氣宇宣揚。那紅色的雞冠挺立著王者之風範，眼神底透露著生命張力無從發揮餘地的逼人退避三分，宣說著牠的領地。工友餵食前都需經過一番被霸凌的突擊行動，被啄傷的工友反倒是搖頭笑著敘說抗戰歷程，讓我聽聽這新鮮的好奇事件。

　　那一天，總務主任親自上場。他一進入園內，大公雞即刻防衛地盯著他，忽然一個箭步高飛，讓徐主任閃了過去。大公雞側身迂迴、慢步走著，眼神隨時放在徐主任身上。他拿起一個鐵畚斗防身，雙雙對峙防線，拉出安全距離。沒想到一個縱身躍飛的動作正對著主任出招，徐主任出斗，鐵畚斗把身剎聲斷裂，他離開了動物園想法子。那一天下午，他騎著摩托車在賣雞場搜尋門當戶對的選妃對象，一隻剛熟成的大母雞，被老闆說明牠的來歷是純種的鬥雞血統，這王妃就在我們的動物園裡展開新的生活。

這一天下午，我正巧有一節空堂。聽著徐主任簡單唱完這大公雞的歌喉，我問著：「真的還是假的？」我人已在動物園鐵絲網外站著。這一刻，我無法忘懷那歌聲嘹亮。

「哦——歌——歌——，我——哥——哥——。」

牠帝王般的步法穩健，每一步都是抓住大地信步的行者，眼神底已失去那爭戰千秋的前方，牠看著我，偶爾低下半閉的眼神，唱出多年來的伴侶之歌。我同牠說了：「愛不是蠢事！」順便為牠們道喜。這三天和孩子們在操場玩著足壘球體育課，我還聽了數回這男高音獨唱曲。工友還不時撿了幾粒溫熱的雞蛋，我想這是澤披於民的時代，順性自然。

這一晚，大家分享著這一個實務性的人生經歷，人類一切問題都是「大公雞與大母雞的相處問題」。我告訴朋友們：「真是大開眼界啊！長智慧。」

「哦——歌——歌——，我——哥——哥——。」徐主任唱這曲生態之歌，惹得大家笑翻一處空間。人生幾回趣味？真是難能可貴。

我明天還要去見駕，聽大哥唱歌。

6.

大伙兒的中場休息時段，徐主任開始現藝，分享煮出一杯好咖啡的悶蒸技藝，大家的眼前一杯咖啡香味瀰漫，口腔裡被完全擁抱的感受，令在場四人嘖嘖稱奇。黃老師說：「技藝是經驗實踐的不斷建構歷程。而視界、眼光、格局往往是人生意境的顯露。任何一門技藝都是自然學科的實驗結果，從操作變因和控制

變因的實驗室中走出來的人生。煮咖啡技術呈現在我們眼前的五十秒畫面，其實是幾個月或幾年的反覆練習。」他在這閒聊時段，拿出高年級學生的簡易教學紀錄稿「男孩子的衛生棉」和大家一起分享：

> 心理學家曾經指出：不論任何事情，能夠在我們的內心形成一種認知與肯定，必定是透過人體器官的感覺後，才得到的訊息。（史蘭倩絲卡）

剛進到課堂，女同學對著男同學喊：「變態！」黃老師看到坐在一起的男生，彼此伸出手抓了對方的「小鳥」。

隔座的女同學們一起喊出代表女性思維的聲音。

「請起立！請告訴我什麼叫做『變態？』」黃老師問著歐香尹，她不好意思地低頭笑著，不好意思說話。

「上次妳也說我變態……要不要考慮以後用其他的詞？」鄭祈坤對著歐香尹笑笑的抱怨著。

「變態！」當黃老師拿出衛生棉的第一時間，鄭祈坤說著。

「對於班上不想知道衛生棉如何使用的男生」，黃老師示意請他站起來，並要鄭祈坤跟著他念一遍，「愛一個人要從她的生活開始！」他繼續說，「何況這稱為『貼身保鑣』的貼身物品，我們更要有健康的觀念、健康的態度、健康的心靈，來學習正確使用的方法」。黃老師的表情動作像平常事一般的正常大方。

黃老師提問著：「回去要跟爸、媽要衛生棉時，家長有覺得很奇怪的，請舉手？」

「你們老師要用？」莊鉦廷模仿爸爸一副不可置信的表情說著。

「覺得很奇怪！」陳毓君說出媽媽的感受。

「你是偷偷去拿的，請舉手！」黃老師問著。

幾位男同學慢慢舉高手，慢慢偷瞄著班上同學而嗤嗤笑著，有點尷尬。

「你是公開的行動就拿到衛生棉的……」班上女同學一下子便大方地舉手。黃老師請班上同學為她們拍手。

「女生，會使用的；男生，你知道怎麼用的舉手。」

「貼在屁股上。」、「貼在膀胱。」黃老師拿著衛生棉，故意舉其他班級錯誤的例子，邊說邊表演地在教室裡和大家一起笑得彎下腰來。

他拿起衛生棉問著女同學：「請問衛生棉有哪一些私密的別稱？」

「豆腐塊。」

「蘋果麵包。」

「小麵包。」

「小蛋糕。」

「方塊酥。」

女同學一說完，男同學悶不吭聲。原來平常聽到的「小麵包」是衛生棉的暗號，他們搖著頭，像兩個世界的同一語詞，表現著認知差距。

黃老師拿出免洗內褲，請幾位學生用手摸摸質料，鼓勵學生的表情態度要自然。他問著：「男生的內褲跟女生的內褲，在設計上有什麼不同？」

「男生的前面有一個洞，可以上廁所。」學生說。

黃老師請莊鉦廷上台，打開衛生棉，說著：「你的表情好像正在做一件很罪惡的事……」

　　黃老師站在講台上，將免洗內褲穿在腳上，請莊鉦廷將衛生棉貼在免洗內褲上。莊鉦廷把撕下的黏膠貼在老師的屁股前方，然後要老師穿上褲子。這下可好了，全班已失去秩序，無法停下來上課，愚蠢的人生總會有聰明的笑聲陪伴著出現，黃老師笑得蹲在講桌上，請莊鉦廷幫他把衛生棉撕下來，這動作更讓大伙兒拍桌子、搖椅子大笑，不這樣子，動作就不自然了。

　　「『毛──』還我！」黃老師說完這話，班上的男同學走過去壓莊鉦廷的頭說：「你確定玩完了。」

　　黃老師請林永斌上台示範如何把衛生棉貼在內褲上、如何調整位置，並說明合適的位置，最後幫老師穿上這示範衛生棉。他在下課前指派今天的回家功課：「一、在內褲裡放一片衛生棉。穿著一個小時，坐著看電視。操作後將感覺寫在聯絡簿上。二、穿著衛生棉睡覺，寫下心得。三、女同學加上回去看自己的生殖器官，把鏡子放在地面上，洗澡的時候張開腿蹲著看。」

　　鄭祈坤寫著「衛生棉」：

　　　　晚上洗澡完，把衛生棉夜用型貼上去，我覺得好難用喔！因為要把旁邊的兩側黏起來，還要看兩邊黏的正確不正確。

　　　　貼完的時候感覺很不舒服，因為有一層厚厚的衛生棉在內褲上面，走起路來有點怪怪的，而衛生棉那裡還有點熱熱的呢！晚上九點半要睡覺的時候很不好睡，因為衛生棉太厚了，不好睡。我躺在床上翻來翻去，十點多才睡。

　　林永斌簡單的敘述「我第一次包衛生棉」：

教學河戀
教室小說工房

　　當我們第一次上兩性教育，老師就叫我們回家要包衛生棉，男生都愣了一下才大叫一聲，我回家時才在想到衛生棉底要怎麼用。

　　我突然想到老師的表演，所以我就照著老師的方法做，結果就成功了。我一穿上內褲就覺得軟軟的，有點噁心，到了睡覺時間都睡不著，所以我熬夜了。

　　經過了這次的體驗，我終於知道女生的辛苦了。

　　大家都喜歡推想紀錄稿中的師生氛圍和師生互動，知道這裡頭是許多教學概念和教學行動的組合。

　　這是一個教學之夢，教學概念是回到孩子的實際生活中實踐的，孩子從實際生活中歸納、理出生活價值，這是孩子自己的價值觀，自己認為有價值的觀念。

　　教室是一種生態雜記，生態之間的物種互動所衍生的新平衡關係，是人類學一直想探究的新領地。身為一個教師，在這個生態之中的經驗累積成就這一種洞識，有時是無法對他人明言的，因為那是一組一組的生活演化過程，是動態發展的歷程，演著人與人之間的人生縮影。即時衝突、排他性、互補性和彼此的包容性與互為學習者的教學與發展。

　　夢有自己的階段目標，而方向是不變的，夢想的方向感，讓人一直有個夢。

　　我們大人的功能就是在這個過程中，扮演一個社會性的支持者。

　　讓一個孩子再度有感、再度有覺，願意再次探索生活，再做夢。

第三章　跑道

除非你帶來你的心靈導師，否則你如何禪修呢？
在你的心裡保留一個角落，我們稱為覺知。

（麥可・羅區）

1.

　　這是五年級的時候，黃老師還沒有帶這個班級，那時他是學務處生活組組長。那一年的開學典禮超刺激的，他的身旁有一位台東大學的實習教師陳志峰老師幫忙錄音、謄稿「開學典禮」。過了這一年，他接下了升上來的六年四班導師。

　　黃老師拿著麥克風，邊講話邊走到布簾後。這第一天的開學典禮，不知學務處生活組會有什麼新花樣？以前學生喚他叫「哈利波特老師」、「阿華田老師」、「變形金剛老師」、「黑雪公主老師」。他有很多稱呼，都是在上完各年級的課或和學生聊完天之後，學生就在校園碰面的時刻裡，這樣叫他。

　　「現在黃老師把CD音樂漸漸轉大聲，大家輕鬆一下，閉上眼睛十秒鐘去感受音樂。直接去感覺音樂聲波在空間中的迴盪，不要思考，純粹地去感覺。」

　　我望著坐在禮堂的學生，若有似無地聽著音樂，也不知道待會有什麼事情要發生。數秒後，黃老師又走到布簾後，「老師把

CD音樂漸漸轉小聲，現在老師要問問題了！」

「有沒有小朋友可以告訴我，作者在表達什麼？」

ㄟ，黃老師要做什麼勒？開學典禮不是要把事情交代完畢，就可以回教室了嗎？大家心中浮現一團疑問！

一千多個學生，舉手的學生屈指可數，黃老師點了一位前排舉手的學生，要他到講台旁。

「你覺得作者在表達什麼？」黃老師將麥克風遞給他，問著。

「表達很快樂！」是學生的答案。

「快樂什麼？」黃老師繼續探究著說。等了三至五秒，學生無法馬上回答，候答的時間雖然滿短的，但此時對於大家來說，似乎等待二秒鐘就有冗長的感覺。

黃老師馬上接著，「ㄟ，這個小朋友覺得作者很快樂。好！獎金一百元」。獎金，似乎抓住了大家的眼目。果真，黃老師從口袋裡拿出一百元來，全場譁然，一陣騷動，似乎黃老師做了一個令人不可置信的動作！的確，讓人不敢相信，黃老師居然把現金當場就給那位學生了。「還有沒有機會」想必是在場的每位學生心中的問題！

「待會兒會有獎金五百元！但是，不容易喔！先讓衛生組老師來報告。」黃老師吊了大家的胃口，或許也是為下一次的有獎徵答做了鋪陳，提高了大家的興致！看著小朋友專注聆聽的表情。我相信，黃老師已經抓住學生的心啦！

衛生組老師報告完後。ㄟ！瘦高身影的黃老師又出現在偌大的舞台上。他的出現，引起全場騷動，大半的學生目不轉睛地盯著黃老師。

「ㄟ，接下來會有什麼好康的，老師又不知道要變什麼把戲啦！」想必是全校學生們心裡的旁白。

　　黃老師再問小朋友：「剛剛校長有說過，今年學校一整年的學習主題是什麼？」題目一出，哇！舉手的人數盛況空前。

　　「這次沒有錢！」乖乖，這話一出，小朋友真是「誠實」，很多人的手馬上放了下來。

　　黃老師見狀，說：「喔！那些人都是為了錢舉手的？」

　　黃老師這句話讓一些小朋友又舉手了，「嗯！我舉手不是為了錢呢！」他們心裡想著。

　　黃老師走近六年級，點了一位小朋友來回答。

　　「什麼是今年學校的主題？」

　　「我是生活大師。」他毫不考慮的回答。

　　「那『我』是指『你』囉？」黃老師想要澄清小朋友的答案。

　　「是我們！」小朋友反應很快地答出。

　　「喔，你們小朋友是生活大師！很好，一百元獎金。」黃老師再次整理學生的答案後，馬上給學生一百元的金錢獎勵。

　　小朋友從老師手上接過一百元，黃老師沒有馬上離開，問著：「你拿了一百元，要做什麼？」看來，黃老師要馬上測試一下學生拿到一百元的想法。有得玩了！

　　「捐給有需要的人！」

　　對於「大人」來說，這是多麼令「人」欣慰的話啊！喔，這孩子真懂事！或許有些人是這麼想的！可是這真的是學生拿到一百元的第一個想法嗎？還是基於大眾期許呢？

　　「你真的會這麼做？」黃老師緊接著問。考驗小朋友的實踐程度喔！

　　「不會！」這學生誠實又乾脆的答案！

　　「哈！哈！哈──」全校學生大聲哈哈笑著，彷彿這是預料中的事情。

　　「我本來聽你說：『要給有需要的人！』有感動地想要給你二百元，可是，聽到你說不會捐了，就沒有那感動了！」黃老師故意要獎勵學生實踐的功夫，挑戰學生是否會「為五斗米折腰」。這學生拿著一百元，直說：「要捐給福利社！」看來學生已經上鉤了。全校的學生也屏氣凝神，看看他是否真的會把一百元捐出去。

　　老師的眼神逡巡全場，「ㄟ！福利社阿姨在哪裡？」黃老師可是認真的！

　　福利社阿姨走近黃老師，在一旁等著。或許小朋友受到群眾的期待，做出符合大眾期待的表現。為了再次確認小朋友是自己做決定，而非受他人影響，黃老師又問：「真的會捐？有沒有受到其他人影響？你可以自己做決定！你可以跟老師說：『老師，我不要捐，我要自己留著！』」

　　「一百元，我一個禮拜就有了。」小朋友還是拿著一百元，單手把錢擺在黃老師面前。這一百元似乎對他來說沒有什麼，捐就捐啊。

　　黃老師為了再次確認，小朋友是否甘心樂意，所以邊說邊表現出小朋友捐錢那種隨便的態度，說：「啊！給你啦！給你啦！是這樣的嗎？你真的甘願嗎？自己做決定，真的？沒有捐也沒有關係！」

　　學生馬上舉高雙手，把錢放在黃老師面前。黃老師指著旁邊的福利社阿姨，要他把錢交給福利社阿姨。

　　「喔！我們學校第一個生活大師在這裡啦！好，二百元獎學金。全部的人給他拍拍手！」「啪！啪！」的聲響震響著活動中心。

　　「那你二百元要怎麼用勒？」黃老師似乎不想放過他！

　　「再捐啊！捐一百元。」這次他自己決定要留些金錢給自己啦！

「好，再來是五百元的獎金，請參加澳洲旅遊團的小朋友起立！」，幾位小朋友紛紛起立，「站著的這些人，有沒有誰可以跟我們大家分享去澳洲遊學，學到了什麼？在那邊的生活怎樣？大家覺得你分享得不錯，就給五百元獎學金。」

全場靜默，大家都看誰先發表，那幾位站著的小朋友看看彼此，沒有任何人要分享。等了一至二分鐘，「喔！既然沒有人，那我就把五百元先收起來啦！」黃老師走到幕後，要準備放另一首歌曲。

「我現在要換另一首歌，小朋友把眼睛閉起來，用耳朵聽聽看，作者要表達什麼？這一首和剛剛那一首不一樣，請小朋友注意聽！」

許多小朋友把眼睛閉上，臉朝著一方向，身體維持某一姿勢，交頭接耳、身體亂動的情形少很多。看來，這一次專心聽的人數比剛剛那一首歌多得多。

「好，有沒有小朋友告訴我，作者要表達什麼？」

「他躺在草原上想事情……」許多小朋友舉手想要回答問題。

「他在想家鄉的事情！」

「喔！這位小朋友講對了！給他拍拍手，二百元獎金。」

「好，最後一個問題，我是什麼？」黃老師再次強調學校主題啦！幾乎二分之一以上的小朋友舉手，把握最後一次的機會！

「啊，這次不用舉手啦！來，大家一起說，我是……」

「生活大師！」全校學生齊聲地說。

三十分鐘的開學典禮，有點兒輕、有點兒柔、有點兒趣味化。黃老師示意「生活大師」回到教室的生活是不一樣的，我們當老師的負責分享你們表現在「做出來的生活」！

2.

「『國立台東大學附設實驗國民小學』是這個學校的全銜名稱，請問誰可以告訴我它的意義？」

這是開學第一天黃老師向學生提出的人生問題，他說著：「慢慢來，慢慢的思考，你們和我。等我們上完課外補充教材『模仿貓』時，我會再一次問大家這個問題，現在是預告。好戲上檔前的預告！」

他翻開康軒版的國語課本第十一冊目次，請小朋友跟著這麼做，他問著：「這一個學期我們將學一些什麼課程？從目次上來猜測一下，我們可能學習哪一些主題？哪一些是人生課題的訊息與預告片？」

隨後他便看著窗外的苦楝樹，在教室裡走動，暗示小朋友可以和小組的同學聊一聊剛才老師提出的列問，不要打擾老師的興致，老師也不要打擾小朋友這一個重要時刻。

「老師，我們可以聊別的嗎？」

「和目次相關的主題是我要的。課程？主題？生活課題的訊息？閱讀、寫作、文學、語文科學習、生活經驗都是一體的，我想先聽你們說一說之後再說我的。」他看著窗外苦楝樹上的黃黃小果子，突然說著：「眼睛、耳朵——」

「看老師。」三十五雙眼珠子對他好奇著。

「有誰在今天注意到窗外苦楝樹上的纍黃小果子？漸層的黃，拉下來的垂幕，真美！」

這時並沒有人舉手，只莫名所以的看著這位新老師。

他的用詞和一般老師不同，他的列問和一般老師不同，他看

東西和看人的眼神不同，專注世界裡的一種特別的神采，像春、夏、秋、冬。

像他的導師休息室和一般老師不同，像一間可以好好休息的咖啡屋，牆上貼著不同的區塊圖案，蔡詩修是第一個被指定教導沖出一杯咖啡的女同學，她有點兒謹慎，怕沖得不好，因為這個老師和其他的老師顯然不同，她還不知道怎麼和他相處，連教室裡的學習都對她是一個全新的適應，她現在只聽，安安靜靜地微笑、安安靜靜諦聽。

她想到開學第一天的掃地工作，廖裕隆的功課表現不好，卻在第一天把洗手台刷得很乾淨，用具擺放得很整齊，老師在全班面前跟他握手、鞠躬，恭敬地對著全班這麼說說：「這孩子讓黃老師『感動』。我要這樣的工作態度，工作的開頭、收尾表現是一致的。謝謝你讓老師看到這一份美的禮物！」

蔡詩修還在觀察著。

3.

「窗外苦楝樹上的纍黃小果子？漸層的黃，拉下來的垂幕！」蔡詩修的心思和幾位女同伴看著窗外微笑著。幾個好事的男同學隨意望了一眼，只覺得這倒是新鮮事兒，卻少了一些可動動筋骨的玩意。

黃老師請小朋友翻開國語課本第三課「跑道」，崔家俊即納悶的表情隨口說著：「不是第一課嗎？」

「第三課：『跑道』」黃老師有準備地說：「我們先看別人的跑道，再看自己的跑道。如果這一課的定題要修改的話，你會改成什麼題目？」

　　崔家俊心裡頭倒是第一次面對這樣的老師。還有改文章題目的？什麼先看別人跑，再看自己跑？就是一篇短篇文章而已，道理、戲法還真多！他還是翻開課本默讀著，閱讀中他不去思考什麼，他的閱讀速度很快，三分鐘就在左顧右盼了。

　　黃老師注意到他的閱讀速度，因為附小的孩子大都是這樣的起始行為。

三、跑道

　　男生的四百公尺接力賽就要起跑了。這是校慶運動會的壓軸項目，也是目前積分共同領先的六年五班和六年六班，爭奪總錦標賽的決勝戰，政彬站在起跑點，看著五班的選手充滿自信的表情，手中的接力棒頓覺沉重起來⋯⋯

　　前即天集訓時，老師突然宣佈要政彬和名揚調換棒次，他解釋說：「名揚最近進步很多，表現很好，而且後段衝刺比較需要有爆發力，所以由他跑第四棒。」

　　政彬對於失去最重要的第四棒，感到十分委屈。因此當第二天身為隊長的名揚要他一起搬運器材時，本來就心存芥蒂的他，便借題發威，大聲拒絕。還好老師及時趕來安撫，又有兩位同學自願幫忙，這才化解了尷尬的場面。事後，政彬對自己的無理取鬧，雖然深感後悔，卻拉不下臉來向名揚道歉。

　　不幸的事發生了，在今天上午的跳高比賽中，名揚不慎撞傷膝蓋，把幾乎到手的冠軍拱手讓人。原本勝券在握的四百公尺接力，也因而變成一場旗鼓相當的比賽，使班上爭奪總錦標之路更添變數。

　　老師憂心忡忡的問名揚：「你傷得重不重？還撐得下去嗎？要不要換候補選手上場？」名揚不但猛搖頭，還原地慢跑幾步，說：「已經不要緊了，只不過是有一點點皮肉傷，難不倒我的。」第二棒的子豪拍著名揚的肩膀說：「你放心，我們會拼命跑，幫你領先一段距離。為了班上的榮譽，我們拼了！」子豪轉頭看著政彬：「別忘了，我們還有短跑健將跑第一棒！相信只要有大家團結一條心，我們一定可以打敗六班年五班。」政彬聽了，心中百感交集，卻不知該說些什麼，只好難為情的低下頭來。現在，政彬凝視著向前延伸的跑道，突然想起老師曾對他說：「接力賽就是團隊精神的表現，只要每位選手都能全力以赴，一棒接一棒的傳遞下去，直到成功抵達終點，不管第幾棒，都是跑道上最閃亮的明星。」

　　當裁判高喊「各就各位」時，政彬已經有所領悟：「對！我因該放下個人的得失，為自己也為班級的榮譽努力向前。」此時，政彬全身就像冒著濃煙的火山，充滿爆發能量。就在發令槍響的剎那，政彬像脫韁野馬般向前飛奔，很快就繞過彎道交棒給子豪。幫政彬趕到終點附近時，第三棒的家豪已經交棒給名揚了。

　　這時加油吶喊聲四起，只見名揚和對手並駕齊驅，拼得難分難解。政彬緊張得心臟幾乎要從嘴裡蹦出來，他看到名揚的臉因奮力而扭曲著，並在瞬間超前其他選手。最後，十公尺……五公尺……終點！

　　政彬再也壓抑不住興奮的情緒，猛然衝向前去抱住名揚，忘形的喊著：「你贏了！你贏了！」名揚楞了一下，隨即也抱著政彬，喘著氣大叫：「我們贏了！我們終於贏

了！」（國小國語課本，第十一冊，六上。台北，康軒文
教事業，93.9.）

等全班都閱讀完後，黃老師發下資料。這是一張「語詞體會
作業單」，請小朋友從自己的生活例子中，再次體會下列語詞的
心理情緒反應。作者的用詞精準嗎？成語使用精確嗎？請回家查
一查字典！當是回家功課，你可能需要花二個小時的時間完成這
功課，為了不讓你馬虎、草率，我們先看一個國小四年級學生的
國語作業「老鼠變老虎」。崔家俊知道今天的電腦遊戲泡湯了，
他看著作業單，看著老師發下的「老鼠變老虎」，心裡頭驚訝
著，竟有這樣的學習情況。

六年四班語詞體會作業單

第一段「政彬站在起跑點，看著五班的選手充滿自信的表
情，手中的接力棒**頓覺沉重**起來……」

第三段「政彬對於**失去最重要的第四棒**，感到十分委屈。」

第三段「本來就**心存芥蒂**的他，便借題發威，」、「尷尬的
場面」

第三段「**無理取鬧**」、「雖然深感後悔，卻**拉不下臉**來向名
揚道歉。」

第五段「政彬聽了，心中**百感交集**，卻不知該說些什麼，只
好難為情的低下頭來。」

第七段政彬說著：「你贏了！你贏了！」和名揚說著：「我
們贏了！我們終於贏了！」有什麼不同？

4.

　　崔家俊看著「老鼠變老虎」是一篇寓言故事，起初還高興得很，因為他低、中年級的時候，閱讀過許許多多的故事書，他也能大概地說出內容大意。但等他看了花蓮縣光復鄉大進國小曾若銘同學的作業後，他開始想著：「為什麼？」

老鼠變老虎

　　這是一個古老的印度寓言。

　　有一個隱士，自己一個人住在深山中，有一天，他坐在樹林裡，閉著眼睛想一些有趣的問題：什麼叫做大？什麼叫做小？什麼叫做剛好？

　　一陣吱吱吱的叫聲，把他的思想攪亂了，他睜開眼睛，看見一隻老鼠從他面前跑過去。又有一隻大烏鴉，從空中撲下來，要捉那隻老鼠。他看老鼠又小又弱，實在可憐，就跑了過去，把老鼠帶回自己的茅屋。

　　隱士拿牛奶和米粒給老鼠吃，以為只要把老鼠留在茅屋裡，就可平安無事了。偏偏又來了一隻貓，鬍子翹了起來，尾巴舉得高高的，要吃老鼠。隱士心理想：「小老鼠容易受欺負，我來把它變成貓吧。」他伸出手指頭，向老鼠一指，把老鼠變成大花貓。

　　那一天夜裡，樹林裡傳來一陣狗的叫聲。把花貓嚇得渾身發抖，躲在隱士的床底下，不敢出來。隱士不忍心，又把大花貓變成一隻大黃狗。第二天，大黃狗臥在茅屋外面曬

太陽，一來了一隻飢餓的老虎。大黃狗嚇得四腿發軟，趴在地上，一動也不能動。幸虧隱士就在附近，趕緊又把大黃狗變成一隻更大的老虎，這才把那隻飢餓的老虎嚇跑了。

這隻大老虎，又強壯，又漂亮，整天在樹林裡逞威風，欺負小動物。隱士看不過去，責備了大老虎幾句。大老虎就惡狠狠的瞪著隱士發威，好像要把隱士一口吞下去的樣子。

隱士長長的嘆了一口氣，伸出手指頭，向大老虎一指，又把大老虎變成原來的那隻小老鼠了。

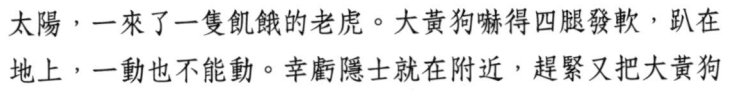

四上國語第十九課 「老鼠變老虎」文章提問導讀
（大進四甲1999.1.7.曾若銘）

壹：這是一篇 寓言故事 ，我們把故事體文章的結構分出原因段落，經過情形段落，結果段落。這一篇的各段段落大意如下：

【原因段大意】：這是個古老的印度寓言，有個 隱士 住在深山中， 想著 什麼叫做大？什麼叫做小？什麼叫做剛剛好？ 的問題 。

【經過情形段大意】：隱士 不忍心 看到 又小又弱又可憐 的小老鼠 受到欺負 ，就把牠不斷地由小變大，先變成大花貓在變成大黃狗最後變成大老虎，可是這隻變大的大老虎， 忘恩負義、恩將仇報 還 惡狠狠地 想吃掉隱士。

【結果段大意】：隱士 長長的嘆了一口氣 ，把大老虎 變回原來的 小老鼠。

貳：請小朋友漸進式地思考以下這一些問題，這一連串的問題將有助於我們理解作者透過這篇故事，要告訴我們的寓意是什麼？【也就是一篇作品背後要傳達的人生道理是什麼？】

1. 隱士要解決的問題是什麼？

　　ㄅ：【原因段】自己的想法，想著什麼叫做大？什麼叫做小？什麼叫做剛剛好？的問題。

　　ㄆ：【經過段】幫助解決小老鼠的生存問題，隱士不忍心看到又小又弱又可憐的小老鼠受到欺負，就把牠不斷地由小變大。

2. 在我們的經驗中，「長長的嘆了一口氣」可能有哪一些涵義？

　　ㄅ：失望。

　　ㄆ：難過。

　　ㄇ：後悔。

　　ㄉ：慚愧。【富和尚慚愧極了，嘆了一口氣說：真想不到……】

　　ㄊ：終於想通了。【像做數學應用問題的經驗，終於想出了如何解題。】

3. 在故事結果段中，作者提到「隱士長長的嘆了一口氣」，如果把這句話的涵義用在理解【經過情形段】段落大意時，你會如何解釋？如果把這句話的涵義用在理解【原因段】段落大意時，你會如何解釋？

　　ㄅ：【經過情形段】因為小老鼠以前被欺負，後來隱士把小老鼠變成大老虎，原來隱士把小老鼠

　　變大，是要牠保護小動物，牠卻忘了以前被欺
　　負的感受，欺負小動物，隱士對牠很失望。

ㄆ：【原因段】因為他想到了什麼「叫做大？什麼
　　叫做小？什麼叫做剛剛好？」的答案。答案就
　　是任何事物都有自己的本事，雖然都會有自己
　　的敵人，但是這是大自然的法則。是所有人都
　　動不了的。

【黃老師補充】或說成是所有人都改變不了大自然
的運作法則的。

4.文章中提到「大老虎就 恶狠狠地 瞪著隱士發威，好
　像要把隱士一口吞下去的樣子。」這句話可能有幾
　種涵義？

ㄅ：可能是因為小老鼠也知道這個大自然的法則，
　　牠生氣隱士把牠變大，使牠變得驕傲，破壞自
　　然的法則。

ㄆ：可能是大老虎想成：「我現在這麼大，根本不
　　用隱士管理。」

ㄇ：可能大老虎恩將仇報，想成：「我不要變回原
　　來的小老鼠。」

5.從這幾題的理解後，你能用一句話寫出，這個寓言
　故事背後要告訴我們的人生道理是什麼嗎？

ㄅ：這則寓言是要告訴我，不要去管別人的事。因
　　為你去管別人的事，可能你幫了他，他會恩將
　　仇報，就如寓言中的隱士，幫助了老鼠，把牠
　　變大，卻遭到了老鼠想吃牠的結果。所以當時
　　老鼠想到，老鼠的出身本來就是苦命，不應該

　　去改變牠的命運，使牠變得自大、臭屁，所以我覺得是不要管別人的事。

【黃老師補充】曾同學所指不要去管別人的事，應該是指不要隨意去介入別人的生命世界，企圖改變什麼。因為所有動物都有牠本身的特性，和需要完成的個人功課，如果隨意介入，可能破壞牠的生物自然法則。覺悟者在介入他人生命世界時，會很有智慧、很有保握地讓一切獲得圓滿的結果。我們也從文章中發現作者寫出了「一個隱士」而不是寫著「一個覺悟者」，這應該可以推論這篇古老印度寓言的深沉涵義。

6.請你用一段完整的話說出這一篇寓言故事的全篇大意。

　ㄅ：從前，有一個隱士住在深山中想問題，一陣叫聲吵亂了他的思想，他看見一隻被烏鴉追的小老鼠，他看牠很可憐，就把牠帶回茅屋去養，可是牠一連的受到欺負，隱士就把牠變成大花貓、大黃狗、大老虎，又因牠欺負小動物，隱士把牠變回原來的那隻小老鼠。

7.請你為這一篇故事定出一個比較合適的題目？並說明你的理由？如果你認為林良先生定的題目「老鼠變老虎」是最貼切的，也請你說明理由來說服大家！

　ㄅ：我認為把這篇文章的題目定為「小老鼠變成大老虎」比較合適。因為這樣子可能會比較稀奇，吸引更多讀者。而且也配合文章。如：前面寫著一隻小老鼠被烏鴉追。這樣就可以配合題目。

參：參考資料：

1. 【寓言】的解釋有以下二個：ㄅ有所寄託的話。ㄆ以淺近假託的事物表現抽象的觀念或道德教訓的作品。

2. 【印度】這個國家的環境中，有很多修行者離開群體生活，自己一個人獨自生活、獨自沉思生命的問題，我們稱過這種生活的人為「隱士」。當他的心中不再有任何問題會攪亂或困擾他時，我們才稱他為「覺悟者」，像釋迦牟尼佛就是。

5.

崔家俊回家後先拿出五南出版社的「國語活用辭典」查閱今天的語詞作業。

第一段「**頓覺沉重起來……**」：「頓」，形聲字以頭叩地為頓。動詞，①以頭叩地。②用腳猛踏。副詞，①突然。②立刻。

第三段「**失去最重要的，委屈。**」：「委屈」，①事情原委曲折婉轉。②壓抑自己的志意，對環境或別人勉強將就。

第三段「**心存芥蒂**」：「芥蒂」，①細小的梗塞物。②喻積在心裡的怨恨或不快。

第三段「**尷尬**」：①難為情，不好意思。②行為不正，鬼鬼祟祟。③形容事情棘手，很難處理。

第三段「**無理取鬧**」、「**拉不下臉來、道歉。**」：「歉」，①作物收成不好。②心裡過意不去的。③吃不飽。

　　第五段「**百感交集，難為情**」：「百感交集」，①形容前後許多不同的感觸交織在一起。

　　第七段「**你贏了！你贏了！**」、「**我們贏了！我們終於贏了！**」：「**贏**」，①勝過。②負擔。

　　第二天的國語課，黃老師說：「我選的語詞，主要是以文章中的主角人物，為情緒成長發展線索做選擇。或以文章段落大意、全課大意為參考，選出配合文章重點的語詞。課文中的生字語詞是選取艱難字做練習，角度不同。」

　　「所以文章中的主角線索是最重要的？」陳又銓問著老師。

　　「通常是這樣。所以昨天『老鼠變老虎』的寓言故事，我除了以隱士為主角處理人生課題的角度著手外；還以作者的角度為出發點，注意這一篇文章背後所傳達的主旨來選擇語詞。也就是說，語詞是為著更加深入閱讀文章而來的。這是不是你昨天一直困惑的答案？」黃老師走近陳又銓身旁，手指輕輕地摸著他的桌面說話。蔡詩修抖著身體一直笑。潘誌銘側頭在她旁邊說：「老師很賊，要小心！」

　　「我是很賊，我把這能力利用來經營教學和關心別人。」黃老師突然說。

　　潘誌銘更改說法說：「我用詞不當。應該說：『小心！老師很聰明的。』」

　　「謝謝你！」、「謝謝大家！我知道這樣一起努力很辛苦！」黃老師沉下臉說著。

　　黃老師說：「這一課老師只是想提一些思考性的問題，讓大家暖暖身！小學國語課文一樣有它的可讀性，一樣有它的人生魅力。如果把這一課定題為『人生跑道』，那文章中的第三段就

是主角人物政彬面對的人生。這一段內心掙扎的跑道，政彬要怎麼跑完？這也是每一個人都曾經面臨過的一般性人生問題。大家都跑得歪七扭八的。黃老師曾經在像政彬的人生彎道處跌倒，所以政彬的內心世界現在捧在手上，『失去最重要的』、『十分委屈』、『心存芥蒂』、『借題發威』、『尷尬的場面』、『無理取鬧』、『拉不下臉來』、『向名揚道歉』這一些語詞就格外地歷歷在目，觸目驚心。」

「究竟在最後一段政彬超越了自己的人生境界了嗎？有和沒有的理由是根據文章中的那一些細節這麼說的？」黃老師繼續拋出一些語文教育的思考題，讓孩子在小組中聊一聊。

「希望我的一小步，會是你的一大步。」黃老師這麼說倒是令崔家俊低下了頭，百感交集。這時他知道黃老師看著他這麼說，是有特別的用意，文章中的語詞「低下了頭」、「百感交集」，這時正在他身上，上演一番心情。

平常下課時間就和范慶瑞推象棋，他很少輸陣，班上同學都知道他是個中高手。這次下了課堂，他不推了，尾隨黃老師到學校左側的池塘邊，傻傻地對著老師傻笑。黃老師抽著菸，思索著一些課程，他對崔家俊說：「耶！沒推象棋？剛才上課被我將軍了，哈哈！家俊的閱讀速度該是放慢品味閱讀的時候了。」

「老師怎麼知道？」崔家俊疑惑著。他說：「老師我去玩囉！」一下子，他的人際閃躲技術即時表現出來，他跑了。他還不知道黃老師已記得他的表情動作和內心世界的連結。這孩子是優等生，被寵愛過，只能旁敲側擊，等候的時間要延長點。

第四章　一首九歲孩童的兒童詩

在練習每首樂曲之初，我們必須能先想像出音樂裡每一個音符的音色、每一個樂句的走向，及整個作品欲表達的情感與氣氛。有了想像後，還需要有能力把這些意念顯明的傳達出來。如此，我們所創造出來的境界，才能馬上在聆聽者的心中引起共鳴，留下完整且深刻的印象。（史蘭倩絲卡）

1.

九月二十日，剛開學不久，一個月的時間就能明顯地判斷這個班級新的生活動向，小朋友每天在聯絡簿的空白處寫下一首短詩。剛開學時，黃老師教導句子的基本句型結構，句子的順敘、倒敘等敘述句型變化，讓孩子在聯絡簿上記下自己對詩的感受，導師時間他會喝著咖啡、朗讀一些孩子的詩句。感動時，他還會激情地跑到作者跟前，握住他的手，說：「詩人！謝謝！你豐富了我的生活。」他會請全班同學閉上眼睛，用耳根再感受一次聽到的詩感和節奏。

他會靜默幾分鐘，看看藍天、看看白雲，說說那一棵植物在進行的美學動作。

「一天的生活，從感動開始。你有多久沒被生活感動了？」他常說：「享受你的眼睛，享受你的耳朵，享受你的鼻子，享受

你的皮膚，享受你的心情變化。讓生活慢一步，讓感官開放地接受大自然的恩賜。」

邱明祥的二段短詩，讓老師禮敬著這晨讀時間：

　　一開始大家描繪自己的地平線／海的那端有一切的未知／暴風？微風？／反手轉舵／／鹹鹹的海水／Why？／還沒找到的密寶／一片白茫茫

蔡詩修的短詩，讓老師彷若一位王者行走林間：

　　盛宴／盛宴，／王者悄悄降臨。／於是優美笛聲／伴隨來到。／連蟲兒也想參加呢！

這天第一節課，黃老師就發下課外資料「無題」。作者不詳，年齡九歲，約國小三、四年級學生，黃老師說：「這是法國的兒童詩選，從《夢中的花朵》一書中選取的資料，作家莫渝翻譯，由富春出版社出版。」一個領導世界藝術發展的根源地，充滿浪漫的人文氣息，當然孩子的作品有別於我們國內的童詩教育。

他請孩子把讀這首詩的閱讀思考當成回家功課，傳回老師的E-mail信箱。

無題（X）（九歲）

我愛她，

她愛我，

我們相愛。

我還記得
有一天
我們
坐在
松針堆上。

一切靜悄悄地，
我把她的頭
靠在我的心。

我們一起
休息……

2.

隔天，陳英華在「無題」的閱讀思考作業中寫著：

第一步驟：在這句「我愛她，她愛我，我們相愛。」讓我心中有個疑問，他到底是在說哪一種愛呢？還有一句「我還記得有一天」，他所說的「有一天」，是哪一天呀？在他的生命中有那麼多天，他為什麼就是要選那一天呢？

第二步驟：「我們坐在松針堆上。一切靜悄悄地」，這句話是在說哪裡的松針堆？而且在那裡的松針堆上，能夠這麼的安靜。

第三步驟：「我把她的頭靠在我的心。」他為什麼把她的頭靠在他的心呢？是不是因為作者想讓那個女生聽到心中的真心話

呢？還是作者想讓那個女生聽聽看，他那種心中都只想著她、思念著她的心跳聲嗎？

第四步驟：「我們一起休息……」，作者所描寫的「休息」是指哪一種「休息」？是指靜靜的坐在那兒，吹著舒服的涼風，還是躺在松針堆上，安靜的睡個午覺呢？而它最後面的「……」又是指什麼呢？

第五步驟：以上這些內容又跟標題「無題」有什麼關係呢？這整件事情，真讓我想也想不通啊！

蔡詩修則寫著「無題——我的讀書方法」：

> 我會進入作者當時發生事件的時刻，就像是想像自己也在現場，看著事情的發生、經過、結束，之後再排出它的基架。
>
> 深入解釋：「作者愛她，她也愛作者，他們相愛。」這個「她」指的可能是親情、友情或是愛情，個人覺得是愛情啦！（有猜對嗎？）從這裡可以知道他們很相愛。
>
> 作者「還記得有一天他們坐在松針堆上」。作者還記得這件事，就表示他對這件事的印象很深，這大概是作者生命中非常重要的回憶。而「我們」兩個字分開，是因為要強調只有他們兩個人。那為什麼要選擇松針堆？不選別種植物？是因為松樹一年四季都翠綠，代表「長青」。作者一定是希望他們也能一年四季都在一起，永遠不變。
>
> 我覺得改成薰衣草叢也不錯耶！這樣可以使故事繼續下去，因為薰衣草的花語是等待愛情，這個意思能解釋說：「他們雖然要分開了，卻用薰衣草做約定，告訴對方

要等待。說到分開，就得說出原因囉！從作者還記得的地方看出來，『記得』表示已經成了回憶，也就是過去式，所以看得出來，他們分開了。」

「一切靜悄悄地，作者把她的頭靠在他的心上。」靜悄悄地是表示四周都沒人，只有作者和她，作者把她的頭靠在心上，這個動作為什麼沒有繼續寫下去？

可能是因為作者認為這一切不需要再多說什麼，所以題目標作「無題」。作者沒有繼續寫下去，也讓這個動作成為作者生命中最重要的回憶，他將永遠記住這一幕情境，這對他來說很重要。這個動作帶給作者「溫暖」的感覺，還有希望。作者和她「一起」休息。更強調他們是在「一起」的。

張嘉慧的E-mail主旨標著「無題」：

不知道作者為什麼要定「無題」而不定其他的題目？後來我才知道，因為「愛」是沒理由的。

我想「我愛她，她愛我，我們相愛」，這句話的「愛」不知道是愛情、友情還是親情？我想應該是友情吧！

作者說：「我還記得有一天我們坐在松針堆上。」那作者為什麼只說出這件回憶，不選其他的回憶，表示他們回憶中最好的一次就是坐在松針堆上吧！但除了這回憶應該還有很多令人感動的回憶。

「一切靜悄悄地。」不知道那時候作者在想什麼？會不會希望時間能停留在那兒，不前進呢？如果是我，我會希望時間能停留下來，這樣幸福的時光就不會太快走！也

希望我能交到更多的朋友，能和我分享快樂與煩惱，朋友像我的日記本，讓我和他的回憶深刻的留在我人生的旅途中。

友情能隨著時間的成長，讓我們能彼此信任、了解對方，我相信我的朋友都了解我了，我也了解他！而我要珍惜我擁有我的朋友，這才是真正的友情。

現在的社會，真正的友情已經不多了，為了某種利益而背叛好友的事情不斷的發生，但還是有少部分的人保有著珍貴的友情。

翁明華的E-mail用很少的文字寫著「『無題』思考表白」：

我愛她，她愛我，我們相愛。我還記有一天我們坐在松針堆上。一切靜悄悄地，我把她的頭靠在我的心。我們一起休息……

我的思考是這樣：

在這個世界上，好像只有他們兩人，沉醉在兩人的世界裡。

他們的眼中只有對方。每當兩人互望，好像有一道電光火石的光芒，在兩人的眼中燃燒，好像離不開對方，兩人愛得很深。

黃老師說著自己對於感情的看法：

「愛情是一種直覺感受，你就會愛她，沒有任何條件的愛她。因著她，牽動你的百般思緒、千般煩惱、萬般喜樂。你是『情願』相思苦，無從怪罪起人生是怎麼一回事。」

　　「友情是一種相處來的氣氛，受到的考驗是個人價值觀在生活實務上的互動，起起落落。」

　　「而親情是她永遠都是你的，像你的大寵物一般，內心沒有分分合合的諸多感覺，她扮演的角色就是『給予』。大家都有機會輪流這一回，像閩南俚語裡的一句：『手抱孩兒，才知父母時。』」

　　「相戀並不是你給予她什麼，她帶給你什麼，而是你留下一個『過去影像』，這『過去影像』穿越每一世輪迴，如果你還記得的話，你會相信這樣的事件。如果你看見這影像，你會記得那就是她。但是她忘記了，她猶如此段記憶正在睡眠的人。有幾部影片，美片『戀戀筆記本』、日劇『散形打手』、韓劇『在心中吶喊愛情』……都有類似的例子。所以這個九歲的小男孩，以這首『無題』選擇的『過去影像』打擾了老師，而老師喜愛這樣的觸動打擾，每一句對於老師來說都是『影像重現』的另類休息……。」黃老師的眼神有所敘述，他沉靜、專心、知足地敘說著他的看法。他的眼裡有一條溪水、一個山洞、一塊平台大石頭，山洞裡有兩位禪坐極簡生活的隱居者。

　　「老師！我們都在找這樣一個人嗎？」鄭品清有感地問著。

　　「發神經！」、「你沒救了！」、「噴──噴──噴──噴──」王麒麟、邱明祥、張德洲這「三角洲」發出了聲響，班上一群女同學笑著。另外一群男生、女生卻異於常態，他們的心裡好似一股暖流、一股清泉、一股悲情酸了上來，不知什麼緣由。

　　黃老師繼續在黑板上畫著這一首詩的人生地圖。一棵大草原上的老松樹下坐著一對小男生、小女生，黃老師強調地說：「別打擾他們！用安靜、祝福的心思聆聽這一切靜謐中的感覺。」停了十多分鐘，這課堂上安靜無聲。

「教書二十多年，情詩教材從歐洲、美洲、亞洲、非洲詩人中選材的，唯獨這一首詩『無題』的餘味來得淡而深刻。真正的詩感還不是如此，真正的閱讀還不是如此。」他請孩子們眼神不要離開老師的手，一刻都不要離開。稍有閃神，這一次的主題教學就完了。

孩子們盯著他，黃老師拿著板擦，擦拭白色粉筆畫下的痕跡，之前的那一幅圖畫瞬間消失在黑板上，他才說：「這才是『無題』！請閉上眼睛三分鐘。」

「沒有理由的影像。」當黃老師走下講台靠近邱明祥時，邱明祥脫口而出。

3.

放學前，黃老師把作業單四首詩發給孩子們，他說：「兩天沒有回家作業，老師希望你們在現代的生活中『獨自陶醉一番』，有E-mail就傳上來和我分享。

無題一

我愛她，她愛我，我們相愛。我還記得有一天，我們坐在松針堆上。一切靜悄悄地，我把她的頭，靠在我的心。我們一起休息……

無題二

我愛她，
她愛我，

我們相愛。

我還記得
有一天
我們
坐在
松針堆上。

一切靜悄悄地，
我把她的頭
靠在我的心。

我們一起
休息……

許多的酒

真主賜給我們一杯黑色的酒，
酒是那麼的烈，以致飲下之後，
我們離開了兩個世界。

真主賦予哈希什一種力量
讓品嘗者得以忘卻自我。

真主創造睡眠，讓我們
可以拭去一切思緒。

真主讓馬伊努恩愛萊漪拉愛得那麼深
以致只有她的狗能讓他分神。

有千百種酒,
可以讓我們心醉神迷。

但不要以為
每一種狂喜都一模一樣!

耶穌沉醉在對神的愛戀中,
但他的驢子,則沉醉在大麥中。

從聖徒的形象中啜飲,
不要從其他的酒罈子中取酒。

每一物,每一存有,
都是一口充滿歡娛的罈子。

當個鑑賞家,
謹慎地品嘗。

任何酒都可以讓人興致昂揚。
像個國王一樣細心判斷,選擇最清純的
沒有摻雜恐懼和物質需要在其中的酒。

啜飲那可以感動你的酒，
啜飲那可以讓你
像頭無拘無束的駱駝那樣信步緩行的酒。

註：魯米，十三世紀伊斯蘭教神祕主義詩人，詩摘錄
自：「在春天走進果園」，立緒出版社；1998年2月初版。

祝福
（泰戈爾）

祝福這個小心靈，這個潔白的靈魂，他為我們的大
地，贏得了天使的接吻。
他愛日光，他愛見他媽媽的臉。
他沒有學會厭惡塵土而渴望黃金。
緊抱他在你心裡，並且祝福他。

他已來到這個歧路百出的大地上了。
我不知道他怎麼從群眾中選出你來，來到你的門前抓
住你來問路。
他笑著，談著，跟著你走，心裡沒有一丁點疑惑。
不要辜負他的信任，引導他走到正路，並且祝福他。
把你的手按在他的頭上，祈求著；底下的波濤雖然險
惡，然而從上面來的風，
會鼓起他的船帆，送他到和平的港口的。
不要在忙碌中把他忘了，讓他來到你的心裡，並且祝
福他。

註：泰戈爾，曾榮獲諾貝爾文學獎的印度詩人，詩摘錄自：
　　糜文開、裴普賢翻譯《泰戈爾詩集》，三民出版社。

這一天卻沒有人因為沒有回家功課而歡呼，他們看著手上的
三張A4資料。

4.

夏天太陽的降落

（六四　張德洲）

夏天的下午，
我走到我的祕密花園。
一走進，
葉子就對我招手。
樹上的葉子，
看著我。
對我施著魔法，

放下，
手邊的重物。
緩緩的前進，
注視著每一個景色；
一陣風，

拂過我的身體。
風裡面的微小生物，
輕輕的說著悲歡離合的故事。
眼前的魔法石，
刻著許許多多的竊竊私語。

等待著魔法的瞬間，
將一切變回一樣的和平。
可惜一直沒有答覆，
只好等待著下一個春天。

春夏秋冬……，
都還是老樣子。
心裡的沉重，
像是一張張薄薄的色紙。
紅色代表緊張，
紫色代表孤獨。

淡淡的濃霧，
圍住了我的視線。
可是這股淡淡的花香又是什麼呢？
我沿著路線慢慢走，
漸漸的看到了。
看到了一朵花，
它的香味像這股霧，
迷一樣的……香……；

又酸甜苦辣。

它卻輕輕的在我耳邊，
說起童年往事。
把我以前的回憶，
慢慢的埋藏起來。

漸漸的太陽降落了，
一層層的薄光；
淡淡的變色。
變成黑黑的顏色，
我很害怕；
害怕孤獨，
害怕孤單，
害怕夜晚。

我抱著小熊，
慢慢的對他說。
輕浮的夜晚慢慢的，
慢慢的過了，
過了就算了。
時間的那道門，
清楚的顯示我們的終點。

無題

（六四　張鈴華）

你給我的粉紅，
早已化為渺煙，
再也不能彩繪我心內……

自私的淚，
沖淡你我唏噓的感情，
我只能在遠方
默默為你閃爍……

已經凋榭的玫瑰
褪色的呵護，
彷彿
天鵝滑過藍色湖畔之後的漣漪……

細雨絲絲……
慢慢模糊我窗帘……

但這並非唯一
人生漫長，
這只是絲輕羽，
真正的華麗花朵，
總是被遺綻放之一，

等待
真正和諧的愛向我繚繞……

縹緲，
並非殘酷的空虛。

甜蜜但虛構的回憶，
彷彿天空中永不熄滅的星點，
在那天空中看不見的深處。

魔幻瑰麗，
只是夢幻泡影，
虛構的透影……

秋冬片葉雖然飄落，
成光禿、
銀白的世界。
但悲傷蒼翠，
終究能被綺麗的春天點綴。
在空中繚繞的七彩音符，
將鬱悶拂去，
轉換成，
另一個光鮮亮麗的夢幻國度……

閃爍的淚光，
將哀傷染為透明。

在那荒涼草原的忘憂草，
被那看不見的風影，
無聲地掃過。

從前你和我渺茫的晶瑩童話，
也隨風吹散。
我和你從此沒有任何牽連。

蒲公英。
隨風逐浪，
隨著那遠方的銀色微風，
彷彿母親撫摸那柔軟般安詳，
順著那皎白的調，
終究能找尋到另一個生根地。

現在，
這樣簡單的自己，
彷彿隱隱約約啜見那道屬於自己，
屬於自我的貞潔，
順著那道，
彷彿彩虹的七彩光芒……

痴心人

（六四 房文琪）

深夜裡，
濃得化不開的相思，
迷醉的丰韻，
留在星光裡，
正好償與痴心人。

沉睡的靈魂，
不成揮手道別，
無數寂寥的夜，
如夢。

隨風擺動的風信子，
搖曳於
綺麗的世界。
典雅的薰衣草，
舞動於
夢幻的國度。

翱翔天際，
挺立的藍磯鶇，
回頭一望 剎那……

暮色漸暗，
晚風吹起，
已消逝的，
無法回頭。

不是相思，
不是柔情，
只怕被灼熱的眸，
焚碎了心。

相遇

（六四　張嘉慧）

經過雨水洗滌，
我與你相遇，
這點點滴滴……
彷彿……
一道彩虹，

蔚藍天空中，
閃爍一道光芒
銀色微風吹過
展開夢幻無比的翅膀……
灑下甜美時光……

你對我的呵護
圍繞我，守護我，

直到，
風吹過……
無垠的彩虹也隨風消失……

但屬於你我回憶，
卻
順著七彩的雲朵，
隨風飄到另一個，
永不熄滅的夢幻童話……

我對你還是傻傻的……
等待……
還想要再一次與你擁抱……

離別的淚水……
模糊了你我的回憶，
再次吹散了我的心……

5.

　　有兩天黃老師上著數學課和游泳課，他的話少了許多。他要
我們幾位同學在黑板上畫出「二分之一除以三分之二的半具體

操作圖形」，並且標出單位名稱，思考表白地說出為什麼這樣思考？

黃老師在各小組發給二張不同顏色的色紙，一張小組討論做實際的切割操作。另一張則作為操作成功之後，方便派出代表在講台上做思考表白時使用的。他說：「這思考表白的說明，要符合等分除、包含除的概念，在生活應用上要說得通，才算過關。」

大家忙得很呢！畫圖形也不好畫，切割紙張也不好切割。大家都知道答案是四分之三，用答案去套看看，雖然做對了卻不好說明清楚來龍去脈，黃老師一定又要笑我們的數學學習，是用「死背」的方式拿到分數的，所以大家更不甘示弱地想要表達清楚。

黃老師看見同學們難以用口頭敘述來表達對於數學計算過程的說明，因此他開始建立這樣的數學概念，他說：「先注意數學的三個文字『單位量』、『單位數』、『單位』。二分之一是『一個』『二分之一』，『單位量是二分之一』，『單位數是一個』、『單位未知，你可以說片、堆、張』。而三分之二是『二個』『三分之一』，『單位量是三分之一』，『單位數是二個』、『單位未知，你可以說……』。『÷』這個符號的意思是『分幾次』、『拿走幾次』、『比了幾次』、『有幾倍』，所以把『三分之二』」當作一次，一次『分出』、一次『拿走』、一次『比了』三分之二。根據人類分東西遇到困難的情況，一定先把東西做切割、『細分』，再小塊小塊的分出去，通常是細分『十等分』、『百等分』、『千等分』的十進位分法，但是也可以不用十進位分法來細分，只要可以分完就可以了。例如：『二分之一』、『三分之一』的單位量不一樣，分東西時不好處理，所以用兩者公共的倍數細分為『同一個單位量六分之一』，如此

教學河戀
教室小說工房

『二分之一擴分為單位量較細的六分之三，三個六分之一』；
『三分之二擴分為單位量較細的六分之四，四個六分之一』。那
『二分之一除以三分之二』就等於『三個六分之一除以四個六分
之一』，『六分之一』當成一小小顆，四小小顆『分』一次、
『拿』一次、『比』一次，就分了『四分之三次』的答案。要注
意的是四分之三的數字意義和被除數、除數的數字意義是完全不
同的。之前老師要求應用問題的列式中，要在被除數、除數、商
的數字後面標上單位名稱，目的在於習慣明白『單位名稱』的不
同之處。」黃老師再以這樣的概念回到五年級、四年級、三年
級、二年級的數學橫向、縱向架構表，以整數除法的連續發展，
延續到小數除法、分數除法的人類生活實例做一概念銜接。兩節
課下來，同學們還需要一節獨處課程時間，自己在腦中重新整理
自己的數學除法知識架構表。

　　「像這樣的知識不早說，害我白活了幾年——數學。」邱明
祥又放鬆了這裡的氣氛，說著。

　　「孩子！辛苦了！我也是剛知道。」黃老師想著小學教育的
生態，他點到為止，不想多說。

　　「以前的老師作文評語寫著結構完整、文辭優美、文辭通
順、描述具體生動等等，都不知道老師在寫什麼。我也不知道自
己的優、缺點在哪裡？搔不到癢處！」黎翌誠、許世賢、陳又
銓、邱明祥、陳芭麗穿插著說話，蔡詩修和鄭品清淺淺地笑著。

　　「孩子！辛苦了！我也是剛學會。」黃老師說。

　　「老師！辛苦了！低調、再低調，靜悄悄、安靜無聲。」邱
明祥擠眉弄眼的眼睛戲娛著黃老師說。

　　接著便是用餐時刻，王麒麟還是如同往常一樣，先把那個便
當送到「她」的桌上，班上同學並不知情，因此從未有過騷動，

他看著老師露出笑容，他們兩人共守一個祕密，師生情感還真有籌碼。

6.

　　下午時段，黃老師發下「馬兒的愛情」一篇文章，說著要孩子們閱讀後和老師即時對話。王麒麟和李建文笑著說：「這小男孩是豬頭。」蔡詩修則不滿意的說：「木馬很委屈喔！」班上的孩子們還竊竊私語著，男生的看法畢竟和女生的看法不同，她們各自拿著文章發笑。一篇很有趣的短文：

馬兒的愛情

　　一隻馬兒到遊樂場。

　　因為他愛上一隻旋轉木馬。

　　他對木馬說：「來，跟我走，我們一起去草原上奔跑，讓溫柔的風吹動我們的鬃毛。」

　　可是木馬什麼話也沒說。

　　馬兒又說：「草原上有一個大池塘，那兒的水又清又涼。累了，我們可以一去飲水；髒了，我們可以跳下池塘，洗一個痛快的澡。」

　　可是木馬什麼話也沒說。

　　馬兒又說：「池塘邊住著許多好朋友，鳥兒會唱歌我們聽，蝴蝶會跳舞歡迎我們，還有好多馬兒可以跟我們一起奔跑，一起唱歌，一起睡覺。我們可以一起迎接晨曦的來臨，在夜晚養育我們自己的寶寶。」

　　可是木馬什麼話也沒說。

　　忽然，一個小男孩跳上了木馬，從口袋裡掏出了一枚硬幣，投入木馬身邊的小鐵筒。

　　木馬突然唱起歌來，高高興興的轉起圈子。

　　「可惜，草原上沒有銅板。」馬兒喃喃的走開。

　　可是木馬什麼話也沒說。

　　黃老師說著：「有感閱讀，在讀文章的時候，自己的情緒是跟著文章人物的心情而走的。讀『馬兒的愛情』，想像自己是馬兒、木馬及小男孩，想像故事人物的表情、動作。分享自己的感覺。」他請學生自由發表，他隨機探究。

　　許世賢：「馬兒很可憐、很笨，因為木馬是沒有生命的，馬兒竟然喜歡沒有生命的東西！」

　　黃老師：「你想馬兒希望木馬跟牠一起做什麼？」

　　許世賢：「奔跑、玩、談戀愛、生小寶寶……」

　　黃老師：：「你的意思是，但是木馬是沒有生命的，所以根本沒有辦法陪馬兒一起奔跑、玩、談戀愛……做馬兒的妻子，所以馬兒很笨？」

　　許世賢正沉思著。

　　黃老師：「你為什麼認定木馬沒有生命？」

　　許世賢：「因為是木頭做的。」

　　邱明祥：「可能是有生命，只不過不說話。」

　　崔家俊：「我覺得小男孩是來火上加油的，因為他跑過來投了錢，木馬就動了起來，馬兒看見這樣就傷心的走了。」

　　范慶瑞：「馬兒覺得木馬喜歡小男孩。」

　　黃老師：「你覺得馬兒為什麼會認為木馬喜歡小男孩？」

范慶瑞：「因為投了錢，牠就唱歌又跳舞。」

黃老師：「所以你看見馬兒一直來跟木馬說話，可是木馬都沒有反應。但是當小男孩來投錢時，木馬就心跳加速，就高興地跳了起來……」

黃老師：「你怎麼知道馬兒傷心？」

范慶瑞：「因為牠喃喃地說話，說：『可惜……』」

黃老師：「如果從韓劇『冬季戀歌』裡面的角色來做角色扮演，那小男孩是誰？」

黎翌誠：「小男孩是俊詳。」

陳又銓：「木馬是有珍。」

黃老師：「那這個可憐的馬兒是誰？」

解璐樺：「馬兒是翔赫。」

黃老師穿插著一些話語。

黃老師：「寓言故事背後通常會有個象徵的意義。木馬或許象徵外表華麗但內心冰冷的女子。那馬兒有沒有深入了解木馬？」

陳英諾：「沒有！」

黃老師：「作者用錢代表什麼意思？」

陳拉格：「牠很愛錢。」

張鈴華：「可以打動牠的心的東西。」

黃老師：「可以打動牠的心的東西。鈴華先把木馬也當成是有生命的動物，只是作者選用『木馬』來作為象徵，背後想要傳達什麼意涵？我們先把『木馬』當成是一隻馬的名字，從鄉下草原到都市生活之後，牠要的是什麼？第四、六、八、十二段中重複出現『可是木馬什麼話也沒說』，不說話不代表沒有思考，像蔡詩修說的：『木馬很委屈喔！』這是有可能的。老師特別注

意了第九段『忽然，一個小男孩，跳上了木馬』，句子中的『忽然』和第十段『木馬突然唱起歌來』，句子中的『突然』，很耐人尋味的一段描述，像真實的愛戀人生一樣，讓你們去思考！而重複四次的『可是木馬什麼話也沒說』，每一次的表情動作都一樣，但第十、十一、十二段是小男孩走了，馬兒喃喃的走了，留下『可是木馬什麼話也沒說』作為文章結尾，木馬內心的思維可能有哪一些呢？對照作者首段一開始寫著『**一隻馬兒到遊樂場**』，這遊樂場如果是個人生遊樂場，可能是曲終人散的暗示，那『可以打動牠的心的東西』是什麼？想一想你有沒有扮演過三個不同角色的經驗？」

黃老師不想在這兒給出固定的答案，他想讓閱讀有更多不同的讀法和有更多不同的人生提問。

停了幾分鐘後，他接著說：「任何學科的學習都離不開生活應用，都是從生活中理出來的道理。當我們找出『為什麼』的道理時，我們的學科知識就穩固了。也就是說任何學科都有操作經驗，這是宋朝頓悟者王陽明先生在《傳習錄》一書中的『知』、『行』合一。大家慢慢來！」黃老師說完就下課了。鄭品清聽不太懂老師說的最後一句話，但是他要了書單，邱明祥和張德洲湊在身旁也趕緊抄下了書單。

「下個月為你們講故事，《密勒日巴尊者傳》。一位偉大的修行者馬爾巴譯師，帶領一位偉大的詩人兼修行者修行的傳記，我們會注意到『師徒關係』的歷程。五百多頁的書，我們每天七點五十分的晨間閱讀時間到八點三十分的導師時間開講。在這之前請完成打掃工作，用你的工作態度換取二個月的故事。」黃老師喊著下課、放學，就回到導師休息室關起門，他正為自己沖上一杯位於南太平洋，赤道和南回歸線之間的南美洲祕魯

單品咖啡，他在品嘗和厄瓜多、巴西、玻利維亞咖啡豆的不同風味。

　　蔡詩修知道下班後的導師室門鎖上了，燈亮著，表示老師今天的工作，六、七點之後，才會走出校門，回到九重葛花架中爭取生長的光芒，從二層樓高的老芒果樹上，垂下白色絮花層疊在宿舍小庭院的家。她曾和四、五位同學到過宿舍。

　　黎翌誠研究著宿舍屋內的小流水設計，問過老師：「為什麼在屋內挖一條水溝養魚和青蛙？」

　　「美感、蚊子、室內花圃、獨處空間。」黃老師說著。

教學河戀
教室小說工房

第五章　模仿貓

你就是問題，不必再到處去尋找什麼知識了。

兩種可能性：做你自己，或者任他安於現狀。後者是一種願望的滿足，因此是怠惰的；前者是一個起點，所以是行動的。（卡夫卡）

1.

上了一個月的語文洗禮，從造句子開始的通順、正確，判斷句子的正確評量標準，我們班上繼續往前走。句子的優美、句子的生動、句子描述的具體化、句子的情緒化技巧，這都已讓鄭品清更願意花時間在這裡思考。

接下來的一個月時間，我們班稱為「模仿貓」時間。黃老師說：「這是我帶六年級畢業班的第一個主題教學，必修課程……我的孩子們加油了！」

我們也清楚在老師的E-mail信箱中會留下作業單，老師也預告會錄音謄稿，這是一段辛苦有收穫的過程，大家一起來。

鄭品清回家後開了電腦捉下了第一份作業單：

模仿貓

有一隻黑貓，住在綠色山谷中的一個農場裡。他嫌自己的毛太黑，鼻子太小，尾巴太長，叫的聲音也不好聽。

教學河戀

教室小說工房

他一直羨慕別人，模仿別人，因此農場主人叫他「模仿貓」。

他羨慕院子裡的大公雞，有漂亮的羽毛，鮮紅的冠子，驕傲的眼睛，尤其是好聽的金嗓子。他一心要學大公雞叫，可是他叫的聲音仍然是「喵嗚」、「喵嗚」。大公雞笑他是個大傻瓜，他很難為情的走開了。

他經過羊欄，看見農人在剪羊毛。他決心向綿羊看齊，摸摸自己身上的黑毛，趴在農人膝前，等著替他剪。沒想到農人把他推開，拉過另一隻綿羊來繼續剪下去。他只好夾著尾巴走了。

他走到池塘旁邊，看見大白鵝在水裡游來游去，輕鬆自在。他也學大白鵝一樣的伸長脖子，跳進水裡，沒想到直往水底下沉。要不是大白鵝趕來救他，可能就要送掉一條命。

他聽見樹上很多小鳥兒在叫，好像在譏笑他剛才做的那件傻事。他很不服氣，以為自己也能像小鳥一樣的飛，要表演給他們看。他爬到樹頂上，張開兩條前腿當翅膀，猛然向空中一跳，砰的一聲就摔在地上了。

模仿貓覺得自己總是失敗。他做不成大公雞、綿羊，也做不成大白鵝、小鳥兒，只好躲起來。

他傷心的走進森林，看見森林裡的大樹，強壯、瀟灑，一點憂愁也沒有，他又想學大樹。這一次更是吃盡了苦頭，因為他挺直的挺直的站了很久，簡直累得要死。

他失望的走回家去，走著走著，來到池塘邊，聽見大白鵝說：「白羽毛容易髒，如果我有像模仿貓那樣的黑毛就好了。」他很驚奇，大白鵝居然羨慕他。他經過雞棚，聽見小雞正在唧唧的吵鬧，大公雞發脾氣說：「你們吵死

了，為什麼不像模仿貓那樣文雅？你們應該跟他學學好樣兒。」大公雞這樣誇讚他，他更驚奇了。

　　他走住穀倉，又聽見農場主人自言自語的說：「老鼠偷吃我的玉蜀黍和稻穀，必須有貓來趕走他們才好。」

　　模仿貓這時候才發現自己的優點，於是他的頭抬高了，鬍子也翹起了。從此他建立了自信心，善用自己的長處，不再隨便模仿別人了。

作業一：請寫出你在閱讀這一篇文章的「閱讀步驟思考表白」？
作業二：請寫出你在閱讀這一篇文章的「閱讀提問單」？（也就是你在閱讀這一篇文章時，你自己會針對文章內容提出哪一些問題？）

　　鄭品清花了三天的時間完成的「模仿貓」思考表白及提問單（1）：

　　　第一步驟：作者定「模仿貓」這個題目，應該是有他的用意吧！我想應該是有一隻貓很愛模仿別人，讓作者有某種想法而定作「模仿貓」這個題目。

　　　第二步驟：第一段中這隻貓很愛模仿別人，我覺得動物和人是一樣的，都要有自信而且也要發現自己的優點。

　　　第三步驟：在第二段當中模仿貓羨慕院子裡的大公雞，有漂亮的羽毛，鮮紅的冠子，驕傲的眼睛，尤其是好聽的嗓子。牠一心想學大公雞叫，但是牠叫的聲音仍然是「喵嗚！喵嗚！」。大公雞笑牠是個大傻瓜，我想牠那時心裡一定很難過。

　　第四步驟：在第三段當中模仿貓羨慕羊群有農人幫牠們剪毛，於是牠趴在農人的膝前，但是農人不但沒幫牠剪毛，還把模仿貓推開。我覺得這時模仿貓的心裡一定更難過、更悲傷。

　　第五步驟：在第四段當中，模仿貓又想學別的動物了，這次的對象是大白鵝，牠羨慕大白鵝在水裡游來游去。我想模仿貓一定又會再度失望，因為貓根本不會游泳。

　　第六步驟：我看完了整篇文章，從第一段到第七段當中都是在講模仿貓學別人的故事，我覺得這隻模仿貓不笨，是因為牠沒有自信心，而且也沒有發現自己的優點，讓自己覺得自卑。

　　第七步驟：在八至九段當中模仿貓聽到別人羨慕牠，讓牠感到很驚訝！我想當時模仿貓的心裡一定很高興。因為以前都是牠羨慕別人，現在是別人羨慕牠。

　　第八步驟：在第十段當中模仿貓發現自己的優點，於是從此之後模仿貓建立了自信心，善用自己的長處。我覺得模仿貓這麼做是應該的，因為這麼做才不會讓別人取笑，又傷了自己的自尊心。

　　他應用前幾課老師在黑板上示範的文章形式探究、內容探究結構分析表的閱讀方法，將自然段落與意義段落分類歸納後，寫出段落大意來幫助自己閱讀文章。接下來的提問單，他仿照著黃老師的發問技巧結構表，初步練習著在閱讀中提列問題。黃老師說過：「閱讀中提列問題愈是深刻，愈是能做到深度閱讀，透過文學的列問，往往豐富了自己的人文素養。」他想著這一句話，卻是不能完全掌握老師所說的，因此最笨的方法就是跟著黃老師

做一次，從「做中學」去懂得老師的語彙。他交出了這一份文章列問單。

鄭品清「模仿貓」—文章內容提問單（2）：

1. 模仿貓為什麼一直模仿別人？
2. 文章內容寫了什麼人生道理？
3. 為什麼模仿貓都無法模仿別人？
4. 模仿貓是怎麼得到信心的？
5. 你有沒有像模仿貓的親身經歷呢？
6. 你有沒有模仿別人而被嘲笑、被排斥的經驗呢？為什麼？
7. 模仿貓是運用什麼文體來寫作的？
8. 你是從哪一句知道模仿貓受到打擊的？
9. 如果模仿貓沒有模仿別人的經過，他的心情會是怎樣？
10. 換作是你，你會有什麼打算？
11. 當你被別人罵、被別人排斥時，你的心情會是如何？
12. 我們應該如何看待與對待身邊的朋友呢？
13. 看完這篇文章後，你對那隻模仿貓有什麼看法？
14. 你要怎麼做才會發現自己的優點與缺點？
15. 如果你像模仿貓一樣遇到打擊，你要怎麼在人生的道路站起來？
16. 你覺得那些在嘲笑模仿貓的鳥兒們，行為是如呵？
17. 看完了模仿貓，對你有什麼影響？
18. 為什麼模仿貓永不放棄，直到成功呢？

19.你覺得這隻貓的個性是如何？而你呢？

20.看完這篇文章，你的感想是什麼？

21.模仿貓的作者想給大家什麼樣的啟示？

22.看完了模仿貓，你有沒有想過要怎樣面對人生的挫折？

23.模仿貓有哪些部分，我們要向牠學習？有哪些部分要我們來檢討呢？

24.在文章中你看見了什麼？

25.模仿貓讓你體會了什麼呢？

2.

師：「首先我們要準備的是鉛筆、擦子，然後把模仿貓的資料拿出來放到桌上，其他的東西收進去。準備好的就坐好，老師會看到，資料要拿出來。『好！眼睛、耳朵。』」

生：「看老師！」

師：「這是什麼？」

生：「模仿貓。」

師：「好！這一課的題目是「模仿貓」，你先猜一猜，這篇文章它的題目定作『模仿貓』，這個作者在寫這篇文章的時候，會用論說文、說明文還是記敘文來寫？」

生：「記敘文。」

師：「你猜他大概會用記敘文來寫，那這個記敘文是記一件事情還是記一個人，還是記一個景物？」

生：「記事件。」

師：「事件，你認為它是在記一個事件。」

師：「好，針對這個題目，主角在說哪一個？」

生：「模仿貓。」

師：「他會說這一隻貓對不對，那這一隻貓跟平常的貓有什麼不一樣？為什麼叫做模仿貓？好！「模仿」這兩個字，請你告訴我大概是什麼意思？」

生：「學。」、「學人。」、「學習。」、「學習別人做某件事。」、「學別人的優點。」

師：「好，別人的優點可以提供我們學習，為什麼要學習別人的優點？」

生：「讓自己變更好。」

師：「讓自己變更好。那實際上在你的生活裡面學一些別人的優點，有讓你變得更好嗎？」

生：「沒有。」、「一點點。」

師：「會嗎？」

生：「因為會忌妒別人。」

師：「會忌妒別人的好，所以跟他學習？」

生：「不太想學他。」

師：「所以不太想學他。那為什麼會忌妒別人呢？」

生：「怕別人比我好。」

師：「所以會忌妒他，忌妒會造成你的學習嗎？」

生：「不會。」、「會。」

師：「不會喔？是嗎？」

生：「會。」、「不會。」、「恨。」

師：「會想恨喔？忌妒如果會走向恨的話，就很難造成學習。忌妒如果走向認同的話，會造成學習。這兩個不同的走向，你要善用你忌妒的力量，要放在正面的，還是負面的？好！別人的缺點可以幫助我們學習嗎？」

生：「能。」

師：「好，別人的缺點可以讓我們看到屬於他的人生，我們從缺點可以看到怎麼樣做調整，就不需要走那樣辛苦的路了。但是人在有缺點的時候，卻可以造成一些不同的體會。比如說第三課的『跑道』，我們那時候是上人生跑道，這些缺點提供我們一些對他人或對我們自己生活的不同看法。然後我們學習，他怎麼走這段人生的。缺點不見得不好，你把它做好，也增加了一種不一樣的經驗。好，請你們先告訴我，這篇文章你讀完的請舉手。好，放下。我們有請小朋友把這篇文章罰抄一遍對不對？罰抄一遍是請你們把這篇文章做熟練。因為這篇文章我們要上好幾節課。所以你也罰抄了，罰抄了你也知道這篇文章是屬於什麼文？」

生：「記敘文。」

師：「記敘文裡面的？它是一個什麼？」

生：「是一個事件。」

師：「是一個事件，這一個事件是過去的事件，我們說它什麼？它是一個什麼？什麼故事？科幻故事？」

生：「寓言。」

師：「寓言故事？寓言嗎？是不是？它是一般的故事體文章。『模仿貓』這一篇文章屬於故事體的文章，那麼故事體的文章，你馬上會想到什麼？請小組討論。你已經判斷了那麼多故事體的文章，你的頭腦會想到哪些？」

（學生討論）

師：「好，第五組告訴我你們想到什麼。」

生：「原因、經過、結果。」

師：「跟他們想法一樣的請舉手。好，請放下。你馬上會想到原因、經過情形、結果。」

師：「好，原因、經過、結果，為什麼你們會想到這個？這個是一個文章基架。故事體的文章，你會馬上想到這個文章基架，為什麼？站起來說說。」

生：「因為……因為它的故事都有『原因、經過、結果』。」

師：「因為它的故事都有『原因、經過情形、結果』，所以你一想到就用這個文章基架。好，你會把這個文章基架應用在那些方面？」

生：「寫故事」、「看書」、「看故事書」。

師：「故事書，屬於故事的文章，你都用這一個基架來看，是不是？」

生：「是。」

師：「OK，贊同他看法的請舉手。好，放下，你目前有用這個文章基架在閱讀文章跟寫文章的請舉手。好，放下，大部分都有。你在看故事書的時候會不會用這個基架？」

生：「會。」

師：「好，那麼給你隨便一篇文章，「今天的日記」，你會怎麼處理？昨天的好了，用昨天的事情寫一篇日記，你會怎麼考慮？我在問的是，陳又銓他的頭腦裡面，他現在要講，他是一個作者，他是怎麼思考的，這個提問和文章基架有什麼關係？如果用昨天的事寫一篇日記的話，你會怎麼安排、怎麼處理？你的頭腦會先跑出什麼東西？」

生：「很重要的一件事情。」

師：「接下來你怎麼安排這些事情要寫在文章裡面？」

生：「用文章基架。」

師：「是用文章基架，好，你會選擇哪一個文章基架？哪一個？重要的事情你已經想出來了，第二個，你馬上想到文章的基

教學河戀

教室小說工房

架，請問這個時候，你會用哪一個基架？是要寫文章的，寫文章的基架有很多種，對不對？」

生：「對。」

師：「我的答案標出來的是哪一個基架？烤肉基架，中秋節的烤肉基架。」

生：「這樣子而已。」

師：「就想到這樣子而已，頭腦裡面就空白了？就不知道了？來，陳英諾妳告訴我們，如果妳跟他一樣寫這篇日記，會不會想到什麼事情？重要的一件事。」

生：「會。」

師：「好，請在這個地方考慮文章基架，妳會怎麼講？選擇哪一個基架？」

生：「我沒有想過這個問題。」

師：「沒有，請坐下。有想過這個問題的請舉手。或者你在寫日記的時候有想到這些東西的請舉手？林宜思來，妳說。」

生：「沒有想。」

師：「沒有想，真的沒有想？筆拿起來就一直寫了。OK，好，坐下。這一張我們下次再討論。想到一件重要的事情，筆拿起來就開始寫的舉手。」

師：「然後寫完了會檢查，檢查寫得好不好的請舉手。有沒有去問，自己寫得好不好。所謂的檢查是從頭到尾看一遍，只有這樣子嗎？認為只有這樣的舉手。放下，如果你寫完會考慮那裡寫得好不好，或是為什麼我認為這裡寫得好，我會用判斷的標準來看我寫得好不好的舉手。好，你用什麼標準來判斷你寫得好不好？」

生：「要像老師教的原因、經過、結果，然後去看有沒有問題。」

師：「你以前作文寫完的時候，你判斷的標準，都會去想原因、經過、結果。然後呢？」

生：「然後再看句子。」、「看標點符號有沒有寫錯。」、「然後錯字。」

師：「你很早就知道用『原因、經過、結果』來安排了。」

生：「以前作文分三段……。」

師：「以前作文班上過，在那裡上的？」

生：「台北。」

師：「台北上的時候就是用這個方法在上的。是不是？然後他們檢查句子通順不通順，說一說怎麼檢查的。」

生：「像如果寫日記的話，會用文章的基架，『原因、經過、結果』來寫日記。」

師：「好，他這個概念是從台北作文班學來的，所以他會用文章的基架，『原因、經過、結果』來寫日記，是不是這樣子？好，請坐，有這個習慣的請舉手。好，我問鄭品清，你寫一篇日記，以作者思考，你會做怎樣的安排？」

生：「先想最特別的事情，像寫故事一樣，安排出『原因、經過、結果』的文章基架，最後開始寫。」

師：「先想當天一件最特別的事情，一件事情跑出來了，在你的頭腦裡面，然後就像寫故事一樣，寫這件事像寫故事一樣，然後呢？然後就安排『原因、經過、結果』，安排出『原因、經過、結果』，故事體的文章基架，然後就開始寫。然後『原因、經過、結果』，有沒有把經過情形先排出來？」

生：「寫了幾件事後，它會自動會跑出來。」

師：「經過了這幾件事，文章自動會跑出來，會想了。一邊寫一邊想，因為它接著順序，一個故事的發生是時間的順序，你

根據時間的先後順序，事件會自動跑出來，是不是這樣？好，那寫完了呢？」

　　生：「檢查。」

　　師：「怎麼檢查？」

　　生：「看看有沒有寫『原因』，有沒有寫經過『情形、結果』。」

　　師：「好，看看有沒有寫『原因，有沒有寫經過『情形、結果』。好，鄭品清這個地方是很清楚的，從你的作者思考安排中知道，你把文章的結構應用到寫作的地方。」

　　師：「好，這篇文章是故事體文章，有『原因、經過情形、結果』，這個是故事體的文章基架。請問這一篇文章總共分成十大段，作者把它分成十段，這十段你要做分類的時候，要切斷，分段分類的時候，你會用什麼方法來分類分段？來，廖語山告訴我。」

　　生：「不知道。」

　　師：「還是你隨便分？還是根據作者分段，這樣就可以了。還是你會重新再處理這篇文章？請小組討論！

　　師：「這一篇是故事體的文章，有『原因、經過、結果』，你如果把這篇文章重新做分類，你會怎麼樣處理？就是你怎麼處理這篇文章的資料。重新整理，OK，我知道你所謂的重新整理，是不是把這篇文章重新按照一個方法把它分類？是不是？好，你怎麼重新整理？你們那組有沒有討論重新整理這個問題？好，用什麼方法處理？」

　　生：「重新整理要根據事件來做分類。有些事情把它分成一段。」

　　師：「模仿貓碰到了什麼事件，把每一個事件都分開來。好，請坐。」

生：「跟他一樣，用事件來分類。」

師：「同意的請舉手，好，大概就是這個樣子。好，放下。接下來同學要做的，是請你根據事件做分類，然後告訴我。這個地方，文章基架已經出來了，接下來的段落要怎麼樣把它放在這個文章基架的下面？我們說『原因』這個地方會有一個段落大意，整個『經過情形』會有一個段落大意，『結果』會有一個段落大意，對不對？」

生：「對。」

師：「這一個是段落的大意。好，底下就是事件，文章從第一段到第十段，在這地方要做分類。小組討論五分鐘。」

師：「這個『原因』就是原因段，『經過情形』就是經過情形大段，原因段、經過情形大段、結果大段。等一下你們小組說的時候，整篇文章怎麼切的，我們就要馬上排在黑板上了。然後，為什麼你會這麼說？」

生：「原因跟結果就是前面的課文，跟後面的，開頭跟結尾。」

師：「開頭跟結尾，所以原因是在第一段。」

生：「還有第二段。」

師：「第一段跟第二段，這篇文章呢？」

生：「這篇文章是第一段。」

師：「你的原因段是放在第一段，然後，結果段是放在第十段，對，好。第一段跟第十段，原因跟結果已經切開了，這個是最快的方法，中間就是不好處理啦！難處理的是在中間，這個地方怎麼處理？」

生：「二到七段。」

師：「二到七段喔？二到七，然後呢？那八跟九怎麼辦？」

教學河戀

　　生：「一段。」

　　師：「八跟九一段。好，你們這個分類比較特別，跟他們不一樣的舉手，好，OK。」

　　生：「他亂講的。」

　　師：「他沒有亂講。我們現在看功力就看在這裡。分類的時候是一個看你的功力，好，為什麼？為什麼分，二到七段變成一個大段？來，我們馬上把它切開，二到七一個，八到九一個，然後呢？請下一組接著說。」

　　生：「第一段是原因。」

　　生：「二到七段是經過。」

　　生：「八到十是結果。」

　　師：「八到十是結果。他們把八、九、十合起來，這個地方變成結果段。你們這組討論是這樣，OK，請坐。接下來，還有哪一組跟他們不一樣的。你們小組跟他們一樣是八、九、十合成一段的請舉手。」

　　師：「八到十是說他發現自己的優點，所以這邊是結果段。那剛才你們怎麼說，贊成第一段是原因段，第十段是結果段？你們剛才沒有這個看法？你們一開始就八到十要合成結果段，是不是？好，OK。」

　　師：「好！那麼二到七段這個地方呢是模仿貓在模仿別人，對不對？」

　　生：「對。」

　　師：「好，這底下有沒有分成小事件？」

　　生：「有。」

　　師：「有幾個小事件？請告訴我。」

　　生：「六個。」

師：「來，哪六個？」

生：「模仿貓模仿大公雞，還有模仿綿羊、模仿大白鵝、模仿小鳥、模仿大樹。」

師：「大樹。那怎麼有六個？五個，贊成是五個的請舉手，OK，這個地方應該沒有爭議啦！模仿貓模仿了這五個事件，好，OK，快要下課了，小組討論一個很重要的問題，你有沒有發現，現在請你把你整個人跳到。注意喔！眼睛、耳朵。」

生：「看老師。」

師：「現在請你用天空的眼睛，把整個人跳高到教學之外，來看黃老師跟看小朋友，跳高起來了沒有。」

生：「有。」

師：「閉上眼睛，把靈魂的眼睛跳開來，你跳開來看到今天黃老師第一節課在上課的，黃老師跟小朋友在上課的，請你去抓，黃老師今天上課的思考，我的教學思考，我怎麼安排第一步、第二步、第三步的，我怎麼安排的，跳起來做教學思考，做一個小老師喔！這個工作是最難的。做筆記，然後做筆記完了以後，這個就是更高的，跳起來看比做筆記的能力更高。來看黃老師的教學思考。我怎麼在教這篇文章。像人家彈鋼琴作曲子的時候，跳高來，這個作曲家怎麼在編這首曲子的？好，停，眼睛張開，做到的舉手。」

師：「有誰做到？黃老師第一節課到現在都是在做什麼？」

師：「你抓不到的話，你上課就是這樣子模模糊糊的，你抓得到的話，你的能力就是小老師喔！」

生：「閱讀寫作的那個思考。」

師：「閱讀寫作的能力。這是我的教學思考，怎麼說？」

生：「模仿貓的原因、經過情形，還有發生的小事件，還有結果的文章結構。」

教學河戀

教室小說工房

師：「這是什麼？你現在所說的是閱讀。是不是？閱讀的時候，我們可以先把文章做分類，『原因、經過、結果』，然後把很多小事件都排出來。」

生：「對。」

師：「這是閱讀的方法。這是不是閱讀跟作文的整理。」

生：「寫故事的時候用這個方法來安排。閱讀的時候，用這個閱讀的方法來閱讀。。」

師：「然後接下來繼續安排小事件。所以你從這裡看到老師上課的步驟。你看到的角度，一個是閱讀的方法，一個是作文寫作的方法。這兩個可以做配合。那麼，你看到的跟他看到是一樣的請舉手。你沒有看到這個就不要舉手，有看到就舉手。好，只有七個，先下課，我們等一下繼續。下課。」

（第一節結束）

3.

師：「來，看到這裡，這個地方是大段的段落大意。先把它留著，現在請小朋友小組討論，你把二到七段分成五個事件，這五個事件都是在說什麼，就是這一段的段落大意，對不對？」

生：「對。」

師：「然後我們先把這篇文章按照二到七、八到九分段，這一組的基架，我們以後再討論。我們要先找出這一段的段落大意，然後跟八、九段的段落大意。眼睛、耳朵。」

生：「看老師。」

師：「這一段二到七段都是在講什麼。你這裡要注意聽，我回去派的功課，會派整張的文章基架表讓你回去寫，完成整張的

表。好，二到七段變成一段，然後這裡八到九段變成一段。這一段的段落大意跟這一段的段落大意都是在說什麼，合起來才是經過情形的大段的段落大意，對不對？」

生：「對。」

師：「好，現在請你小組討論二到七段都是在說什麼？好，要寫段落大意，先告訴我。眼睛、耳朵。」

生：「看老師。」

師：「你要寫出二到七這一段的段落大意都是在說什麼，等一下一句話要把它講出來，講得簡短，對不對？」

生：「對。」

師：「好，你要討論什麼基架？」

生：「文章基架。」

師：「什麼基架？」

生：「文章基架。」

師：「文章基架一大篇，『原因、經過、結果』，這個是屬於篇的文章基架。然後到底下這個地方來了，這個地方要寫出段落大意，你要考慮什麼基架？」

生：「段落基架。」

師：「小原因、小經過、小結果就是這邊組合起來的小原因、小經過、小結果，對不對？」

生：「對。」

師：「所以這個地方有一個基架，叫做段落基架。段落的基架有小原因（主題句）、小經過（推展句）、小結果（結論句）把它組合起來。然後，這又是等一下要用一段話把它講清楚，牽涉到的是，你的句子那一段寫得通順不通順，有沒有考慮到你的基架？一句話你要把它寫清楚，到底寫得通順不通順，會考慮到

什麼基架？」

　生：「造句的基架。」

　師：「文章基架只是看出『原因、經過情形、結果』，然後，句子的基架可以檢查你寫的句子通順不通順，是不是？所以這裡你就會考慮使用句子的基架。請問句子的基架是什麼？」

　生：「主角＋怎麼樣＋結果（主詞＋述詞）。」

　師：我們回到句子的基架，都講主角＋怎麼樣＋結果。所以等一下要先確定主角是誰。」

　生：「模仿貓。」

　師：「好，主角是模仿貓。我們先把這個主角標出來『模仿貓』，怎麼樣，又怎麼樣，又怎麼樣，結果。對不對？」

　生：「對。」

　師：「請小組討論，說出二到七段合起來的段落大意，開始。討論完了，你們那組要把它寫出來，寫在一張紙上。時間六到七分鐘，開始。OK，你要，眼睛耳朵。」

　生：「看老師。」

　師：「你們是經過討論喔！討論以後檢查通順不通順，通順不通順還要考慮到有沒有包括你們分類底下的這五個小事件。而且這五個小事件有一個都是在說什麼的共同重點，這個要放進去，像我們從第一課到第三課，這個重點沒有放進去的時候，不能夠表現出這個段落大意最重要是在說什麼。OK，『模仿貓怎麼樣又怎麼樣結果』。好，小組討論把這句話寫出來。開始。」

　（討論）

　師：「來，現在要做的是你們要討論這張單子上面這六組的全課大意，你會發現第一組到第六組的全課大意很多都不一樣。到底，到底哪一個全課大意才是我們能夠充分表達這一課『模仿

貓」所要表達的全課大意？在討論的過程中寫完了段落大意，注意看，第一個，你寫完了段落大意，第二個，你們這一個小組要先檢查你根據什麼標準，你根據什麼標準來檢查這一段寫的是正確的？所以你必須要回到文章來看，OK？」

第一組：「模仿貓嫌自己不好，所以要模仿別人，因此大家叫牠模仿貓。」

師：「其他小組在發表的時候你要注意聽，他跟你的有哪一個小小的地方不一樣？等一下我們要回來判斷，到底有沒有把重點寫出來？這個地方是重要的，否則你沒有辦法認定，你寫的到底哪一個是最正確的段落大意。好，第二組，大聲一點。」

第二組：「有一隻黑貓嫌自己不好，一直模仿別人，所以農場主人叫牠模仿貓。」

師：「模仿貓，第一句跟第二句你們已經有明顯的有一個地方不一樣了，第一句跟第二句有一些地方不一樣了，請你去發現你裡是不一樣的？第三組。」

第三組：「模仿貓因為自己有很多缺點，所以一直模仿別人。」

第四組：「有一隻貓覺得自己不好，喜歡模仿別人，所以農場主人叫牠模仿貓。」

第五組：「有一隻黑貓，常常模仿別人，因為他嫌自己不好，所以主人叫牠模仿貓。」

第六組：「農場裡有一隻黑貓，牠嫌自己全身都不好，因此羨慕模仿別人，農場主人叫牠模仿貓。」

師：「好，來，第一組，你們根據什麼標準，來看你們這一段寫的有抓到重點，就是這一段的段落大意。根據什麼？剛才有沒有討論這個題目。」

生：「有。」

師：「每一組要找出我們全班判斷寫段落大意的檢查標準有那些？開始，靠過去做小組討論。」

生：「我們是以一段有小原因、小經過、小結果的標準來檢查的。小原因是：模仿貓嫌自己不好，小經過是：模仿貓覺得自己不好，所以要模仿別人。小結果是：因此叫牠模仿貓。」

師：「他們是根據小原因、小經過、小結果來檢查的，你們認為對嗎？」

生：「對。」、「對。」

師：「我不同意喔！我，你對不對我不管啦，但是我先表示不同意啦！因為我認為裡面還有一些小小的問題，只有根據小原因、小經過、小結果來檢查是通順了，人家的有結構了，這一段的結構有了，來，潘誌銘。」

潘誌銘：「就是第一段，就是我們覺得比較重要的，像能夠表達整個第一段一些重要的地方，把它加在一起寫成大意。」

師：「喔？你們判斷重要的是那裡？」

生：「判斷重要的就像『因此叫牠模仿貓』，這就是模仿貓的由來。還有就是他覺得自己不好、一直模仿別人，這也是算他的由來。」

師：「牠覺得自己不好是牠最主要的原因。」

生：「然後再加一些事件，所以要模仿別人。」

師：「因為自己不好，所以要模仿別人。你們認為你們寫的這個段落大意是正確的？」

生：「嗯！」

師：「OK，好，你們自己判定的是正確的。」

師：「來，第二組！你們怎麼判斷你們這一個寫的是正確

的？」

　　生：「一直模仿別人是表示牠在做什麼事情啊！然後牠看到自己不好，所以才會一直模仿別人，所以是做這件事的原因。」

　　師：「好，來！」

　　生：「然後因為牠這樣子模仿別人，然後一直嫌自己不好，農場主人才叫牠模仿貓。」

　　師：「再說一次。」

　　生：「因為牠嫌自己不好，又模仿別人，所以農場主人才叫牠模仿貓。」

　　師：「正確，OK，好，來，我同意百分之七十啊！第三組，根據什麼來判斷？」

　　生：「先把這一段文字裡面的小原因、小經過、小結果抓出來。然後再把這一段的重要句子抓出來，例如牠一直模仿別人。然後再把重要的語詞找出來，就是牠的名字來源就是因為牠『一直模仿別人』。還有牠嫌自己很多缺點，就是把牠寫成『牠認為有』。」

　　師：「牠嫌自己的很多缺點，你們把牠寫成認為自己有很多缺點，為什麼你們會用『認為自己』？」

　　生：「因為別人並不代表就是牠『自己認為』，牠一定有很多缺點。」

　　師：「別人並不一定認為代表牠這隻貓是有問題的，是牠自己認為自己有問題，所以你們才用『認為』自己有很多缺點，OK，來，接下來怎麼辦？……」

　　生：「就是前面有寫出牠的名字是模仿貓。」

　　師：「牠的名字，這邊是癥結點。」

　　生：「然後牠就一直模仿別人，牠的名字就是因為牠一直模

仿別人，所以牠叫模仿貓。」

　　師：「好，OK，然後你們抓的重點裡面，你看喔，你們這裡有放進去『一直』兩個字，第二組也有放進去『一直』兩個字，然後我們知道了第一組他沒有放進去「一直」。好，你們判斷『一直』是重要的嗎？為什麼？」

　　生：「因為「一直」就是代表牠不管看到誰，牠都會去模仿，牠都不會去想牠自己特別的地方。」

　　師：「要怎麼講？」

　　生：「就是牠每天早上起床，就是一直模仿別人，都沒有停過啊，都沒有停下來想牠自己。」

　　師：「牠從來沒有停，牠從早上起來就『一直、一直』去找人、『一直』模仿，從來沒有停下來想自己有沒有什麼長處，對不對？所以你們判斷『一直』是很重要的，如果沒有『一直』咧？」

　　生：「那就等於說牠可能有時候不會模仿別人。」

　　師：「有時候就可能不會模仿別人，所以加進去『一直』兩個字，是因為牠一直都在做這件事，也一直認為自己不好。」

　　生：「對。」

　　師：「自認為自己不好。」

　　生：「對啊。」

　　師：「來，第一組，為什麼她們有這個考慮，你們這裡沒有加進去？」

　　生：「因為那是第一段，還沒到後面的段落。」

　　師：「啊？」

　　生：「因為那是第一段，還沒講到牠有沒有模仿別人。」

　　師：「因為牠只是文章的第一段，從文章還看不出來牠有沒

有一直模仿別人，所以你們「一直」就沒放上去。如果整篇文章你們自己做過全課大意了，你們自己做過結構表，再回來檢查這一段，你們要不要加進『一直』兩個字？為什麼？」

　　生：「要。因為牠一直都在模仿別人，牠都沒有說自己有哪些優點。」

　　師：「因為文章的後面，真的有『一直』在模仿別人。」

　　師：「OK，來，第四組。」

　　生：「老師我們也要加『一直』。」

　　師：「你們也要加『一直』，為什麼？因為別人提醒了以後，經過別人解釋了以後，你發現非常有道理，不加好像不行。」

　　生：「對。改成『一直喜歡模仿別人』。」

　　師：「一直喜歡模仿別人，『喜歡』兩個字要去掉嗎？還是你們覺得不要去掉？別組沒有，你們這一組有反而更好。」

　　生：「不要，不要去掉。」、「老師，『喜歡』去掉。」

　　師：「『喜歡』去掉。」

　　生：「牠應該不喜歡。」

　　生：「牠不喜歡幹嘛模仿別人？」

　　師：「不一定喔！不一定喔！」

　　生：「模仿貓模仿別人的原因，是為了要變得更好，但是不見得牠喜歡模仿別人。」

　　師：「牠不見得那麼喜歡模仿別人，牠只是要讓自己更好。」

　　生：「嗯！」

　　師：「OK，好，來，你們這一組根據什麼標準，來檢查你們這一段是正確的重點。」

生：「先用『原因、經過、結果』把它找出來，把文章的重點抓出來，然後再用檢查句子的方法來看。先找出主角，這一段的主角是模仿貓。牠覺得自己不好，喜歡模仿別人，第三句結果就是農場主人叫牠模仿貓。」

第五組：「我們根據之前寫的那張結構表來檢查。把全組寫的重點合起來。」

第六組：「用『主角＋怎麼樣＋結果』來檢查。主角是農場裡有一隻黑貓牠嫌自己很不好，然後一直羨慕別人、一直羨慕模仿別人，結果農場主人叫牠模仿貓。」

師：「好，來，看這裡喔，我們從一組到第六組開始在檢查的時候。第一組的「一直」跑出來了，然後有些字要做修正的，『牠是嫌自己長得不好』、『嫌自己不好』、『覺得自己不好』、『覺得自己有很多缺點』的選擇不一樣，對不對？」

生：「對。」

師：「好，全班再小組討論，第一個『嫌自己不好』，第二個『認為自己有很多缺點』，第三個『嫌自己長得不好』，應該用哪一個才能表現出這一段落的重點。小組討論開始，一分鐘，好，停，OK，東西收起來，下課。」

（第二節結束）

4.

師：「OK！第一組要講。把八、九段的經過檢討以後，組合起來。」

第一組：「模仿貓在回家的路上，聽到動物們讚美牠的外表，及主人肯定牠的能力，及農場主人肯定牠的才能，牠感到非

常驚喜！。」

師：「請問全班同學，他們這樣子講，你們同意嗎？同意的舉手！好！不同意的、還要再加的、還要再刪的請舉手！來！許世賢你說！」

許世賢：「在模仿貓走到回家的路上加個『失望』。」

師：「模仿貓走到回家的路上這裡，還要再加一個模仿貓失望的走在回家的路上」。可不可以？」

生：「可以！」

師：「因為牠這一段時間模仿別人，都被排斥了！牠真的很失望，他有把牠點出來了！同意不同意？」

生：「同意！」

師：「好！OK！非常好！然後這裡還要再加什麼？哪邊要加或者要刪掉的？林宜思你認同這樣子嗎？贊成嗎？請發表你的看法！我們把錄音機對準你的嘴唇。請說！不說話！」

林宜思：「沒看法！」

師：「沒看法！太棒了！這個小朋友已經跟模仿貓一樣，傷心的把他心裡面想講的話都躲起來了，還對我翹嘴巴！真是的！這裡我們真的有把這個八、九段的段落大意，有把重要的地方抓出來了，一個是牠的能力，一個是牠的外表，所以，牠的問題一開始在原因的地方，自己認定自己不好，一個是外表的不好，但是牠不知道牠的能力好不好，所以牠就開始模仿別人了！然後走了這一段人生歷程的路，走了五段路，五個事件走了五段路，對不對？到第八、九段的地方，他的問題才慢慢的解決了！請問，請問，牠解決這個問題是牠自己解決的？還是別人幫忙牠的？」

生：「牠自己解決的！別人沒有，靠牠自己發現的！」

師：「別人沒有幫助牠嗎？請說！」

教學河戀

生：「錯！」

師：「錯！你不贊成他的看法！你認為？」

生：「因為讚美牠就表示已經幫牠了！」

師：「讚美他就表示已經幫牠了！讓牠更有力量想站起來！」

生：「對！」

師：「好！OK！潘誌銘也是這個看法！來！陳拉格請說！」

陳拉格：「我覺得，那應該是……有別人幫助牠！牠本來開始有一點點信心，然後，開始信心越來越多，越來越多。」

師：「所以就是說，因為別人的鼓勵跟肯定牠，所以牠的信心越來越多、越來越多，所以牠站起來的力量就更大！是不是？」

生：「是！」

師：「OK！非常好！來！許世賢！」

許世賢：「我認為牠應該是一半是自己發現，一半是別人幫助牠的！」

師：「一半是別人，一半是自己，不簡單！請說！」

許世賢：「第一個，牠自己是因為沒有機會在大家面前被誇讚。是牠自己無意間發現別人在誇讚牠的。所以，第一個是一半是自己發現的，一半是別人無意間講出來的！」

師：「也就是說，一個人開始要面對肯定他自己的時候，有一半是因為別人的鼓勵，然後有一半是他自己的責任，是這樣子？對不對？如果別人鼓勵他，他還是沒有辦法認為那是他的優點，他可以站起來嗎？」

生：「不可以！」

師：「不可以！對不對！好，所以，一個人長大，真正發現自己的時候，自己要負一半的責任，別人要負一半的責任。如果

到後來，第八段跟第九段的時候，大白鵝、大公雞看到牠，也不讚美牠，農場的主人也不肯定牠的能力，那模仿貓在這個時候可以發現自己嗎？」

生：「不行！」

師：「不行！所以，別人對牠是一個，別人給牠的讚美跟肯定，是一個幫助牠一半的力量。另外一半的力量來自於牠自己，牠必須要開始進入反省，我真的有這一些優點嗎？我的外表真的不錯嗎？在第一次反省的時候確定，我真的不錯！農場主人又再肯定牠的時候，牠第二步又進入反省。原來我有這個能力！我怎麼沒有去發現這一個能力？好可惜喔！這一半跟別人那一半的責任，幫助牠自己走出來！是經過牠反省、檢驗，牠憑什麼？牠根據什麼來判斷自己是好的？牠根據什麼？」

生：「別人對牠的肯定。」

師：「根據別人對牠的肯定！牠反省了以後，真的覺得自己不錯！而且牠反省的時候，也看到自己真的有這個優點！所以，牠肯定了！這個是由牠自己確定的不錯。不像第一段的原因，牠自己認為自己不好，有很多個不好，OK？」

生：「OK！」

師：「好！我們同學裡面有沒有人有類似模仿貓這樣的問題的？」

生：「有……」

師：「有嗎？怎麼可能？」

生：「廖裕隆。」

師：「廖裕隆會嗎？你說看看！你有類似模仿貓這樣的經驗嗎？是他認為的！你不認為？所以，請你告訴他！我廖裕隆本來就認為自己不錯了！許世賢同學，請你去看看，你自己那一半好不好！」

　　師：「好！OK！在這裡我們先停一下！二到七段是經過情形裡面的一個小段落。八到九段是經過情形二，是另一個小段落！接下來我們要把經過情形這一個大段，全部把它組合起來，變成經過情形的段落大意。請看到藍色的這兩個，我畫三角形的地方，這兩個怎麼把他組合起來，變成這一課經過情形的段落大意？小組討論開始！老師現在要錄第一組的討論，討論開始！」

　　生：「就是經過情形段落裡的每個不同的模仿把他記下來！」、「模仿貓模仿過的動物、植物」、「還有牠都沒有放棄啊！」、「這是前面。」、「對啊！」、「就是模仿貓最後聽到別人說牠好、稱讚牠，要怎麼結合起來？」、「就是，模仿貓覺得自己不好，牠模仿了各種動植物，然後都失敗，但是牠一直都沒有放棄牠的模仿。」

　　師：「你表示一下意見。你們現在討論的時候，應該是要看黑板，上面那個藍色的地方。」

　　生：「喔！好！動、植物……但是……但是牠一直失敗，牠一直都沒有放棄模仿別人，然後還有……牠在失望的走在回家的路上，聽到動物們讚美牠的外表，及農場主人肯定牠的能力，讓牠感到非常驚喜！」

　　師：「好了？」

　　生：「寫好了！」

　　師：「既然我們要把二到七段跟八到九段，兩個要把它合併起來，改變成經過情形的段落大意，我們可以從這裡圈一些重要的用詞、句子，來！『一直模仿』重要嗎？」

　　生：「重要！」

　　師：「好！主角是模仿貓對不對！」

　　生：「對！」

師：「好！『一直模仿重要』！畫起來！然後呢？接下來那一個重要？『卻一直失敗』！然後呢？『始終沒有放棄！對不對！接下來還有哪一個？」

生：「『失望的走』！」

師：「好！『失望的走』！失望的走在回家路上！然後呢？」

生：「『讚美牠的外表』！」

師：「『讚美牠的外表』！還有？」

生：「『肯定牠的能力』。」

師：「『肯定牠的能力』，我們發現這兩個地方是重要的、重要的重點！」

生：「『令牠感到非常驚喜』！」

師：「『令牠感到非常驚喜』！好！我們先把重要的這些畫起來！其他就變成比較不重要的！開始！把這個句子串通順了！來！模仿貓一直模仿別人，但卻一直失敗！牠始終沒有放棄，來這裡加上個字，始終沒有放棄，沒有放棄什麼？」

生：「模仿別人！」

師：「牠始終沒有放棄『希望』！牠的『希望』就是能夠讓自己變得更好！對不對？」

生：「對！」

師：「而不是希望一直模仿別人！牠始終沒有放棄希望！接下來！當這裡加上『當牠失望的走在回家的路上』……」

生：「聽到別人……」

師：「聽到別人讚美牠外表，及肯定牠的能力……」

生：「牠感到非常驚喜！」

師：「令他感到非常驚喜！好！這是經過情形大段的段落大意，OK？」

　　生：「OK！」

　　師：「OK！好！下課！原因段、經過情形段的段落大意已經出來了，現在請你討論結果段的段落大意！時間五分鐘，開始！結果段很好抓了，你只要參考原因段跟經過段，你就知道結果段的重點要放在哪裡！我們請第一組說，來！」

　　第一組：「模仿貓發現自己的優點，也肯定自己的能力，也建立自己的信心，最後，不再隨便模仿別人！」

　　師：「好！黃老師要加一個意見！模仿貓最後發現自己的優點，加上『最後』兩個字。因為，這一段路牠一直在模仿別人的時候，是一段自我追尋的過程，真是太辛苦了！到最後這個地方，牠才發現自己的優點，已肯定自己的能力，建立自信心！不再隨便模仿別人！文章裡面提到的是「不再隨便模仿」！牠有沒有說不要模仿別人？」

　　生：「沒有！」

　　師：「沒有！他說不再隨便模仿別人！也表示說你可以模仿別人，但是模仿別人的時候，不要去忘記了自己原來有的優點，跟自己的能力，OK？」

　　生：「OK！」

　　師：「好！這個是結果段的段落大意。接下來我們要討論的是全課大意，必須回來看原因段、經過段、結果段，全部要把它串聯起來，而且字數也不要寫那麼多了！把它長句縮短的濃縮成為一個全課大意！開始，討論！」

　　師：「討論完的小組，你們還要再判斷一次，跟那一張金字塔對照的時候，你會根據什麼標準來判斷你們這一組，這一次討論的是最正確的，好的小組舉手。第一組，先告訴我你們是？你們剛才在討論的時候沒有判斷的標準嗎？否則怎麼知道寫的是最

正確的呢？你們這一組的有討論嗎？」

　　生：「有。每一段的關鍵字。像做了什麼事？人在哪裡？誰是故事主角？主角得到了什麼？」

　　師：「好，你們把你們的全課大意念給我聽。」

　　生：「模仿貓嫌自己不好，常模仿動物、植物，但每次都失敗，牠很傷心的走在回家途中，遇見動物和農場主人都在誇獎牠，牠很驚奇，從此建立了自信心。模仿貓的人生歷程不再是隨便模仿別人。」

　　師：「這個是他們第二次修正出來的修正稿。來，他們的第一次全課大意跟第二次的修正稿有沒有差很多？」

　　生：「有。」

　　師：「好，透過和其他小組的比較，這是他們第一次在討論文章的時候，沒有討論到文章的細節，而這一次為什麼認為細節重要？why？」

　　生：「因為，如果有人事先沒讀過這一篇文章，沒深入了解的話，單單看那一章的全課大意會看不懂那個故事內容和大意。」

　　師：「好，那也就是說這一個摘要的重點，是要考慮到讓另外一個讀者拿到你們的大意，要能夠掌握這篇文章的內容細節，是不是這樣子？」

　　生：「老師，我們第一組的第一次寫的文章都沒有放入細節和情感，所以我們都比較不好。」

　　師：「不好？」

　　生：「嗯！」

　　師：「來，全班現在來討論他們這個意見，集中討論這一組的意見，他們的意見是要把細節放進去，因為他們繼續考慮到文

章的內容跟大意，為了讓另外一個人拿到這個大意時能夠幫助他趕快了解、掌握這一篇文章的內容跟大意，所以這一個細節放進去是重要的。」

師：「坐下，第三組，又是妳發表。不用了，坐下。第四組，好，OK！到這裡暫停，『眼睛、耳朵』。」

生：「看老師。」

5.

師：「我們來討論一件事，剛才為什麼陳英華起來要發表的時候，她才說了一句話，為什麼我說：『坐下，不用了。』」

生：「因為每次都是她在發表啊！」

師：「這不是我要的，我請她不要說了、坐下，有我黃老師的思考。你要跳出去看黃老師的思考，一個老師在做決定的時候，他的思考是怎樣的？來，崔家俊。」

崔家俊：「沒有合作。」

師：「他們小組沒有合作，你說對了。兩個問題，第一個，我請她坐下是修理這一組，這一組不是共同小組在合作的，這個我不要。第二點，雖然請到陳英華，現在我們要處理的事情，是要把他們這一組的意見表達出來。陳英華妳說妳現在發表的是感受，還是意見？」

陳英華：「感受！」

師：「感受，請她說，妳可以流眼淚，也可以生氣，但是要表達清楚。」

陳英華：「我想出來了啊！可是我不知道他們有沒有想出來？」

師：「所以妳覺得妳個人在這個小組很委屈？」

陳英華：「不是，我沒必要講的，講我自己的。」

師：「妳說沒有必要發表自己的意見，那妳覺得要發表出什麼？」

陳英華：「應該是他們自己要來討論啊！每次都是我討論。」

師：「OK，也就是說陳英華所碰到的問題，是他們這一組的小朋友不參加討論，所以……」

生：「有時候都是她和蔡詩修一起想的。」

師：「所以，是他們兩個完成，而不是小組完成的。但是發表都是由她來發表？」

生：「……」

師：「那妳的問題現在是什麼？」

陳英華：「就是我不想每一次都是我自己來發表啊！」

師：「如果說每次都是妳發表，但是這一個發表是你們這組共同討論的結果，妳願意不願意發表？」

陳英華：「可以啊！可是這一次是我自己一直想，根本沒有一個組長、副組長來主持啊！」

師：「那也就是說，你自己弄的東西、自己想的東西，妳認為是……」

陳英華：「我沒必要一定要講啊！」

師：「沒必要一定要講，是因為這個是妳個人的意見，黃老師要的是全組的意見，但是這個不是全組的意見，所以不想講，妳是堅持這一點？」

陳英華：（點頭）

師：「不是她個人的意見，她有權利表達她不願意發表。而如果這個是全組所討論出來的，她有義務要講。是不是這個意

思？是不是？」

陳英華：（點頭）

師：「那麼妳堅持的是個人？還是小組？妳堅持，我就是不想講。我發脾氣是因為個人？還是對這個小組生氣？還是兩個都有？一個是個人，一個是小組。一個人，一個人在做人生某種堅持的時候，一定有他認為最重要的、需要堅持他人生的某種決定跟判斷。」

陳英華：「我的意思是希望每個人都有講啊！不是只有我一個人在想。」

師：「喔！妳是希望大家輪流講，這樣妳個人就不會生氣了！好，第二個問題，剛才妳也認為說：那是妳個人的意見，黃老師要的是小組的意見。妳認為這個不是小組的，所以妳很不高興？」

陳英華：（點頭）

師：「這個比較重要？還是個人的？哪一個會讓妳認為是要堅持的？」

陳英華：「小組。」

師：「小組的，是小組這個嗎？所以妳會堅持，是小組的意見妳才願意發表，是嗎？好，她雖然生氣又流眼淚了，也表達她的意見了。請問陳英華有沒有錯？」

生：「沒有。」

師：「沒有錯誤，她堅持的點，你們認為正確的請舉手，放下。第二個問題，×××所堅持的跟她的處理方式認為好的請舉手，妳的堅持是正確的，但是這樣表達出來的方式，全班認為哪裡要修正的？舉手，有沒有什麼可以幫助她處理得更好的？」

　　蔡詩修：「就是發表，然後發表完跟老師講這是我個人的看法。」

　　師：「我個人的。」

　　生：「這是我個人的。」

　　師：「剛才他們沒有在一起討論，所以是違背老師要的全組的意見，老師希望你們能夠了解這個，是這樣的嗎？好，妳可以接受嗎？」

　　陳英華：（點頭）

　　師：「好，剛才處理妳的事情，妳學到什麼？」

　　生：「走出退一步的精神，找到更好的處理方式。」

　　生：「要告訴他人往往會遇到很多挫折，那些挫折不是靠生氣來把它解決，要靠正常行為或想辦法用別的方式。」

　　師：「老師要的是什麼？黃老師在教室裡面在做兩件事，一件事是在黃老師是在教書，黃老師在教書，教小朋友讀書，一件是黃老師在教人，教人怎麼教？教他怎麼做人處事。我停下來是要教她怎麼樣處理這件事情。處理這件事情時，她說明了堅持，堅持點都很清楚了，針對個人的清楚、針對團體的清楚，只是她的處理方式，不是很好的處理方式。所以我要停下來教這一個處理事情的方式。」

　　陳英華：「謝謝老師。」

　　師：「好啊，好得不得了啊，非常的好啊，呱呱叫啊，脾氣也呱呱叫啊，那是她的個性、脾氣、情緒，這個地方處理的方式太快了。只要陳英華能夠停下五分鐘，想一下什麼是更好的方式，能夠把她要解決的說明得更清楚，得到大家的認同，這個孩子她就長大了。OK，為什麼現在在笑，剛才在哭？」

　　陳英華：「因為剛才很生氣啊！」

師：「那現在為什麼不生氣？」

陳英華：「因為懂得怎樣去處理事情了。謝謝大家。」

師：「我們班剛才除了讀『模仿貓』，有沒有多讀一篇文章？」

生：「有。」

師：「來，哪一些？」

生：「讀到老師」、「讀到自己的想法」、「做人處事」、「要用不同的方法來看生活」。

師：「OK，請坐，上了『模仿貓』以後，你們會不會模仿老師的處理方式？」

生：「會。」

師：「請問這個是叫做隨便模仿嗎？」

生：「不是。」

師：「OK，好，閱讀，我們現在上的是文章閱讀，文章閱讀有一個是閱讀這一課課文，有時候是閱讀別人的經驗，有時候是閱讀你自己的判斷，閱讀的角度有這麼多，OK？」

生：「OK！」

師：「我們現在在做什麼？我現在回到教書，教書有兩個，一個是教小朋友來讀大意，一個是教小朋友抓大意的方法，了解？」

生：「了解。」

師：「我們共同再找一個方法，這個方法是可以很好使用的，幫助你更快去處理資料的方法，對不對？以後你就會用這個方法去處理事情，對不對？」

生：「對。」

師：「好，休息。好了，今天這一節課到這裡就好了。」

6.

　　停了幾天，黃老師把全班的小組討論稿，整理後發出一張作業單：

（93年10月7日）

　　這是六年四班各小組綜合原因段落大意、經過情形段落大意、結果段落大意的「全課大意」討論結果。

　　現在請全班同學討論出這一篇文章的全課大意：

　　第一組：模仿貓的人生歷程，和牠的人生起落點，和牠始終沒有放棄的精神。

　　第二組：模仿貓嫌自己不好，常模仿動、植物，主人叫牠「模仿貓」，但每次都失敗，牠傷心的躲起來，牠在回家的途中，聽見大白鵝、大公雞和農場主人都在誇讚牠，牠很驚奇！從此牠建立了自信心，不再隨便模仿別人。

　　第三組：模仿貓認為自己沒有長處，而到處模仿別人，但卻換來更多的難過。當牠聽到別人的讚美和肯定，發現了自己的長處，便不再隨便模仿別人了。

　　第四組：模仿貓認為自己不好，所以才模仿別人，牠一直模仿別人卻一直失敗，傷心的躲起來，到最後才發現自己的優點，不再隨便模仿別人。

　　第五組：有一隻黑貓，牠嫌自己不好，所以農場主人都叫牠「模仿貓」，牠模仿了大公雞、綿羊、大白額、小

鳥和大樹，可是都沒成功，到最後牠聽到大白鵝、大公雞和農場主人的話，牠從此建立了自信心，不再隨便模仿別人了。

第六組：有一隻黑貓，嫌自己不好，一直模仿別人，主人叫牠「模仿貓」，牠模仿動植物，都沒成功，牠難過、失望，但牠始終沒放棄希望。回家的路上，聽見動物和主人誇讚牠的外表、本能，牠很驚奇，最後牠發現自己的優點，建立信心，不隨便模仿別人。

我們在10月14日（星期四）全班討論大意時，第一組的同學看了10月7日第一次1～6組的全課大意之後，發現每一組的全課大意都有一些異同，因此進入第二次的修訂，修訂後的全課大意如下：

模仿貓嫌自己不好，常模仿動、植物，但都失敗，牠很傷心，在回家途中聽見動物和農場主人都在誇獎牠，牠很驚奇！從此建立了自信心，模仿貓的人生歷程不再隨便模仿別人。

這時候老師請他們比較第一次全課大意和第二次全課大意的修訂稿，有什麼不一樣的地方？

他們說：「第一次討論全課大意時，沒有想到文章的細節。」

「為什麼文章中的細節在寫大意中是重要的？」老師追問著。

「因為如果別人根本沒有讀過『模仿貓』這一篇文章，這樣他就沒辦法讀到、了解這一篇文章的內容和大意。」同學回答說。

老師也接著澄清：「你們的意思是不是說：要從閱讀這一篇大意的讀者角度來考慮，是不是能夠把這一篇文章的大意說得清

楚、正確？在這裡我們考慮了作者的角度與讀者的角度在閱讀大意時的需求。」。

「這一張作業單上，老師要請你個人再寫一次『模仿貓』的全課大意都是在說什麼？並寫出你修改時的思考步驟是如何進行的？（包括你考慮了哪一些素？）」

房文琪個人再寫一次「模仿貓」的全課大意：

模仿貓認為自己不好，所以才模仿別人，牠模仿了大公雞、綿羊、大白鵝、小鳥和大樹，可是都沒成功，但牠始終沒有放棄。當牠聽到別人的讚美和肯定，牠很驚奇，從此建立信心，不隨便模仿別人。

房文琪修改時的思考步驟是如此進行的？

步驟1：先看看每一組的大意。
步驟2：再想一想自己認為模仿貓這篇文章的大意是什麼。
步驟3：把新的想法和舊的想法融合。
步驟4：想一想句子順不順。
步驟5：再看一看有沒有不必要的句子，如果有再把那句子刪掉。
步驟6：再看看句子是否OK了。

以後你如果要再書寫「故事體文章的全課大意」時，你從「開始」面對這一個寫大意的作業問題時，就開始「做思考」或從腦子裡「尋找過去寫大意思考的過程」，直到「結束」，把作

業交給老師。請你先寫出這步驟方法，並且以「六上國語第六課課文：狐假虎威」為例子，思考表白你做這一個題目的思考過程。

步驟1：先大概把文章看一遍。
步驟2：融入主角。
步驟3：分段落大意。
步驟4：推全課大意。
步驟5：檢查通不通順。
步驟6：把不需要的刪除。
步驟7：再看看段落大意是否OK了。

7.

書寫「模仿貓」內容深究作業單3

1.「模仿貓」的文章中，模仿貓看見自己的什麼？（從原因段落、經過事件段落、和結果段落的每一個細節來閱讀人生？）

（鄭品清）模仿貓一開始看見自己不好，也沒有任何優點，牠一看見大家的優點就想模仿別人，但牠一直失敗，直到聽到大家說到牠的優點以後，牠終於看見自己其實是有優點和長處的。

（張鈴華）模仿貓只發現自己的缺點，牠只盲目的羨慕、模仿別人。牠學公雞叫、希望農場主人幫牠跟綿羊

一樣剪毛、學大白鵝輕鬆自在的游泳、學鳥兒自由飛翔……。但是，牠學不成，牠覺得牠總是落後別人一大步，選擇逃避、躲藏……。但是，當牠回到牠失望的農場，牠發現，牠在別人眼裡是多麼的與眾不同，其實，牠擁有相當多的優點，牠看見自己是那麼的受人重視，牠現在才發現，原來大家在牠身上看到那麼多牠自己看不到的優點，牠決定向自己學習，向自己挑戰。

2. 你閱讀完「模仿貓」的文章後，你看見自己的什麼？（從原因段落、經過事件段落、和結果段落的每一個細節來關照自我？）

（鄭品清）我以前來附小時，開始我也覺得自己沒什麼優點，也很羨慕別人，但當我經過一些事情後，終於找到了我的優點和長處，從此就不在隨便羨慕別人了。

（張鈴華）我發現，其實我也曾經像模仿貓一樣羨慕過別人。可是最後，我發現，其實我自己也有別人所沒有的優點。我看見與別人大大不同的我，看見擁有優點的我。我看到「自信」出現在我身上……

3. 閱讀完「模仿貓」的文章後，你將會如何待人（善待他人）、待己（與自我相處）？

（鄭品清）我會用自己的優點來幫助別人，而我如果看到別人有的優點是我沒有的，我會向他學習，這倒不是模仿，因為每個人都會有一個自己才有的優點，而且說不定我有個優點是他沒有的。

（張鈴華）閱讀完「模仿貓」後，我會學習去關懷他人，學習去發現別人的優點並鼓勵他人，讓每一個人都覺得自己是「特別」的。

我也學習去相信自己是一個與眾不同的人,學習誠懇的對待自己。每個人都有不聽的優點和缺點,我相信,大家都是如此。

4. 你想一想,作者在文章的背後,告訴了我們什麼人生的道理?(請你用一句話寫出來好嗎?)

(鄭品清)每個人都會有和別人不一樣獨特的優點和長處。

(張鈴華)我們每一個人都擁有優點和缺點。大家看到的「你」都有不同的優點。只要你用心做好自己,相信你能發現優點,大家也會更肯定你。

5. 閱讀完文章中的人生與閱讀完自我的人生經驗之後,你有了什麼樣的體會?(這經驗對於你的意義是什麼?請用一段文字寫下來,當作是給自己的一份小禮物。)

(鄭品清)每個人一定都會碰到一些困難,這是難免的,因為人生的困難是為了讓你的人生更快的成長、發現自己。

(張鈴華)相信每個人都會再走人生道路時跌倒,而失去信心,但是,受到挫折時,千萬不要放棄,努力去面對,做一個充滿自信的人。

身為一個生命的求索者,應該為黃昏美麗的歸巢之歌下註解。

獅子兔在小庭院的小角落啃食,當牠倆站起來的時候,應該是聽聞著南風帶來進入初夏停駐的慈悲裡頭。牠們等候小松樹旁的蕨類植物告訴牠,木格窗裡的茶語工房有我的話語,透明玻璃屋頂上的葡萄正熟紫。

原諒我吧!我所聽到的成熟的聲音和顏色會在這場蟬鳴的畫作裡,以形形色色的記憶,點燃未來明年的春天詩句。紫藤的紫

花絮在第二年說出了我這渺小生命的自由沉默。黃昏之歌的甜蜜是無可比擬的，許多春天都會這樣子做：把開端用一朵花敞露色顏，而夜晚的燈光在某處如歸巢，歌曲自然。

聽說夏夜是美麗的音符，尤其是胸口沁著無數汗珠，吹起夜晚的南風之時，你的身體會有節奏之轉動。這個時刻，我習慣坐於木質落地窗前看台灣檜木的老紋路，背靠著窗框面向南方，讓三公尺高的筆筒樹葉下有個人影。獅子兔在夜晚躍動身上的白色服裝秀，在白色的世界裡，我可以近距離地看牠們的所思所想，都是為著綠色食物而走動，而人靜止的時候呢？

食物，我今年的等待有消息了。玻璃屋前掛著一長串巨鋒葡萄的碩紫，我享受了自己等待的視覺，二年了。今年見它伸出針狀的綠果實我就期待著。二個月，六十個日子，我看著它逐漸滿足我的想望。

我指著它向朋友歡呼，朋友還蠻訝異地我的神情。他們殊不知當上第一回合的農夫之喜樂景色，我這晚著實地幸福——嘗了自己掌心田中的果實。

教學河戀
教室小說工房

第六章　美麗的秋天

讓秋天點歌，楓葉敘述的音聲表現得非常遙遠，佇足在校門口旁的楓葉林中的眼神的那個人很遙遠，他的手掌在楓樹的木質部年代尋找年代，他索性躺在仰望的枝條與聲音裡，聽聽遼闊的邊界。（白佛言）

1.

班級進場引言

　　十月份是我們附小的綠色日子，綠色的葉子在美麗的秋天揚動肢體，翠綠的生長像我們的表演，你會看得到……。深綠的躍動像我們的手腳，在操場上的會前賽一樣，你會知道……追、趕、跑、跳、碰的所有趣味，是我們共同成長的饗宴。今天的序幕獻給你……

聖火進場引言

　　古老的傳說是一個心靈。傳說「火」是神聖的源頭，我們從那兒得到光明。現在我們依然傳遞著這一個光明，你看這迎著聖火的孩子，一步一步地慢跑過來。他帶來古

老心靈的源頭──「聖火與點燃的光明」，「聖火與我們
附小的小太陽」。

　　司儀在司令台上朗誦著序言，六年四班的眼神雪亮著，幾位
家長坐在休息區上觀賞，他們會轉頭和自己的爸、媽揮揮小手，
他們知道這一個「人生跑道」和往常不一樣，他們的人生要自己
做決定，大隊接力的棒次，把從沒參加過運動會競賽項目的同學
排上，他們討論過：「最後一次在附小的運動會，要把大隊接力
送給自己，當作美麗的畢業禮物。」

　　黃老師知道他們要什麼？競爭、合作、信仰在信念的映照
下，一切將變得微乎其微。他口頭上常掛著作家東年在「初旅」
小說中的一段話：「其實，你只要知道現在在哪裡，將要到哪裡
去，你就不會迷失方向。」

2.

　　六年四班大隊接力最後一名，班上同學卻是容光煥發，他們
集體跟著最後一棒跑上半圈，喊著：「加油！加油！」、「你跑
得很棒！」、「加油！」

　　林政智在終點接過同學遞給他的毛巾和礦泉水，還來不及喘
氣就先露出微笑地走著，身旁圍著一堆同學，有的拍他肩膀，有
的摸摸他掛著汗珠的頭髮，他內心彷彿在說著：「這是全班一起
跑完的『人生跑道』。」

　　運動會一落幕，班上同學把休息區整理得如往常一般，如老
師說過的：「離開這裡，要把這裡變得更好。」

　　因為要變得更好，所以他又會隨後補上自己的說明，他說：

「上帝為了揀選你，所以要粹煉你！」

　　他們開始習慣這樣的文化交流模式，手上的一張作業單「閱讀作者寫作思考作業單——月光秋涼」，同學們最先討論的是作業題要怎麼寫：

　　什麼時候傳回E-mail？可不可以和同學討論作業？有沒有要求字數？

　　邱明祥卻突發奇想地說：「『上帝為了揀選你，所以要粹煉你！』這一句話是誰說的？」

　　「考門夫婦《荒漠甘泉》書中的一句話，引自聖經。這一本書協助許多迷途羔羊，走出一條自己的道路。生命充滿著恩典。」黃老師懇切地看著邱明祥。

　　「『月光秋涼』這一篇文章是誰寫的？揍他！」

　　「《在夢裡愛說童話故事的星星》作者寫的。」

　　「老師！請你猜猜作者在說些什麼？」說完話，全班開始熱鬧了起來。

　　蔡詩修、張鈴華、房文琪、廖語山並沒有說話，她們專注在文本上。

　　靜謐的領域，讓這兒成為閱讀者思索文本的閱讀工作環境。過了十五分鐘，黃老師才邀請其中一組的小組長站起來，說：「陳又銓你說說看。」

　　「作者在說有一個對他相當重要的人（孩子、情人），在秋天的時候離開他了（第一段），並且寫出作者對那個人的思念（第二～九段），作者感到孤獨（第十一、十二段）。」

　　「林孟筑妳呢？」

　　「我猜作者想要表達，他在臥室裡，一陣涼涼的秋風，吹了進來，勾起了他的回憶（第一、二段），讓他想起了他最重要的

小孩跟情人離開了他（第五、九段），他覺得很孤單、孤獨（第十一、十二段）。秋天是寂寞的、月亮是溫暖的。在秋天的月亮下，想起以前的回憶，雖然回憶充滿了溫暖、快樂，但是內心卻是又寂寞又孤單，冷冷的。」

「邱明祥上帝你說呢？」黃老師詭異地笑著問邱明祥。

「這要細心的閱讀、思考、體會，我在E-mail裡回答你這深奧的問題。OK？」

「OK！天使飛走了！拜拜！」黃老師和他簡單的對話，倒給班上帶來不少幽默時光。

3.

月光秋涼

秋日，緩步的晚風拂過紗窗進來，臥室的空間開始有了秋涼的味道，一種讓人走在季節上的特殊味道，涼涼的。

這樣的季節像楓葉的綠，漸漸有了些微的粉彩一樣，像回憶中的思念顏色，總令人想起從前的某個日子。

走路的微風有如月光彈奏大地一般，淡淡、柔柔的一首詩。那天空千萬朵夢想的幻變，把天空沿這花瓣垂落夜晚的姿態。

這秋夜的林中，月光在這裡書寫。

我們都從自己走來，像一朵朵浪花從海藍走來，那遠處岸邊滾上來的潮音，活像小孩子笑開心裡的天空一樣，

天真的銀色音符。我走在這路途，沿著沒有思緒的天空一樣，把笑容打開。

上帝是個藝術，祂是自己本身的完成式，行進中的完成式。

是誰讓晚風這般吹涼啊？秋天的故事。

藍色海的午後，一群綠繡眼鳥舔著秋日海風的午後。我在悠悠海潮的歌聲中聽海的眼神。

夜神之歌，時間把我向右轉了半圈，我才能見到妳的影子飛來。我忍不住想問巢間的那群鳥兒，何時牠才會從林中傳開，那一片雪白的歌聲。

含了一口熱咖啡，我才走入轉冷的秋風之晨。

一棵樹，讓清晨東方來的陽光，穿不透葉綠的影子。

晨風走過樹間，跳舞的影子說著話，影子喋喋耳語的輕悄，讓我聽見沒有聲音的音樂。

一、請你猜猜作者在說些什麼？

二、作者這一篇文章寫得好不好？請根據「閱讀作者寫作思考表」做判斷，並從文章中舉出實際的例子來說明。

4.

一星期後的星期一早上，黃老師並沒有參加學生週會，他在導師室中收E-mail。

賴紀雅寫著：

我猜到作者在回憶他在田野間散步，看見了許多的情景和自己回憶的心靈感受，他以抽象化和空白的方式來表

教學河戀
教室小說工房

達出情景和自己的想法,這要深入的去讀它。

其實我也不太懂得。回憶的情景是很美的。作者用難懂的方式悄悄的表達了出來。還有空白,它好像休止符,在要說明時卻停下來,引起我們注意,但又不說出答案,讓我們自己慢慢的感受。

就像「是誰讓晚風這般吹涼啊?秋天的故事。」從「是誰讓晚風這般吹涼啊?」就直接接到「秋天的故事」。他要我們想像是誰讓晚風這般吹涼啊?這不是很奇妙嗎?

在回憶中,秋天代表了寂寞,月亮代表了溫暖。在這溫暖的月光下,讓人回想到以前,雖然以前是溫暖,但是在秋天思念就像落葉一樣,紛紛的離開,內心充滿著冷的感覺。

林孟筑寫了:

秋天時,作者在臥室中回憶起從前的美好日子。他聽到海浪聲,同時想起他那寶貝孩子,他回想從前,回想他心儀的人……。他試著讓自己接受「孤單」這個事實……

而判斷「文章書寫思考」,賴紀雅寫著:

我認為他寫得很好,因為我以閱讀作者思考表白來看,我發現他的寫作技巧很好,五感技巧都用上了,自己內心的感受也隱約的寫出來了。把休止符把握得很好,造成了我們讀者的好奇心,也把孤獨、冷清表達出來。例

如：「我忍不住想問巢間的那群鳥兒，何時牠才會從林中傳開，那一片雪白的歌聲。」這個「何時」顯示出他渴望有人陪伴，雪白的歌聲也表示出清涼的感受，即使有了歌聲，還是慘白的。

　　上帝是個藝術，祂是自己本身的完成式，行進中的完成式。這隱約的說出上帝其實是一個藝術，在進行中的藝術，創造出多采多姿的環境。還有他的時間安排，你一定覺得奇怪。其實他以在一個現在式的方式，秋天的時間，回想到過去的午後、夜晚到早晨。其實心是涼的，就像秋天的葉子，一片一片的掉落，離開了大樹，這種分離、這種孤獨，都寫出來了。

林孟筑寫了：

　　我覺得他寫得不是很好，雖然五感技巧用得很好，形容詞、副詞也有，例如：第十二段的：「晨風走過樹間，跳舞的影子說著話，影子喋喋耳語的輕悄，讓我聽見沒有聲音的音樂。」表示他那裡安靜到沒有一點聲音，才會（聽）到影子說話的聲音。第九段：「夜神之歌，時間把我向右轉了半圈，我才能見到妳的影子飛來。我忍不住想問巢間的那群鳥兒，何時牠才會從林中傳開，那一片雪白的歌聲。」裡面提到的「何時」，表示他很希望有人在他身邊陪伴他，他「感覺」到很孤單。這裡我覺得他用得很好。可是，他的文章卻沒有描寫得很具體，例如：第二段：像回憶中的思念顏色，是什麼樣的顏色？他沒有很清楚的表示出來。第五段：天真的銀色音符，是什麼樣的天

真呢？；第八段：一群綠繡眼鳥，是什麼樣的綠繡眼鳥，可愛的、思念的，還是怎麼樣的？這些他都沒有清楚的標示出來，這裡我覺得他沒有寫得很好。

　　黃老師挑了一些E-mail作業，剪輯成幾張A4影印資料，等孩子回到教室拿起帶著熱量的影印資料，知道老師剛才「加工」的心意，心裡暖暖的。

　　「我打電話問了作者，作者說：『小學生竟然能讀出我的內心世界，讓我真感動。』」黃老師藉著作者的話來勉勵孩子們。

　　「是不是寫童詩和兒歌的那一位作家『白聆』？」王麒麟倒是記住了一段故事，脫口而出。

　　「是『西牛車』！不過白聆的散文比西牛車好，以後你們要注意。」

　　這一堂課，班上靜靜地閱讀、分享同學的作品，黃老師只說：「每一個讀者有不同的閱讀方向和閱讀感受，最重要的是讀者個人獲得了什麼閱讀經驗和閱讀意義，主動建構出個人的生活價值信念，你就完成了自己的人生功課。」

5.

　　最近班上迷上漫畫，台東市有幾家漫畫出租店，都有班上的同學光顧，大家從導師時間就已開始進入備戰狀態，相同的專注、一樣的神情、一樣地支個耳朵，借給還在批閱家庭聯絡簿的黃老師，大伙兒則沉浸於自己的閱讀世界。

　　若問《怪醫黑傑克》的魅力和黃老師的有趣，班上同學選擇《怪醫黑傑克》作為童年偶像。黃老師也是在日本漫畫堆裡長大

的，《老夫子》、《好小子》、《劍擊小子》、《棒球小子》、
《小叮噹》……

　　黃老師見到孩子們已透過內心的詰問來推論出自己的觀點，
大意的敘述能力已趨近主題的統一、細節內容的完整。

　　他有意讓孩子自己閱讀文章，自己寫出感受和想法，況且對
於詩的初步練習和孩子目前對漫畫的著迷情景，他判斷這是一個
良好時機，因此他選擇了日本「漫畫詩人」阿保美代的作品，讓
孩子接觸散文詩的詩感句子和作者的文本架構思考。

　　他想知道孩子們的閱讀方式，他想示範一次自己的閱讀方
法，因此他以「美麗的秋天」這一篇漫畫作為教學教材，他要教
分析式閱讀。

　　他在作業中指示孩子們寫下「美麗的秋天」的閱讀感想。

　　房文琪「美麗的秋天」的閱讀感想，是將整篇二十四幅漫畫
圖的文字抄下來，依據圖文，邊讀邊跟著漫畫細節，推論作者所
要傳達的用意或直接把自己的詮釋帶入閱讀中，來完成個人閱讀：

　　　　「北風反覆無常，把秋葉吹落。」配上第一張圖，讓
　　人有一種自由的感覺，可能是剛好那片落葉，落在那女孩
　　的手上，又被風吹走，女孩開心的看著。不過作者居然畫
　　有小缺口的落葉，我想作者可能是要表達這片葉子經過了
　　春天和夏天還有蟲的摧殘，仍然撐到秋天，到秋天還是落
　　下了。
　　　　第二幅圖：「樹葉好像長了翅膀似的，做著小小的
　　旅行。」也許人生，像長翅膀似的，也是像做旅行似的，
　　「小小」的旅行。表示著這段人生旅程，正在旅行著。每
　　個人旅行都有不同的目的，可是每個旅行地點都有不同的

特色，只要一點點的時間就會發現，不要像在看戲，看完了就算了，讓自己覺得每一趟的旅行，都收穫良多。你會發現，其實，在人生中發生的事，都是上天安排的，不管是好還是壞。

第三幅圖：「我做了波斯菊色的酒，大家來痛飲一番。」波斯菊色，可能代表秋天的橘顏色。酒，給人一種溫暖而夢幻的感覺，她做了「秋天的酒」，卻叫大家來「痛飲」。而喝了酒，感覺上是更暖和的。所以秋天也許也像喝了酒般的暖和。

第四幅圖：「秋天來了。」圖上的那個詩人，手上也拿著一片有缺口的落葉，那片落葉，好像想要擁有自由般的飄動。

第五幅圖：「把落葉當書籤一定很有詩意，這種落葉有著黃昏的色彩，我以前怎麼都沒注意到呢！」把落葉當書籤是個很棒的點子，書籤可以讓人記得看到這本書第幾頁的記號，人生都有記號。黃昏的色彩是橘色的，橘色代表秋天。

第六幅圖：「為了更能懷秋，所以……」要看書時，看到用落葉做的書籤，就更能懷秋了。

第七幅圖：「啊？」那片可以做成書籤的落葉，被風從詩人手上吹走的落葉，隨著風，飄到另一個世界……

第八幅圖：「美麗的媽媽為我烤一個帶有桂花香味的蛋糕。好了沒有嘛！」媽媽代表親情，桂花香的蛋糕，桂花是一種很香的花。這幅圖窗外樹上的葉子都已經掉光了，在秋天這憂愁的季節，感受到親情的溫暖，是很不一樣的感覺。

　　第九幅圖：「無文字。」那個男孩手抱著一隻可愛的狗，微微的對著前方笑，好像在對某個人笑。

　　第十幅圖：「汪！」男孩手中那可愛的小狗，對著一個迎面走來，並且手拿汽球的小女孩叫了一聲，女孩嚇了一跳，手放了開來，原本拿在手上的汽球，頓時，失去了依靠，往天空飄了上去。

　　第十一幅圖：「無文字。」原本拿在手上的汽球，頓時失去了依靠，往天空中飄了上去。就好像一個人，失去了一個信任的人，或者是從小到大讓你依靠的人失去了。汽球漫無目的，往天空飄去……

　　第十二幅圖：「無文字。」那個男孩看見了這個情形，馬上縱身一跳，往天空跳去，一把抓住了那個失去依靠、漫無目的往天空飛去的汽球。我想，如果我是那顆汽球，一定很感謝那個男孩，因為他，讓我再一次找到了希望。

　　第十三幅圖：「少女獻給少男一個微笑，小狗挨罵了。」少男用親切的微笑，把汽球遞給了少女，女孩開心的笑了。而那可愛的小狗乖乖的站在那，一動也不動。

　　第十四幅圖：「這要寄到花村，這是糖村……」那個年輕的少男正在分配每封信的「家」。每一封信、賀卡或是一張紙，都有寄信人滿滿的祝福。

　　第十五幅圖：「把樹葉當郵票，或許可以乘著風，送到遠方。」我覺得這張圖所出現的文字，是有點在想像的，「郵票」在寄信時，一定是必用的。

　　第十六幅圖：「地上好多落葉。」在秋天時，掉落的落葉，都是經過春天、夏天，然後到秋天，那些堅強的落葉，還是逃不過……

第十七幅圖：「當我掃落葉時，希望馬車不要來。」落葉掃成一堆，馬車如果經過之前，所努力掃的就白費了。

第十八幅圖：「站長！取暖啊？」站長正燒著枯樹枝，員工來向他打招呼。

第二十三幅圖：「清煙裊裊，直升雲霄。燒完了？還沒！」這些煙，輕輕的飄上雲霄，慢慢的飄上去。

第二十四幅圖：「這些煙把天空燻出了眼淚，雪開始飄落下來。」天空的眼淚是白雪，雪代表了純潔，雪代表了冷酷。眼淚，雪，天空。

許世賢在「美麗的秋天」的閱讀感想中，以散文的方式來書寫，先是旁觀者的角度，以第三人稱的「他」來作為敘述觀點。到最末幾段卻轉折為，第一人稱觀點的「我」作為敘述觀點。這是不合理的敘述觀點，也可能是讀者把自己的閱讀推論和詮釋帶入文本中，因此「我」、「我們」的人稱觀點自然呈現出來，和作者站在同一個人生視點上，共同感受事件的進行，共同思考問題：

北風，這個反覆無常的風，把正在樹梢上的落葉吹落，落葉上的破洞，北風正從裡面吹出。破洞，也許並不是慘痛的回憶，也不一定是悲傷，也不一定是快樂與高興。他的回憶永遠在這一個破洞裡。這片葉子，經歷了春、夏、秋，到了冬天才完成自己的使命「飄落」。他這時已經長出了自己的夢想翅膀，開始「飄」，完成自己的夢想。

當作者說：「我做了波斯菊色的酒，大家來痛飲一番。」主角在端酒時是用跑的，代表大家很久都沒見面，大家來喝我做的酒，增添了我們見面時的歡愉。大家想喝

酒，一起來喝酒同聚，畢竟人生中能有常常相聚的時間並不多，把握時間吧！這是一件大的人生樂事。

秋天來了，真的？沒錯！我沒騙你，你瞧葉子落下來了。

這些落葉隨著風飄下，有的葉子有著黃昏的色彩，那是秋天給葉子的禮物。晚上的葉子也有禮物，但他的身上是黑的，而且是在晚上，很冷的時候沒有人認同他們的美，所以這就表示人生中有的人會被排斥，有的人是會受歡迎的。

當作者準備把葉子放入書中，夾入當作書籤，卻來了一陣北風，把原先要用的書籤給吹走了，也把要懷秋的證物給吹走了。雖然葉子被吹走了，但在作者的心中已經留下這個畫面，可以讓他來懷秋。

葉子，你想飛走的想法，是想讓北風把你帶到你的第二個的人生挑戰地，是嗎？還是想度過剩下幾個月的人生光陰？

媽媽正在廚房裡幫我烤一塊蛋糕，是有桂花香味的，這讓我感覺到媽媽的關心和愛。桂花的香味由窗戶飄出，這是一個很香的蛋糕，我相信這個味道，一定會吸引人來，讓大家的心都沒有擔憂。

小狗「汪！」的一聲，把小女孩的汽球給弄掉了，少年把汽球撿了回來，雖然他們互不相識，但是小女孩卻給了少年一個窩心的微笑。這代表著人生中要互相關懷，沒有關懷是會讓人生走下坡的。

「這是糖村的，這是花村的。」郵差正在分著郵件，樹葉的郵票充滿了秋意，秋天的的氣息充滿了信件。樹葉

的信封，不知從哪裡冒出思念的心，佔滿了信件的內容，令人生情的秋天。信件的思念之風，把信件帶到親人的身邊，這是多麼的詩意啊！

我在掃地，真希望馬車不要把落葉給濺開，落葉直飄，暖和的火不只溫暖了我的心，也溫暖了我四周的人，心中想溫暖的人很多，他們都是我的心，我的溫暖，他的窩心。這是一個我的人生，與在這裡的居民所產生的友誼人生。

我燒落葉的煙，讓雪飄下。雪緩緩的飄了下來，我不禁仰著頭，想問：「雪！你是被我們這裡的人生關懷給感動嗎？」

雪的回應是：「沒錯！」

我對雪喊著：「你是讓全村都可以看到你，這個純潔的雪。」

6.

黃老師把同學的閱讀感想影印出來，讓孩子們分享自己的閱讀方式和其他友伴的閱讀角度有何不同。

他也分享了自己的閱讀習慣，他說：「我的閱讀是要和我自己的人生體會產生連結、產生意義。為了更精細的讀出作者的人生思考，所以我先根據文章組織架構表，把文章的意義段落區分開來。這一篇漫畫是『事件基架』的結構，因此我重新組織成：『原因段落（北風把秋葉吹落，樹葉做著小小的旅行。），經過情形段落（1.主角做了波斯菊色的酒，請大家來痛飲一番。2.詩人把落葉當書籤來懷秋。3.主角的媽媽為他烤一個帶有桂花香味的

蛋糕。4.大男孩為小女孩抓住飛走的汽球，還給小女孩。5.男孩把樹葉當郵票，乘著風郵寄送到遠方。6.站長掃掉落葉、燒樹葉，清煙裊裊，直升雲霄。）結果段落（煙把天空燻出了眼淚，雪開始飄落下來。）』這樣方便我做鳥瞰式的閱讀分析。我知道作者在段落和段落的承接安排都有他的用意，而這一些用意連貫起他整篇文章定題的生命思考。我開始注意到『首段』、『尾段』的連貫上是秋天的時間連接著冬天，首段的『樹葉做著小小的旅行』我自然地想到『人生之旅』。尾段的『煙把天空燻出了眼淚』我的直接感受是怎麼可能？『下雨』、『下雪』怎麼和『眼淚』連結出暗示性的意義？如果『眼淚』是暗示著人生歷練的淚水，那首段掉落的人生之『落葉』燃燒昇華『燻』出的淚水就是生命超越的潔白雪花。我從這樣段落和段落的推論找出了，『作者的主旨可能在表達「美麗的」生命』。」

張鈴華最想聽的就是這一段推論，她的感性和感覺找到了一處出口，國語科讓她有充滿挑戰的成長空間，她一直記下老師在黑板上的筆記，黃老師知道。

蔡詩修聽得出神，所以她急著問：「老師！本來秋天是悲涼的，作者定的題目是『美麗的秋天』，是在說生命的體會不一樣，就會有『美麗的』或『悲涼的』的差別？用這形容詞來形容自己的人生感受？」

「我是這樣認為的。」黃老師肯定地說出自己的看法。

「可以有不一樣的體會嗎？」她追問著。

「可以！讀者有責任找到自己的想法，相信自己的想法，更相信這想法會有改變、會有成長，容許自己和他人做修正。所以我們一直處在開放的狀態，一起成長。」

「嗯！謝謝老師。」

　　黃老師接著繼續講課：「我也特別注意經過情形段落的第一到第六個小事件，是不是有其他的細節支持我這麼說？或者有其他的暗示要我找出來的？我開始從分類中注意到鄰人之情、親情、友情、對大自然的浪漫之情，而想著人與人之間主動傳達的互相關懷，是可以讓人生的每一個角落因『溫暖』而存在的。在第四件事中，作者畫了五張圖片，篇幅較長的部分，表示作者著墨較多的部分，這一『扶持』的長輩之愛，讓生活有著『會心的微笑』。這一些連貫性促使我更加肯定『生命是美麗的，因為溫暖而存在著』。我也開始尋找作者的人生正面思考，並且反觀自己看待人生事情的角度，我在閱讀中找到支持我生活更不一樣的面向，我可以和作者一樣，自己決定人生的思想。」

7.

　　黃老師在黑板上塗來塗去，白色、紅色、黃色、藍色的線條，像每一次的旅行充滿著新奇，他說：「我這一次的閱讀示範，是用思考表白的方式，說出老師會在第一步驟先架出整篇文章的綱要基本結構，這方便我以鳥瞰式的閱讀方式，像一隻天空中的飛鳥腑視地面，掌握著閱讀的全盤基架。第二步驟由首段、尾段中的訊息提列問題，進行思考與推論，推論作者的用意可能是在傳達什麼？第三步驟再由中間段落部分，尋找在事件與事件的關聯性中，作者是否透露出與主題相關的訊息？哪一些細節可以支持我先前的論點；或者從事件中再發展出其他的閱讀訊息？整個過程我都是在問問題，問『為什麼』，在尋找線索，在解答自己的疑惑，在證實自己的推論『是什麼』。」

　　蔡詩修的筆記單中也是密密麻麻的許多顏色，線條和色塊交錯著，她想把這一些內容再操作練習幾次。

　　班上幾個孩子跟黃老師要書名、作者、出版社，他在黑板上寫著：

　　書名：小鎮人家。作者：阿保美代（日本漫畫作家）。定價：140元。出版社：張老師月刊出版社。

　　隔天晨讀時間，他看見同學們傳閱著幾本阿保美代的書——《小鎮人家》、《阿保的童話》、《森林的童話》、《十月的笛》、《森林小語》、《蘋果樹》，這裡真像一個小鎮，熱鬧極了。

8.

　　九十三年十二月一日，黃老師發下林良先生的散文作品「山上看風景」，他希望孩子閱讀這一篇文章的同時，能利用週休二日攜伴，走上台東市鯉魚山的上山步道直到山頂，鳥瞰台東市的全面街景。

山上看風景

　　星期六下午，老師帶我們去爬山。那座山就在學校後面。平常我看山上一片綠色，以為是長滿了青草。現在，人在山上，才知道草並不多。我以前看到的綠顏色，原來都是樹上的葉子。

　　我站在山上，向南邊看過去，認出我們的學校。那是一座紅磚的樓房。學校附近，有一座白色的房子是我去看

過病的醫院。再過去一點，有一座綠色的小樓，是我常常去寄信的郵局。郵局後面，有一排小小的平房，院子裡種了好幾棵木瓜樹的，那就是我的家。

更遠的地方，是一片綠油油的田野。有一條小河從田野裡流過。我在河邊釣過魚。河岸上有一棵老榕樹，我常常在樹下看書。

有一列火車，從南邊開過來，經過河上的小鐵橋，正向北邊開過去。我心裡想，火車上的旅客，一定看到了這個可愛的小鎮。我向他們招招手，不知道他們看見了我沒有？

閱讀作業題：

1. 作者在第一到第四段的空間安排上，可能在表達什麼人生風景？請舉文章的例子加上自己的體會來說明。

2. 這是課外文本作業的一道「人生閱讀」習題，黃老師想藉由這人生解題的歷程，由閱讀作者的文章基架、閱讀作者的內容剪裁象徵、閱讀作者的文章時間、空間安排，嘗試去閱讀作者的人生思考，也希望從這處開始反向閱讀自我，讓孩子們作為一個自我閱讀人生的開端。

他對孩子們說：「我們同時是『閱讀者』，也是『被閱讀者』，至於我們是作為一個瀏覽閱讀者，或是分析閱讀者，或是綜合閱讀者？」黃老師看著全班同學，「你要為自己做決定」。

「這個學習課程慢慢地讓你具備能力、信心，了解與尊重自己、尊重他人。最終的人生課題，你會在『眾裡尋他千百度』之後，『暮然回首，那人卻在燈火闌珊處』的為自己留存一個信念。可能是一句話，可能是沒有文字的浩瀚，就像孔子的弟子，

孟子『率性而為』；顏回『一簞食，一瓢飲，人不堪其憂，回也不改其樂，賢哉回也。』成就了自己所實驗、認定的人生！」

他笑著說：「『佛性』、『極樂』」後，便眼藏眼神內觀自處，淺度微笑地走回導師休息室。

9.

二天後，張鈴華的E-mail讓學習看得見思考的過程：

在第一段中，「平常我看山上一片綠色，以為是長滿了青草。現在，人在山上，才知道草並不多。我以前看到的綠顏色，原來都是樹上的葉子。」作者覺得，如果他沒有仔細去生活，就可能失去了許多東西。就像作者如果沒有親自去爬山，可能永遠也不知道山上其實大部分都是樹。人們如果沒有仔細去看待人生，人們可能就像那細小的草。那如果有人懂得怎麼去生活，就能像那高大的大樹，矗立在山巔上……。

第四段作者寫著：「有一列火車，從南邊開過來，經過河上的小鐵橋，正向北邊開過去。我心裡想，火車上的旅客，一定看到了這個可愛的小鎮。我向他們招招手，不知道他們看見了我沒有？」作者其實心裡想：「很多人的人生就這樣像旅行一樣，一下就過去，反而沒有好好欣賞、珍惜。我向他們招招手，作者希望旅客能仔細珍惜人生，不要像火車一樣匆匆離去……。他們看見了我沒有？是作者懷疑他們到底有沒有看見人生，人生中的每樣事物……。」

　　第一段中的「學校」是作者看過去的第一座建築。每個人都上過學、讀過書，作者想從讀書中得到「人生」的知識，作者那麼拚命的去體會，以為人生就只需要讀書就能得到很多知識。一直到最後，「河岸上有一棵老榕樹，我常常在樹下看書」。我在樹下看書，表示作者努力的想獲取那些知識……。但是，「一輛火車從南邊開過來，我心裡想，火車上的旅客，一定看到了這個可愛的小鎮。我向他們招招手，不知道他們看見了我沒有？」作者頓悟了。他不希望自己的人生就這樣被火車「載走」，作者要重新體會每樣事物，體會人生。「我向他們招招手，不知道他們看見了我沒有？」作者希望「旅客們」也能知道，人生不能浪費，你們必須體會人生，去仔細觀察每樣事物，你們到底看見人生沒有？你們看見了什麼？你們有珍惜這個世界嗎？

陳又銓的E-mail讓文章中的空間安排為他引路：

　　第一到第四段中的第一段他說：「星期六下午，老師帶我們去爬山。那座山就在學校後面。平常我看山上一片綠色，以為是長滿了青草。現在，人在山上，才知道草並不多。我以前看到的綠顏色，原來都是樹上的葉子。」這一句話中的空間安排是由「現在」到「以前」，他以前對人生覺得是像青草一樣，現在才頓悟人生就像大樹。

　　第二段，「我站在山上，向南邊看過去，認出我們的學校。那是一座紅磚的樓房。學校附近，有一座白色的房子是我去看過病的醫院。再過去一點，有一座綠色的小樓，是我常常去寄信的郵局。郵局後面，有一排小小的

平房，院子裡種了好幾棵木瓜樹的，那就是我的家。」作者的時間和空間安排是「現在」、「以前」，「現在」、「以前」。「現在」近──遠──有點遠──更遠──很遠。是在說人生會有跌落點，當你突破了跌落點，你的視野就從近──遠──有點遠──更遠──很遠。

　　「更遠的地方，是一片綠油油的田野。有一條小河從田野裡流過。我在河邊釣過魚。河岸上有一棵老榕樹，我常常在樹下看書。」作者常常在老榕樹下看書，吸收知識，老榕樹是老者，有許多的知識。是在說他以前覺得人生像青草，過得非常悠哉。

　　「有一列火車，從南邊開過來，經過河上的小鐵橋，正向北邊開過去。我心裡想，火車上的旅客，一定看到了這個可愛的小鎮。我向他們招招手，不知道他們看見了我沒有？」我正在思索人生，突然一輛火車來了……「嘟！嘟！咻！咻！嘟……」頓悟了。是在說他現在頓悟到人生就像大樹，也是人生旅客。

張德洲的E-mail讓學習加入自己的主動詮釋觀點：

　　第一段是在說人生用看的是看不出來的，一定要親自去體會。

　　第二段是在說我站在山上，看著我們的人生（看戲），他在看學生、病人、工作者和家庭，再看他們的人生旅程。

　　第三段是在說「更遠的人生是一片綠綠油油」（我們所想不到的人生世界），「有一條小河在田野裡流過」，

我覺得那條河一定是彎彎曲曲的，那條河代表人生就會像這條河一樣，會有曲折和彎曲。「我在河邊釣魚，河岸上有一棵老榕樹，我常常在樹下看書」，老榕樹一定是很老的樹，年紀越老，智慧就越高，老榕樹的智慧很高，作者常常在樹下看書，去吸收那顆老榕樹的智慧精華。

「有一列火車，從南邊開過來，經過河上的小鐵橋，正向北邊開過去。我心裡想，火車上的旅客，一定看到了這個可愛的小鎮。我向他們招招手，不知道他們看見了我沒有？」那一列火車就是人生列車，經過河上的小橋，就是說人生火車不管怎麼曲折都會前進（就像時間一樣），「我心裡想，火車上的旅客」，我覺得旅客根本沒有在看這個可愛的小鎮，火車衝得很快，一下子就「咻！咻！咻！」而過，來不及看這個可愛的小鎮，作者向他們招招手，就是說作者看著他們，有如看戲一樣，看完了就掌聲鼓勵。

10.

五年級喜歡閱讀寫作工房的徐善水，他寫了一篇現場寫作稿「悠悠的十字路口」，這是夜晚和作文班的孩子，一起在台東市兒童故事館旁的咖啡廊，喝咖啡上寫作課所紀錄下來的「夜色文稿」，他把這篇稿子列印出來，和班上同學分享。

悠悠的十字路口，在那轉角的小咖啡店，值得去坐一坐。

那天是一個沒有星星和月亮陪伴的日子，但是有了風的陪伴，顯得特別。我選了一個在屋簷外的小椅子，旁邊

有著一顆檸檬樹，有幾個檸檬上有幾滴水珠，不知道是不是澆花的水？是下雨的小水滴？還是夜晚的露水？水滴不知該掉落還是緊貼著，就這樣子跟著大地的吸引力奮鬥。還有一顆咖啡樹，看起來比檸檬樹高一點點，在風中輕輕微微的搖擺，雖然聞不到咖啡樹的香氣，但是可以發現咖啡樹細微的成長。

　　我直視著前面的兒童故事館，看著那由木頭和鐵柱交叉所組成的藝術品，木頭和鐵柱看似尖硬的材料，竟然能組合起這麼柔和的夜色，它把這個圖案設計成圓形，卻不是正方形、長方形的規矩，看起來沒有任何的銳角，邊緣顯得特別柔滑，看著簡直就變成了一個感覺。

　　接著，我點的那一杯飲料送到了我的面前，看著玻璃杯裡所反射出的燈光，有著許多說不出來的花樣。我試著慢慢的移動我的位子，那燈光所擺設出的線條，在視覺中不斷的變動，像是好幾個音符懸掛在五線譜中，那優美的旋律必須從心中慢慢的體會，才會感受到那歌曲的真理。我隱隱約約從杯中反射出來的燈光裡，發現了掛在屋簷下的小小燈籠，那一整排紅色的小燈籠，配著陰暗的屋簷，顯出特別的格調，像看似陰冷的東西，在配上暖色的物品，就有著奇妙的風味。

　　我從外面走向裡面時，發現了外面和裡面有著極大的差別。外面看起來特別的舒適，有著柔和的燈光，看起來又點陰沉卻有點溫暖，讓人覺得自己融合在夢幻的燈光中，不自覺慢慢的陷入夢幻。而裡面像是一個鄉下的小平房，有著老舊的紅磚牆，兩張椅子和一張桌子，看起來有著極大的人情味，不知不覺的讓我回想起在鄉下的外婆

家。我走回座位，看見爸爸和老師正在聊天，我坐下來慢慢的聆聽。忽然，下起雨來，雨浸濕在爸爸和老師的咖啡裡，成了咖啡的自然調味。

從我的坐位往左邊看，可發現在風中沉迷的小小巷子，可發現那招牌以它那微弱的光線向我打招呼，風一陣一陣，掃過了這條巷子。

十二月二十五日聖誕節，紅紅的矮聖誕樹擺放成一排，拉出一個小弧度。合唱台在它後面，團員們穿著生活便服，這裡的快樂顏色、快樂氣氛，把秋末的美麗連接起初冬雪白的團聚。我們跟著聖誕節的節奏拍手，小提琴音箱裡的浪漫氣息，讓蔡詩修、陳芭麗、張嘉慧、解璐樺們約好週三晚上，一起到東商旁的杭州街，接受行道樹上掛滿的藍色聖誕燈，黃色聖誕燈在開頭拉出一片燈網，閃爍的夜晚持續一個月，黃老師說：「在閃亮的夜燈下散步超幸福的，連小狗的眼睛都知道，這是平安夜的歌聲。今天沒有回家功課，平安！」

同學們用歡呼慶祝一個聖誕節，她們起鬨著：「合唱一首叮叮噹！叮叮噹！來……」

「雪花隨風飄，花鹿在奔跑……叮叮噹！叮叮噹！鈴聲多響亮……」

11.

二月末，初春的雲霧從中央山脈山邊壓過來，空間潮潤得很，悶悶的氣氛，這一天晚上下起一場大雨，萬物張開葉脈的活力，像伸個懶腰一樣有趣，雨後的南風款款而來，舒涼了每一吋

肌膚，孩子們都享受著南風之夜。

　　清晨，世界的分子微微顫動，春陽早已起床，蔡詩修早在導師休息室沖南美洲的祕魯咖啡豆，整理導師休息室。班上的其他同伴在幼稚園附近的外掃區做整潔工作，黃老師今天早到了，停在外掃區和同學一起工作。校園裡三株苦楝樹的花絮早已張滿整個聽覺，掃地時段還能見到中年級的孩子在地面上撿拾花絮，一份淡淡的花香味在早晨的書桌上別有情趣，聽課累了就偶爾伸著食指碰碰小花朵。

　　台東大學語教系的周教授，帶著實習生來到六年四班進行試教課程。蔡詩修為周老師準備了一杯咖啡，黃老師坐在一旁不管這一趟事，他希望大哥哥、大姊姊勇於嘗試各種教學方式，教學、學習、發展在這一個班級是快樂的事，他們也跟著放鬆下來進行試教。

　　大姊姊微笑地自我介紹後說：「請你／妳寫下聽完這三段音樂後，自己心中的感覺，並將這些感覺串連起來，成為一篇短文，或者是故事，甚至是一首詩。」

　　班上的孩子閉上眼睛聽著試教老師撥放的起頭音樂，音樂開始，「沉靜」……，今天是一個美好的早上。老師的第二首音樂「男兒當自強」很好聽，讓人聯想到了很多人、很多事物。再來是風聲，「沙──沙──沙──」。最後是車子和公車的聲音，讓人知道，世界上是有很多人是很忙碌的。笛聲讓人「沉靜」，讓人非常舒服。陳又銓以詩的樣式寫著「光芒音符」：

　　　　音符從心而來，劃過
　　　　夜晚的星空，
　　　　彷彿明早的太陽印在心頭。

教室小說工房

熟悉的陽光漸漸的遺忘
存在、遺忘在朦朧的星空。

那一些閃爍著一絲絲
銀白光芒的星星是屬於一大早
明天的太陽。

　　蔡詩修則是短文稿加上詩的搭配，他沒有定下題目，直接寫下感受：

　　　　在盛大的動物盛會中，獅子王，從紅色的鮮紅毯子一步步踏著自信走向他的寶座。之後，美麗的花仙子，現身為眾人演奏音樂，沉醉之時，最自然原始的樂音才出現，那就是夏日蟲鳴。

盛宴
盛宴，
王者悄悄降臨。
於是優美笛聲
伴隨來到。
連蟲兒也想參加呢！

　　林孟筑也沒題目，直接寫起：

它，帶走了熱鬧

飛向遙遠的地方⋯⋯

笛子吹奏出了樂曲，
快樂音符，在天空安靜飛翔，
在身旁持續圍繞⋯
笑容，滋潤了最深沉的心，
綻放在臉上的光采，
久久無法退去⋯⋯

茂密的樹林
跳起舞。
遲到的鳥兒，
停在樹梢。
慢慢展開歌喉，
為舞伴奏。
美妙的聲，只迴盪在四周。

它，悄悄地帶來了⋯⋯

張鈴華也沒題目，合鳴著腦中的音樂與故事寫下：

在圓滑淳樸的曲線
遊走輕跳的青脆木笛聲
像是枯萎微散發一種莫名的旖旎顏色
一種乾的，輕點的
不單獨也不華麗

教室小說工房

只是不厭倦的用音符
說著某個童話故事

像蜻蜓跳點柔亮湖面留下的漣漪
你能遍聽樸素的
無空間的童話
像無止境的
似月亮不停延伸的輕拂照亮

夜晚的暗黑
月光閃爍依然
依著道路分別的兩旁草叢
為大地演奏的蟲鳴
繽紛潔淨的合弦
永遠是為夜伴奏的紛彩
似雨滴倏落的斷然聲
蟋蟀的鳴聲
總是為黑暗點破的閃耀金光
永遠為夜說故的溫暖光亮
彷彿永遠存在那夜的不見的深處

　　其餘的同學還在加油，大哥哥先把收來的稿子瞄了一會兒，他很訝異這個班級的感受力，每個孩子的世界都是不一樣的，都是被讚賞的，這春天真的有些不一樣了，苦楝樹的花香特別地甜。

第七章　獨處

此刻，是我另一段學習旅程的開始，這不是鑽研書本或在
教室中的學習，……我指的是那種攸關一個人一生真正重
要事情的學習，當我們年華老去時，我們會覺悟到的最重
要的事：是屬於心靈層面的。（麥可·羅區）

1.

三月的春天之風，讓人舒爽地表現在腳底下。下了班的綠
色操場來了幾隻覓食黃昏的野鴿子，在那兒黃昏散心。黃老師看
著牠們的小腳步在柔軟的世界不停歇地伸頸律動，偶爾幾聲咕咕
聲，倒是呼應起藍天中的雲絲。

他習慣側背黑色小包包走過操場，小包包裡頭有他的一
些教學紀錄隨筆，他滿意自己的生活型態，走向後門，走回擁
有一處小花園的學校舊宿舍。這一些行動都是生活慣例，經過
自己隨意栽種的小花園石頭泥路，透明玻璃窗能朗朗明明地見
內、見外，世界對他來說是個穿透性的透明體，蝴蝶會來回繞上
幾圈。

這幾天他興致極高地實驗他的教學安排實驗，他在宿舍中獨
自一人的和自己相處。在中年的世界裡他更加深信，獨處的能力
和習慣是通向老年的重要學習課程，在青少年時期的自我追尋歷
程，獨處課程更是穩定一個孩子生命夢想與發展自我肯定的探索

命題，因此他帶領的級任班級，也一定有這固定的文化課程——「獨自」的和自己相處。

　　這個夜晚是黑暗的，我們很少有機會在黑夜中行走得心無罣礙，相對的我們對於自己的了解更是稀有。他關了燈，閉上眼睛試著從前門走向後門，試著這樣生活、這樣爬樓梯、這樣拿物品、這樣跌碰撞壁，他驚覺沒能花一些時間記住家中的事事物物，家中的每一個空間、每一個物品都實實在在地與他產生關聯，因此這是生活的發端、生活的開始。

　　閉上的眼睛，內觀的眼神，空間加大了，他可以感覺到家中的空間在他觸手可及的位置，這空間的氣息在進行自然的呼吸作用，人的心情因為注意力的集中而平穩下來，生命事件推展的是是非非不再是腦內的重要課題，當下面對的是簡簡單單，慢慢地一步一步往前走，他驚覺生活實務都是在腳底下的方寸距離，「當下」——「當」然是在腳「下」的地界領受一切。

　　他開始在班上講授這一次的生活故事，講授二十五歲的時候，獨自一個人騎著摩托車爬上高雄縣藤枝森林遊樂區；獨自一人騎著摩托車爬上溪頭，夜晚寒露後的深夜，自己隻身走入孟宗竹林，沙沙刷刷的竹葉聲，讓人知道每一個無痕的腳印都是有觸覺的，他坐在小溪旁的大石頭上靜坐調息，張開眼睛已是清晨，他不知道時間、他不知道空間，他不知道這一切是怎麼發生的，天地之間有樂音如蟬鳴串起每一個夏天的天際，浩瀚無窮，無邊無際，而現在是春天。

　　他伸手指向二月份的校門口右側，大楓樹已經進行換裝新嫩芽，有新的旅程。身旁的火焰木，把火紅的大紅花開向天空，成為一個個祈禱的杯子。對面國民黨縣黨部的右側屋頂平台，佈置著落地生根、自然生長的群落，群落的儀式在二月份舉行柑橘色

的花莖，花花世界延伸出一個視覺，美麗的疏落。這一些景象都延續著三月而來。正在進行生活課程的一年級小朋友，從樓下傳上來對校園植物的新奇哇叫聲，六年級生從三樓的樓窗，可以依稀接收到這一些回憶的畫面。小小孩會拿著生活習作，在老師的指導之下，彎腰屈膝地在校園中認識植物，春天的聲音活活潑潑地熱鬧起來。當苦楝樹還沒完全脫落褐黃色的果子，迷迷濛濛的淡紫花絮已開始偷偷登場，這時三月就確定發出自己的聲音了。

　　黃老師想在這季節前完成「獨處」的主題課程，孩子們經歷著個人獨處再走向戶外，春天的美好故事會更專注、更深刻的被傾聽、被擁有。黃老師也認為回憶與通向夢想是自己的人生課程中，自己可以和自己相處得最具內心和平的時刻，人可以從這個窗口享有暫時寧靜的喜樂，這個世界上沒有任何一個人是離譜的。人可以把自己教育成不和自己作對、不和自己唱反調，人可以自己學著享受人生，像喝一杯雲南千年古樹普洱綠茶般的飲之太和。

2.

　　木棉樹立在台東商校和南京路旁，它們在等著春雨之季，豐沛的雨水和陽光的熱情正進行著引起動機，小花苞隨著春雨而來。黃老師暗示孩子每天上、放學時多注意這變化。

　　這一天黃老師在班上代理科任老師，上了兩節翰林版六下社會科，他說：「上社會科要在社會中思考，第一單元放眼看世界，第二單元瞭望國際社會，從一起在地球上的『小丸子三條線』開始談起。老師今天用講述法完成教學，孩子們可以笑、可以鬧，就是別打斷老師上課的興致，要不然就剪片，開始。」

教學河戀
教室小說工房

　　當他這麼說，孩子們即知道，這個單元將銜接國中的歷史、地理課程，馬虎不得。他們上學期聽黃老師在四秒鐘內背完中國歷史朝代表，在三十五秒內畫出全世界地圖的簡圖，他曾給孩子們預告，也請孩子們問問國中一、二年級的學長、學姊，得到的答案和老師的預告是一樣的即難又煩地死背書。

　　他拿起紅色粉筆在黑板上畫出一條紅線，上面寫著「0度赤道線」。拿起黃色粉筆在黑板上畫出一條黃線，上面寫著「北緯23.5度北回歸線」。拿起藍色粉筆在黑板上畫出一條藍線，上面寫著「南緯23.5度南回歸線」。他開始一邊畫圖、一邊說起笑話。

　　他說：「有一天非洲人拿起一支望眼鏡，下巴靠在索馬利亞，眼神從紅海向西邊望去，想賞鳥，一看！咦？怎麼有一個美麗的美國影星，穿著比基尼泳褲，她脫下比基尼泳褲一丟……

　　哇！後面大屁股成了北美洲的閩南語念法『啊——加——美！』，就是阿拉斯加、加拿大和美國。中間綁著的細帶子成了中美洲的閩南語念法『巴哥你殺紅西瓜來吃，貝目！』，就是『巴拿馬、哥斯大黎加、尼加拉瓜、薩爾瓦多、宏都拉斯、瓜地馬拉、貝里斯、墨西哥』。

　　而且左邊的帶子旁，露了兩個洞真『嬉皮』的『墨西哥灣和加勒比海』。這兩個小海洞讓『爸爸的牙齒海多多』的『巴哈馬、古巴、牙買加、海地、多明尼加』。

　　前面的小褲褲當然是南美洲啦！『你啊！88威哥，多祕利喔（拍攝小鏡頭）』的『智利（你）、阿根廷（啊）！巴西、巴拉圭、委內瑞拉、哥倫比亞，厄瓜多，祕魯、波利維亞』」

　　同學們見老師一一畫出地圖，背誦如流又加笑話，讓這個學習不再是死背知識。

　　他還說：「還有一隻很土（土耳其）的高飛狗，結上蝴蝶結已經（以色列）續（敘利亞）杯一杯（伊拉克）咖啡，就穿著阿伯（沙烏地阿拉伯）的聖誕鞋（阿曼、葉門），背起三層小背包唱著：『你（伊朗）阿（阿富汗）爸（巴基斯坦）阿（哈薩克）門（蒙古）的歌，印（印度）在包包中（中國）。』

　　東南亞小國都看不下去了，就對肚子餓的高飛狗說：『你（尼泊爾）不（不丹）加（孟加拉）麵（緬甸），老（寮國）太太（泰國）嘛（馬來西亞）也（越南）普（柬埔塞）渡（印度尼西亞）啦！』。

　　高飛狗知道德國比（比利時）法國先拿出兩根牙齒（西班牙、葡萄牙）把地中海圍起來，出不去……死（希臘）囉（羅馬）！這就是鬱悶而發動世界大戰的歐洲國家。」

　　這樣的全世界簡圖，一下子都被黃老師畫在黑板上，他要小朋友把這口訣，放到下課時間來繞口令，表演「高飛狗戴安全帽」的歐洲國家，美洲熱情海岸的比基尼陽光，非洲偷窺者的望眼鏡，一邊口述一邊演出，一邊鬧一邊耍玩。還真有孩子把影印紙捲起來，當成望眼鏡說著：「加——美！」，並要另一群女同伴一起說出：「巴哥你殺紅西瓜來吃，貝目！」的對話。

　　小男生說：「爸爸的牙齒海多多。」

　　小女生說：「你啊！88威哥，多祕利喔（拍攝小鏡頭）。」

　　小男生說：「我是非洲東部新歌星『SOSO肯尼莫菲』。」（索馬利亞、衣索匹亞、肯亞、坦尚尼亞、莫三比克、南非）

　　小女生說：『你不加麵，老太太嘛也普渡啦！』

　　小男生說：「德國比法國先拿出兩根牙齒，把地中海圍起來，出不去……死囉！」

教學河戀

教室小說工房

　　教室一片遊戲的口訣聲，孩子的學習從遊戲中開端，而世界遊戲加入了掠奪、壟斷、合作、交流，帝國、人道的心理游擊戰。

　　整個世界歷史發展本身，就是一部人類求生存、求生活的劇碼，為了生存而尋找「水源地」，世界地理環境的水源地那裡，早已有著豐富的植物群落生長著、動物群居著，帶領者引領群民，尋找自己的發源地定居，建立自己的古文明帝國。統治者為了鞏固的權利慾望，發展文化、擴充地理版圖，這一些爭戰中的事件發展成為歷史。人類之事，沒有新鮮的，鮮活地在地球上現象演出，如是因、如是緣、如是果，黃老師說：「孩子，今天我們是第一批行者，我們走在地圖上，開始尋找人類的發源地，就從0度赤道線出發！」

3.

　　0度赤道線一路最辛苦，從美洲巴（巴西）哥（哥倫比亞）穿過亞洲印尼到非洲肯（肯亞）剛（剛果）熱氣膨脹，不適合全人類生活的優質環境。

　　我們從南緯23.5度南回歸線出發，氣候溫和的南美洲阿（阿根廷）智（智利）弟弟，經過澳洲到南非，一路上輕輕鬆鬆，但是土地太小了，無法容納全世界的人口。

　　因此我們走向北緯23.5度北回歸線，人類的文明啊！廣闊的土地，豐沛的雨量，綿綿長長的河流，家門前就是蔚藍的希臘藍色天空，湛藍的地中海，喝一杯義式濃縮咖啡。

　　喔！幸福就是：「我家門前有小河，後面有山坡。山坡上面野花朵，野花啊……

紅似火。小河裡……」

「喔！不要再唱了啦！會發瘋啦！」王麒麟摸著額頭笑著說。

「喔！請給中年男子一個演唱會的機會。撫平我幼小的心靈！」他的左手握拳置在心口，右手握拳豎立，當成麥克風，繼續唱出：「有白鵝……」

「是幼稚的心靈！都幾歲了？唉！沒救了！」邱明祥戲謔著黃老師說。

「你是說：『可以吃鵝肉了？』」

「Ｙ—Ｅ—Ｓ—，ＹＥＳ！」可愛的妹妹幫腔了說。

教室再度恢復上課的常態。全班走過北美洲的墨西哥，這北回歸線之下就是馬雅古文明帝國，抬頭就是美國大地，這一塊大土地就在北回歸線之上，難怪很快成為世界第一大國。

走向亞洲，黃老師停在中國不走了，他唱著：「中國一定強，中國一定強，你看那民族英雄謝團長。中國一定強……」

「接下來為各位演唱『我愛中華』，敬請笑納。」還沒等同學制止，他就唱了起來：「我愛中華，我愛中華，民族優秀，物博地大。開國五千年，五族共一家……」他像紅衛兵的閱兵姿勢一樣，在教室中邊走邊唱，同學強拉他放下擺動的手，他還是要唱，大伙兒真是受不了這一隻校園老狗——東大附小低成就教師，外號小叮噹「弱智從」。

他開始正經其事的說：「五千年的時間歷史長河，足夠讓這個古文明帝國茁壯。整個區塊都在北回歸線之上，西邊的高山峻嶺和流向東邊的長江、黃河，沖刷的高原、平原都是利於農作物生長的環境氣候，難怪我國以農立國。難怪充分集中人力的儒家大家庭倫理結構的思想，會是漢武帝治國的首選，而中國人對於

教學河戀

教室小說工房

土地的依賴，對於親情、友情的發展背景，格外在這塊土地上，生生世世地根深蒂固。思想上的先驅者，早在先秦七大哲學家手中完成手稿傳世；朝代更替的內戰經驗與兵法都是實實在在的實務發展者；文治、武功、修煉之術、醫學、宗教，都在這豐沛的土地傳承下來，這優美的文化讓老師引以為榮。」孩子們像尋根一般，從地理環境到人文發展，找到了中國人在地球上的重要位置。黃老師更念著；「皇帝唐虞夏商周，秦漢三國晉南北朝，隋唐五代，宋元明清，中華民國。這一群歷史朝代表，讓黃老師方便觀賞現代科技進步的DVD影集，歷史劇、文學劇、經商傳記、金庸武俠劇，讓老師更清楚每一個時代的連貫性。」他介紹班上孩子到7—11購買一些DVD影集，讓國中的歷史學習增加一些補充樂趣。

走到印度這古文明帝國，一半的土地也盡在北回歸線之上。巴基斯坦、阿富汗、伊朗、伊拉克、沙烏地阿拉伯、埃及、利比亞、阿爾及利亞都是如此。伊拉克這裡就是底格里斯河和幼發拉底河，所沖刷的美索不達米亞平原建立了兩河文化古文明帝國。為何這一些國家先於發展，因為有錢，為何有錢？因為有豐富的土地資源、良好的氣候。和我們一樣，有錢就想過更優質的生活，有錢就想擴充自己的版圖，有錢就想擴展帝國的權力、慾望。地球地理上的爭端和歷史事件就活生生地上演著。人是如此，國家莫不是如此，一個樣，一個道理。

黃老師特別要孩子注意靠近水源的區塊，動、植物依賴水源生活，群聚性也將圍繞著水源，鄰近海洋的國家一定代表著，山脈上的雨水沖刷下來成為平原，平原地區的農作物、牛、羊、雞、鴨等飛禽走獸，恰如其分地與人類共處，這一些區域將是人類的古文明發源地。他們師生一起注意著：「波斯灣、紅海，裡

海、黑海」和驚訝於見到「地中海」的範圍。歐洲國家令人口耳相傳的地中海文化就在北回歸線之上，五個古文明帝國圍繞著地中海發展，地中海下方的北非埃及文化、中東沙烏地阿拉伯國家的伊斯蘭文化、兩河流域的兩河文化；地中海上方的希臘文化、羅馬文化。幾個常聽到的國家：德國、比利時、法國、英國、愛爾蘭、西班牙、葡萄牙，就在地中海左上方，是土地面積較大的國家。

黃老師說：「這叫有錢人。」同學們經過這一趟模擬式的地球旅程，清晰地明白歷史和地理學科是要合在一起閱讀的。

黃老師說：「那個古文明帝國先發展出文字記載和數字計算的國家，註定是極有遠見的君王，為什麼？」

同學們討論著、推論著，每一組的代表都有一套建構的思考過程和同學們分享。同學們聯想到中國文化的倉頡造字、印刷術、統一文字度量衡的秦始皇，想到每一個朝代的君王所面對的歷史任務，讓黃老師說著：「每一個時代都是延續著前朝的功績永續發展，不要以單純的功過論斷歷史人物！我們可以去臆想：『每一個朝代的君王，是如何在做思考、做決定？如何完成本身的行動？』你可能是這個世代培育的領袖人才，你的領袖思考如何定出座標？交給你們了，孩子！」

黃老師把世界地圖貼在教室的牆上，磁鐵塊的顏色標示著八大古文明帝國，孩子們在地圖上思索，八大古文明帝國發展的文化特色。他們的注意力在思索著：「為什麼？」

看著孩子們開始專注學習，黃老師又要起鬨了。

話鋒一轉，他突然走下講台，對孩子們說：「你開始思索：『你自己如何立足於自己的生命世界？』、『你要的是什麼？』、『你將要成為一個什麼樣的人？』」

　　他聽著孩子們敘說：「邱明祥只想到他暗自愛著的人，每天都能過得快樂，他願意成為挨鞭童一般守護著她。」哪怕老師故意試探著他說：「她上課不專心，扣平時分數十分，就扣在邱明祥的帳上！」

　　「好！」邱明祥堅定地點頭。

　　「二十分？」、「三十分？」、「五十分？」、「一百分？」、「你零分計算？」黃老師逐漸加碼，邱明祥依然面不改色、從容就義，彷彿他的意「義」是正正當當地好好愛一回。直到黃老師臣服在他眼前，對他說：「一路辛苦！老師尊敬你！你一定是超越聶魯達情詩的詩人！」

　　「謝謝！」邱明祥慎重地對老師說。

　　「不過，人家愛的又不是你！是國二的大哥哥，而且班上的王麒麟也愛她！你還要這樣愛她，甘願？」

　　「這是美麗的回憶！」邱明祥對老師說，「老師，你不是說過：『愛不一定要發生在我的身上，只要她幸福就好！』」

　　黃老師伸手和邱明祥握手結盟，大家都為這一對父子關係叫好。

　　黃老師說：「白痴！其實我是在說我自己。」

　　黃老師的眼神看著王麒麟，好像有特別的示意，蔡詩修在一旁直跳腳，她知道王麒麟每天中午都堅持到樓下抬便當，把房文琪的便當拿到最上面，這一年，方芝琳一定是班上第一個在桌上看見便當盒的女孩。

　　蔡詩修默默地為他的貼心祝福。班上同學都直呼邱明祥是老師的大兒子，王麒麟是老師的小兒子，他們兩個是好朋友，同時愛上一個芭比娃娃小女孩──房文琪。

　　黃老師對全班同學說：「人害怕孤獨！害怕自己心裡沒有

愛的人！害怕失去了夢想的方向感！什麼時候把『私人之心』轉化、昇華為『眾人之心』的獨處與相處，是人生的兩大課題。這是一種生命課程的學習，除了能力的基本技能，還要智力學習，更要情緒學習，更重要的是你珍惜自己的價值選擇，別無他求。」

我們來看一隻海鷗如何完成這生命課程的？

他發下主題教學課外資料「天地一沙鷗」。

4.

清晨，金黃色的太陽在海面閃耀。千百成群出來覓食的海鷗，為了爭奪一條小魚，或幾片麵包屑，一齊尖聲呼叫，互不相讓。岳納珊看了，好不心煩。

岳納珊是一隻海鷗的名字。牠遠遠離開那些同伴，獨自練習飛行。為了追求理想，牠忍受孤獨、忍受譏嘲、忍受痛苦，立志要飛得快、飛得高、飛得漂亮。別的海鷗，一旦學會了飛行，能在海濱抓魚，填飽肚子，就認為自己的本領夠了。岳納珊不然，牠認為那樣太沒有志氣了。

「我是一隻鳥，既然是鳥，就得會飛；既然要飛，就要飛得快，飛得高，飛得好。」這是岳納珊的想法。牠因為有比覓食更重要的事情，就把已經銜在嘴裡的半條小魚吐掉，鼓動翅膀，朝著藍天白雲，勇往直上。

「一隻海鷗，究竟能飛多快？」「我能不能飛得像鷹一樣快？」牠一面想，一面從高空使盡力氣，向海面俯衝而下。他飛得很快，僅僅費了六秒鐘的時間，就接近海面。這時候，牠翻身爬升，打算再回到高空，不料雙翼突然失去重心，牠像一塊石頭那樣掉進水裡。

　　岳納珊一點也不灰心，飛到更高的地方，再做嘗試。牠的長嘴對準海面，向下俯衝，飛得更快。牠費了很大的力氣，保持翅膀的平穩不動。這樣，使速度增加將近一倍，打破海鷗飛行的世界紀錄。

　　岳納珊簡直沒有時間和其他海鷗交談。牠只是飛呀飛，從日出飛到日落，從今天飛到明天。牠飛翔得那麼巧妙：點水、翻筋斗、迴旋、俯衝、急轉彎，都保持美妙的姿勢。牠的內心充滿喜悅。牠想：「這樣才活得有意義！」牠也證明了海鷗是完美、聰明的動物。

　　可是，岳納珊並不滿足，牠知道獵鷹飛得比牠更快。

　　獵鷹為什麼飛得更快？因為獵鷹的翅膀短而有力，海鷗的翅膀太長了。岳納珊有些灰心。牠想：「我飛得比獵鷹慢，是命中註定的了。」牠在空中望著茫茫大海，忽然有了靈感：「我有多傻！我可以把我的翅膀併攏，只露出翼尖來飛行。我要試試看！」

　　果然，牠像一隻獵鷹！牠用翼尖在波浪上射過去，猶如一枚銀灰色的炮彈。牠瞇著眼睛，聽狂風呼呼的吼聲。牠已經打破了獵鷹的飛行紀錄。這是岳納珊的勝利，是鷗族歷史中最偉大的一刻！就在這一瞬間，岳納珊開創了一個新的時代。

　　黃老師把洪靜娟整理的段落大意和全課大意簡單的秀在白板上。

　　第一段段落大意：在清晨時光，海鷗們為了爭奪食物而齊聲尖叫、互不相讓。岳納珊看了，真是心煩！

　　第二段段落大意：當岳納珊這麼做時，曾經被譏笑過。但牠的目標並不會因此而消失，因為牠不想當學會了飛，就認為飛行技術夠了，那樣是沒志氣的。

　　第三段段落大意：岳納珊想著，我是鳥，鳥就應該要飛得好、飛得高、飛得快。牠認為飛行比覓食來得更重要，所以將小魚給吐掉。

　　第四段段落大意：岳納珊想著往海裡衝下，牠飛得好快，只花了六秒，就已經接近的海面，當牠要回空中時，卻突然失去重心，像石頭一樣掉進海中。

　　第五段段落大意：岳納珊一點也不灰心，再次的做了嘗試，費了很大的力氣，保持翅膀的平穩不動，也使速度增加一倍。牠已經打破了海鷗的飛行紀錄。

　　第六段段落大意：岳納珊一直飛一直飛，牠每個動作都飛得那麼美妙、那麼輕巧。牠心理充滿了快樂和喜悅，牠也認為這樣才有意義。

　　第七段段落大意：岳納珊其實並不滿足，因為獵鷹的翅膀短而有力，飛得比海鷗快，而海鷗的翅膀則是太長的。岳納珊有點灰心了，不過牠突然有一個靈感，那就是牠可以把牠的翅膀併攏，只露出翼尖來飛行。

　　第八段段落大意：真的，牠像一隻獵鷹，牠向前衝過去，牠已經打破了獵鷹紀錄，岳納珊勝利了，這是他的勝利，牠已經開創一個新的時代了。

　　整篇文章的大意：岳納珊是一隻與眾不同的海鷗，牠不像別的海鷗只要會填飽肚子就好了，牠專於飛行。牠要忍受和面臨許多困難和折磨，但牠卻從不灰心，只是找更好的方法來解決問題。當牠發現自己有方法可以飛得比獵

鷹快時，牠心中充滿了喜悅，牠時常懷抱希望，才會開創了一個新的時代。

另外黃老師也把張嘉慧寫大意的思考步驟，影印出來發給同學們，張嘉慧寫著：「寫大意前我會問自己一些問題」：

1.牠是一隻怎麼樣的海鷗？
2.為什麼始終不放棄？
3.最後有沒有成功？為什麼？
4.牠是怎麼走過這段路程的？
5.牠為什麼要和獵鷹比？
6.牠為什麼不灰心？
7.別的海鷗認為什麼？
8.牠是怎樣達到牠的目標的？
9.牠帶給讀者了什麼？
10.我們應該怎麼向那隻海鷗學習？

「天地一沙鷗」的大意：

　　岳納珊是一隻海鷗，獨自練習飛行，因為想追求理想，忍受孤獨、嘲笑、痛苦，立志要飛得快、飛得高。牠鼓動翅膀，朝著藍天，勇往直上。牠一點也不灰心，一次又一次的嘗試，岳納珊並不滿足，知道獵鷹飛得比牠更快。牠有些灰心，牠想：「飛行，我要試試看！」果然，牠猶如一枚銀灰色的炮彈，牠打破了獵鷹的飛行紀錄。

　　我是如何進行寫大意的思考步驟：

　　一、岳納珊是一隻海鷗，獨自練習飛行，因為想追求理想，忍受孤獨、嘲笑、痛苦，立志要飛得快、飛得高，是指有隻海鷗，牠希望能飛得快、飛得高，而忍受痛苦。

　　二、牠鼓動翅膀，朝著藍天，勇往直上。牠一點也不灰心，一次又一次的嘗試，這是牠努力的過程，所以我覺得很重要，是記敘文基架中的「經過情形」。

　　三、岳納珊並不滿足，知道獵鷹飛得比牠更快。牠有些灰心，是指牠雖然已經比所有的海鷗快，但牠覺得這樣還是很慢，所以，牠想飛得比獵鷹還要高、快。但是，牠有些灰心，這一段是牠遇到挫折的部分。

　　四、牠想：「飛行，我要試試看！」果然，牠猶如一枚銀灰色的炮彈，雖然有些灰心，但牠還是不放棄，這個不放棄的精神和模仿貓有點像，最後他成功了，也創下了紀錄，這是大意中的結果段。

　　我覺得以上的大意是對的，因為我有按照「原因、經過情形、結果」的文章基架構思，而且在寫大意時，我有想過讀者的角度，如果寫得不夠仔細，比較不能了解。

　　我寫大意的缺點：沒有寫到岳納珊的動作和表情，這是我寫完才發現的，我沒改，是因為要讓我和讀者去檢討，這是我考慮的地方。

　　黃老師讓班上同學閱讀這樣的作業後說：「人怎樣才活得有意義？」每個人的生命命題不一樣，他請孩子們自己為自己下命題：「我要成為一個怎樣的人？」

　　任何一門藝術的追求都經歷著獨處的課程，他說：「老師把

教學河戀
教室小說工房

教學看成一門表演藝術，我在表演教學生活，我在教導孩子成為一個人，成為一個『懂得』人生的人。我粹煉成現在你眼前看到的這個樣子，我不認為自己好或不好，因為任何人無法規範我的生命命題，只是我喜歡自己這樣想、這樣行動、這樣反思。我喜歡自己的表現。」

　　這一番話倒也印證著他和孩子們的生活點滴，人沒有權利說話他人的長短，生命是一場戲碼，大家都在因緣時刻將自己的角色演出一遍。

　　黃老師說：「天地一沙鷗」是他讀小學的國語科舊教才，「拔蘿蔔、魯賓遜漂流記、小人國、愚公移山、兩個和尚、老鼠變老虎、一束鮮花」這一些文章還深印在他的腦中，有一天他去思索：「為什麼一個十一、二歲的孩子在想這一些問題時」，他當起一位小學老師，這是「命中註定」。

　　他說：「週休二日的回家功課：『獨處二小時』。請事先和爸、媽說明作業內容的行程，是不被干擾的在自己的房間和自己相處二小時；什麼事都不准做，只開放無聊時可以聽音樂這個『小窗口』。獨處結束後，以文字檔紀錄傳回E-mail，老師星期日晚上十二點前收信件，可以遲交作業三天。」

5.

　　潘誌銘先傳回信件「可怕的獨處」：

　　　　星期日早上我在房間獨處，我聽音樂。一開始覺得這是一次人生旅程，一個小時過了，我開始覺得無聊了。在這一個小時的時間，我開始覺得自己好像在「無人島」

一樣。時間越過越慢，又過了三十分鐘了，我開始覺得害怕，因為自己好像被大家遺忘似的；當又過了五十分鐘時，我開始覺得自己好像是魯濱遜，一個人生活在無人島一樣。終於過了二個小時，我興奮的從房間衝出來，這時的我好像逃離無人島一樣，終於了解到獨處的可怕，我發誓以後要珍惜和家人相處的時間。

陳又銓也傳回「獨處」：

　　獨處其實不是那麼可怕，或者是因為有音樂可以聽吧！

　　以我而言，在一個小時裡都不做任何事，只聽音樂，簡直無聊透了。到第二個小時時，我已經有點不耐煩了，心情很浮，靜不下來。要是換成我姊姊，她大概可以想很多事情吧！

　　獨處又讓我想到已經往生快三年的阿媽。我想到大概在我是幼稚園的時候，阿公就往生了，所以我對阿公的印象很少，或者幾乎沒有吧！老師說：「當一個人感情跟你很好，某一天，他（她）突然都不理你，那時是最痛苦的。」這句話使我想到阿公比阿媽早了大概六年往生，我想阿媽當時一定是最難過的人，一個跟她生活那麼久的人，感情一定很深的人，突然走了，阿媽一定覺得奇怪又害怕，少了一個最能夠傾聽她的苦、她的心的人，一定不好受，而且她一定會想把心事告訴別人，可是我們都沒有這麼做。

　　後來是三年級的我，有一天的星期三下午，我跟阿媽聊天，但聊的好像都不是內心話。

　　我在獨處的時候，從人群之中離開，獨自一人。我發現當你已經習慣了待在人群之中，突然只剩你一人，你不知不覺心中就會開始產生焦慮，就會害怕。久而久之你要是不找個人，把心思放在他（她）身上，那焦慮就會變成痛苦，哪怕你的「人群」只有一個人。

　　我很難想像那些流浪漢，到底是怎麼解決心理的焦慮和痛苦的。一個人過生活，還是有另外的什麼陪著他們。他們不會覺得無聊、不耐煩，心情很浮，靜不下來嗎？還是對他們而言，家人已經不是重要的了。不能夠傾聽他們的苦、他們的心的人。流浪漢他們要做到這樣，一定吃了不少心裡的苦。」

邱明祥的「獨處」信件有趣了：

　　記得在昨天，老師出了一個作業，叫做「獨處」。當時大家都很疑惑，什麼是「獨處」？老師跟大家解釋說：「獨處就是自己一個人在房間不受別人打擾，只能聽音樂，不能做別的事情，就叫做獨處作業。」原來這就是「獨處」。

　　老師還說晚上做最好，因為晚上比較會胡思亂想，所以晚上做最好，聽了大家都異口同聲的說：「哇ㄟㄎㄧ笑」，真希望明天馬上到，早點體會獨處的感覺是什麼？我好興奮。

　　聽著音樂做獨處，剛開始還覺得還沒有什麼嘛！獨處就只不過這樣子而已啊！到後來，我慢慢的覺得獨處越來越恐怖，真想趕快逃出這個恐怖的地方。可是不行，越待越久我不禁胡思亂想，我想到我前幾天看的鬼片「惡靈古

堡」。我的寒毛就不禁立了起來，我一想到裡面的腦怪和僵屍，我就心裡碰碰跳。忽然我聽見了一個聲音，好像腦怪的怒吼聲，我從窗戶一看，原來是一隻狗在叫而已，害我嚇一跳。

聽著音樂，我又想到我喜歡的人，不知到她過得好不好；我又想到我以前做的種種壞事，心裡想著：「我真不應該這樣做。」我又想到我被人家欺負時，應該拿我手邊的棒球棍，給他個紅不讓，讓他爽到爆。

想著想著，不知不覺已經過了二個小時，終於軀殼已脫離了這片苦海，我真的好高興，真希望老師別再出這個作業了。

這次老師出的這個功課的涵義，是要我們坐下來靜一靜。我叔叔常說：「要是越不好的事，越要去克服和忍耐。」我在暑假時，媽媽帶了一本有關佛的書，裡面有一句話對我影響很深，這句話叫做：「心靜來自於禪修，禪修來自於內心。」所以老師出的功課對我有很大的影響。

陳英華的「獨處」，讓她在童年的印象之中轉了幾圈：

我把音樂打開、把門關好，準備要開始獨處了。

一開始的十五分鐘，我覺得沒啥好怕的，不過我漸漸害怕那種沒有家人在身邊的感覺，所以感到十分的不安。過了一小時後，我換了一片CD，看著窗外那兒藍藍的天空，想起了我去世的外婆，因為外婆也受過這樣的痛苦。

我記得我一生出來，外公就去世了，但是外婆還活著，所以我想，外婆就像老師說的一樣，一定孤單了很久

很久……如果我小時候能夠了解外婆的心情，我一定會每天晚上去陪她睡覺，不過外婆沒像老師說的因為孤獨的不習慣而一、兩年就過世，她反而多活了七年，我想她在外公去世的這幾年，每天晚上都在哭吧……不過外婆說：「說不定是為了他的孩子和孫子，才以意志力多活了七年。」現在回想起來，我真的好後悔，為什麼我不去陪她睡呢？

想著想著，我便回想起外婆以前和我在一起的日子，在那時我哭了，眼淚一滴滴的流下，因為我真的好想她。她以前總是在媽媽罵我時維護我、袒護我，外婆是對我最好的人了！不過說也奇怪，每當我想起外婆，我都會一直哭、一直哭，而且外婆在我一年級時就去世了，為什麼我對她的記憶還是如此的深呢？

就這樣，我過的這一小時，都在想我那慈祥的外婆。我邊想邊哭，過了兩小時，我決定不想了！要不然我會越想越難過。

到了現在，我才明白那種身邊有家人的溫暖日子，我才明白老師的感覺。每到早上，沒有人叫你起床；到了中午，沒有人煮給你吃；到了晚上，客廳沒有家人在客廳看電視、吃水果、聊天。其實我現在就已經有點這種感覺，因為我的哥哥和姊姊都出外讀書了，所以在功課、電腦方面，都沒有人能幫我，所以我只好打電話問他們。

我只不過獨處了兩個小時就受不了了，那以後的四、五年，或七、八年？不！或許是好幾十年，那我不就崩潰了嗎？

　　林政智的「獨處」就來得簡易了，不知他是否把有苦有甜
的一段心情遮掩了，黃老師也不加深入探究，把尊重留給孩子
自己：

　　　　一個人獨處的時候，我靜下心來，坐在窗邊，望著窗
　　外。天空披上一層黑色的薄紗，小星星一顆顆探出頭來，
　　月亮高掛在空中。

　　　　我仔細聆聽到昆蟲的叫聲，腦中過去的點點滴滴，一
　　幕幕浮現出來，有苦有甜。想著想著：「我應該珍惜父母所
　　給我幸福的一切，把握現在，為將來好好努力用功讀書。」

6.

　　黃老師說：「第一次的獨處課程，讓你們開始知道，自己
一個人的時刻該怎麼過。我們開始面對回憶和夢想。從害怕到寂
寞，從慌亂到穩定，從認同自己的一份功課到完成自己的夢想，
從這裡你整理出自己的方向！從這裡你看見自己意念流轉的快
速！你重新定義時間與空間的內在覺受！在人群之中你不再慌
忙，你走在自己的路上。」

　　他希望孩子們花一兩節課的空白時間，討論、分享這一段獨
處兩小時的家庭作業。

　　孩子們先是驚聲尖叫地述說這可怕的課程，有笑容、有恐怖
的故作神態，有傾聽、有眼淚。

　　黃老師負責送上摺疊好的衛生紙，孩子領受這貼心的伸手，
他還會戲笑著說：「來，給！大手牽小手。有眼淚是健康與幸福
的表徵。」這又把人給惹笑了。

「來！再哭一個！」隨後他又看著孩子的眼珠子說。

「被你氣笑了啦！」孩子會對他回嘴。

這一段分享是重要的氛圍，因為大家的經驗都是一樣的。人的共通性是我們都是一樣的，沒有和別人不一樣，做過的事都留存在記憶盒之中。這是一種「社會性支持的課程」，因為這樣，所以生活有前進的溫暖。

黃老師說：「舉凡傳記人物的生命發展歷程，都經歷這一段『獨處』的課程。長時間的獨處而看見自己。佛教禪宗的達摩祖師面壁九年；六祖慧能躲在獵人隊修煉十六年；基督教耶穌基督離開眾人三年；詩人里爾克獨自一人在穆座古堡完成晚年的巔峰之作；詩人艾密莉在自己的花園家中獨居一輩子，完成震驚文壇的詩作；西藏的眾多仁波切，獨自在喜馬拉亞聖山山洞裡閉關幾十年，完成自己一張如佛、如菩薩的臉；你所耳熟能詳的藝術家，也都有著如是深刻的內在探索。植物必須經過黑暗時期的冬眠過程，才會有著豐富的花瓣色彩；連我們的小海鷗岳納珊也是。」

「這是岳納珊的想法。牠因為有比覓食更重要的事情，就把已經銜在嘴裡的半條小魚吐掉，鼓動翅膀，朝著藍天白雲，勇往直上。」他背著這一段句子，做出張開翅膀的動作，飛了兩下才說：「喔！原來我不是一隻鳥。」

「愛現。不看看自己的年紀！」邱明祥的「專利權」又說話了。

「終於軀殼已脫離了這片苦海。心靜來自於禪修，禪修來自於內心。阿彌陀佛！」黃老師念著邱明祥的句子，讓他不知如何是好。

「這是你寫的？怎麼可能？」同學則轉頭向他詢問。

　　「唉！偉人是不容易被輕易了解的！」邱明祥合掌，恭敬地
對著黃老師作揖，這場笑料才暫時停止呼吸。

　　「每一段時間，老師都給自己這樣的人生課程。這一次從花
蓮下來，可能要在宿舍獨處沉思個五、六年，老師希望每一個夜
色，都是走向深刻地看看自己。」他對孩子們說著。

　　「孩子！春天來了，別忘了到外面走走，連續三天沒有回家
功課，做自己。」

7.

　　一個星期之後，黃老師請小朋友翻開六下翰林版本，健康
與體育課本第六十九頁「健康生活新主張」，閱讀「建立生活價
值」的章節重點。

　　「獨處課程第二階段」配合這個章節，順便當作期中考試題
「我想要成為一個怎樣的人？」他說著說著，開始在黑板上示範
這個歷程。

　　「每個人的小時候都有他的夢想、他的幻想、他的希望、他
的探索行動。我稱這個為尋夢之旅：『小學二年級的我想當鹹蛋
超人，眼睛像鹹蛋，臉蛋像鹹蛋，飛在天空中。遇見人類有求救
的訊號，他就出現豎起右手發射光芒武器，拯救人類。』」全班
一聽鹹蛋超人就笑老師很孩子氣，但是又超想聽下去。

　　「三年級的我想當小叮噹，每天陪著大雄，只要大雄有困
難的時候，小叮噹都會想出辦法來解決。不過我不想當不負責任
的大雄，騙爸爸、媽媽，騙老師，不寫作業，千篇一律都是小叮
噹幫助他作弊，一次又一次，漫畫的情節也都是一次又一次的重
演，相同的結局——大雄和小叮噹又過著幸福快樂的日子。」

　　「四年級的我想當日本漫畫的『好小子』，每天專心練劍道。我還自己綁了一支竹劍，每天放學後在後院練習揮劍，做一個遇到困難不放棄、不說明、想辦法解決自己問題的孩子。我愛他的天真活潑、愛搞笑、意志力堅定，為了完成夢想勇往直前。」

　　「五、六年級的我想當日本漫畫的『怪醫黑傑克』，擁有高超的醫術，讓人起死回生。我愛他遇到病人的問題不退縮，一定會尋找出新的治療方案為病人開刀。」

　　他把小時候的典範人物從生活中理出來，這是成長軌跡。每一個階段都有一個「為什麼我愛這生活角色？」為這一些角色賦予自己的生活意義，黃老師把生活意義也條列在人物範例的右邊，繼續說：「我現在是一位小學老師，我現在這個樣子、這個表現，都和我的小時候相連結。這一些人物的行動力和特性，都在我的教學藝術表現出風格。我愛我自己是這個樣子。這是我建立起來的生活價值。生活意義是一個人生『方向感』，而追求的夢想，可能因為年齡的增長，而轉換不同的角色扮演。」

　　他說完即開始安排第二階段的獨處作業，以散文稿的方式，把這一段「尋夢之旅」回憶出來，並且在三個星期的時間，把文稿傳回老師的E-mail信箱：fathermother1203@yahoo.com.tw。

　　古怡玲兩星期來的努力思索寫成E-mail文稿，傳回給黃老師：

　　　　每個人都有夢想和幻想，但「夢想」隨著年紀會有不同的變化，有些人長大想當老師、醫生及當科學家等等……為什麼有些人實現夢想，更多人卻無法達成心中的夢想呢？原來這對於不努力的自己來說，夢想是不可能實現的，不肯腳踏實地的努力，這是遙不可及的天方夜譚。

　　我一年級時想當米老鼠，我每天放學第一件事不是吃飯，而是打開電視看著我的偶像米老鼠，米老鼠是小朋友最受歡迎的卡通人物，他有好多好朋友，他只要有困難大家都會幫他，我好羨慕他。迪士尼裡的米奇進入新世紀後，造型更具現代感，所發生的故事也更貼近生活。但是在個性上，米奇仍然和七十年來全球深愛的他一樣：真誠、熱心、謙虛，愛冒險、富機智、惹人喜愛。

　　可是到了三、四年級時，我的夢想改變了，我想當一位英文老師，因為我對英文非常有興趣，我十分嚮往優雅的英國文化，很想了解它的風俗民情，所以很努力的學習英文，為了達成我的夢想，不讓它成為空想。「坐而言不如起而行」，可以利用假日的時間閱讀相關的書籍，以充實這方面的專業知識，並努力朝著目標前進，實現我多年以來的夢想，相信未來我一定會達成這個夢想，成為一名名符其實的英文老師。我要讓我心目中的「夢想高飛」。

　　現在我是個六年級的小學生，但是我有兩個夢想：

夢想一：

　　因為現在經濟不景氣，所以我想當個有錢人，只要我有錢，我一定會過得很好，雖然只要和家人生活在一起，我就很快樂了，但是社會是現實的，所以……我一定要成功！

夢想二：

　　夢想是人類動力的泉源，因為人們努力的去追求夢想，使我們的生命更加的有意義，而我也一定會擁有一個夢想，那就是去當十分賺錢的「動物訓練師」！依照我這種那麼熱愛動物的心靈，一定最適合去當動物訓練師了。雖然很有可能經過一些可怕的風風雨雨，但我知道，我只

要肯去努力、肯去吃苦，我相信，總有一天我也可以當一位「鼎鼎大名」的動物訓練師。

人到死都一定會懷抱著自己的夢想……不過沒有實現也沒有關係，因為畢竟只是一個心裡頭的夢想嘛！

夢想就像是明天一樣，它擁有著很多人無法去預測的未來，誰也都不曉得明天到底會發生什麼樣的改變。

很多夢想可能過了不久就會改變了，但是有了夢想，就要去實現，達成了一個夢想，就代表你有志氣的成功了。人心裡的夢想不只一個，如果夢想全部達成，那麼你就是真正的成功了！「人生有夢，築夢踏實。」夢想是不一定會實現的，不肯腳踏實地的努力，就有可能只是一個遙不可及的天方夜譚而已。每一個人都隨著年齡一年一年的改變，每個人的夢想一定會有一些差異，即使是這樣，也要努力的向前行，才不會一直停留在原地遲遲不走。

有人可以因自己的夢想而使自己更加的偉大，那是因為他抱著自己的理想而不顧一切的奮力往自己心中的目標勇敢的前進，我也能夠慢慢的去仔細體會了。古人曾經說過：「天下無難事，只怕有心人。」古人利用這句話來和每一個人共同勉勵。我覺得每一件事都一定要擁有相信自己的實力，不可小看自己的實力，這樣的夢想才會去完成、實現，也因為擁有夢想，才會更有勇氣，才可以鍥而不捨的去追尋自己擁有的夢想。

許榮坤也寫成E-mail文稿，傳回：

　　我二年級的時候想成為一位超人，因為如果有人有困難，只要喊我一聲，我就會立刻趕過去幫他的忙，所以我想當超人。

　　三年級的時候，我的想法就不一樣了。喔！我想當忍者哈特力，因為當這個可以使用飛鏢和忍術，來幫忙別人做好的事，如果有壞人找他幫忙，他不會幫他，因為他是壞人，所以我三年級的志願就是想當忍者哈特力。

　　我四年級的時候想當釣魚高手三平，因為他很會釣魚，我也很喜歡釣魚。只要被三平看上的獵物，都一定會被他釣起來，所以我覺得他非常的厲害，這就是我四年級的志願。

　　我五年級的時候，想法不一樣了。我想當海賊王裡面的魯夫，因為他的手臂可以伸很長，還可以打敗很多的大人物，還有他有很多伙伴，他的伙伴都非常的厲害，也不輸他這個船長，所以我五年級的志願就是要當魯夫，可以讓手臂伸得非常長。

　　六年級的時候，我決定了要做我自己。我的志願我好像都當不成的樣子，所以還是做我自己比較實在，因為可以做我想做的事，還有我那些夢想還都像太遙遠了，還是我自己比較好，因為每天可以上學。可是如果當了這些卡通人物，以後就不能上學了，所以我決定了，還是做我自己比較實在。

　　二到五年級的時候，我想當個卡通人物。可是六年級的時候，我不想當個卡通人物了。我比較想做我自己，因為做自己每天可以無憂無慮的、快樂的去上學。可是卡通人物就不一樣了，一下子要幫忙這個，一下子又要跑到

別的地方救人，所以卡通人物不好，還是做我自己比較
實在。

這一些斷斷續續的時段，邱明祥整個人有一些轉變，灰黑沒
有自信的氣色逐漸轉成顯耀的光芒，整個人亮了起來。他常到導
師休息室晃盪，為老師倒茶水，偶爾斜依在老師身旁，看看老師
正在打字的電腦資料。

「老師！這是你研究所寫論文的資料嗎？」他問著，「我可
以看一下下嗎？」

黃老師點頭、起身，把位置讓給邱明祥，泡茶去。他對邱明
祥說：「別把資料弄丟了，那我就玩完了。」

「我電腦都比你強，你忘了你是電腦白痴一族？放心啦！
上一次教室的電腦被我和王麒麟弄壞了，還是又被我和他修理好
了。」他露出詭異的得意笑容。蔡詩修也在他旁邊跟著閱讀這一
個午休：

　　這人生常態下，筆者認為最為完整的表現歷程，是人
在面對深刻自我的兩道命題：其一為「獨立性」的探索自
我，以保有自己和自己相處的和諧性，這對追求自我生命
感的精神負責，所延伸的熱情性情感，往往讓人獨有的內
在優先需求，自私性地、自發性地，沒入自我當中。
　　而面對自我的第二個命題為「依賴性」的分享自我，
以不斷重新認識的自我有話要說，需求認知與情感上的被
認識、被支持、被了解、被擁抱在深深的共處當中，一起
欣賞、一起品味每一段人生課題。
　　這「聚」的共享與「散」的為保留自我，進而對自我

生命個體尊重，所發出的內在聲音，往往讓時間流轉在空間當中，無知去面對、看待人獨存個體的本質、人生的本質。

　　難免在生命挫敗下來的時刻，反思著對方在認知與情感立場上的實踐，何以如此迷濛如山嵐之氣的不確定感。這之中我們曾失去什麼？而終究擁有什麼？抑或是這是一則訊息：「企圖把自己重新再交回到自己手上的象徵。」像中國文學家宗白華說希臘哲人對人生的指示是：「認識你自己！」

　　那樣，我們任何一種生活都可以過，因為我們可以由自己給與它深沉永久的意義。像宗白華先生從歌德的《浮士德》全書總結地說出，人生最後的智慧即是：「一切生滅者／皆是一象徵。」而我們在完成自我人生階層的意義追求中，也會像宗白華先生對人生的探究一般，跟著他說：「人生，無論怎樣，他是好的！」

蔡詩修對一些用詞還無法體會，黃老師則舉上課中的例子，讓她聽得懂。

8.

　　我所能夠做到的，只有為你提供幾個真切的故事而已。……請你自己靠自己找出來。……把你所有的問題，……通過所謂故事這個強有力的隧道直接聯繫上。……你絕對不是孤獨的……在那連結之中你會得到什麼，只有你自己知道。……我相信故事的力量，只要我還相信，……我跟各位在某個地方便互相聯繫著。（村上春樹）

教學河戀
教室小說工房

　　你就是問題，不必再到處去尋找什麼知識了。
　　兩種可能性：做你自己，或者任他安於現狀。後者是
一種願望的滿足，因此是怠惰的；前者是一個起點，所以
是行動的。（卡夫卡）

　這早，中央山脈的山嵐之氣還留在晨曦的感覺。黃老師說著
E-mail文稿已收齊了，特別恭喜全班同學完成第二階段課程。老
師先發下「醜小鴨」的童話故事部分文稿：

　　「蛋殼響起來。所有的蛋黃現在都變成了小動物。牠
們把小頭都伸出來。」
　　「嘎！嘎！」母鴨說。牠們也就跟著嘎嘎地大聲叫起
來。牠們在綠葉子下面向四周看。媽媽讓牠們盡量地東張
西望，因為綠色對牠們的眼睛是有好處的。
　　「這個世界真夠大！」這些年輕的小傢伙說。的確，比
起牠們在蛋殼裡的時候，牠們現在的天地真是大不相同了。
　　「你們以為這就是整個世界！」媽媽說。
　　這地方伸展到花園的另一邊，一直伸展到牧師的田裡
去，才遠呢！連我自己都沒有去過！」……
　　「牠想其他曾經怎樣被人迫害和譏笑過，而牠現在
卻聽到大家說牠是美麗的島中，最美麗的一隻鳥兒。」紫
丁香在地面前把枝條垂到水裡去。太陽照得很溫暖、很愉
快。他搧動翅膀，伸直細長的頸項，從內心裡發出一個快
樂的聲音：「當我還是一隻醜小鴨的時候，我做夢也沒有
想到會有這麼多的幸福！」

他說：「很有意思的一個童話故事，最近同學們的成長有一些類似童話的情節。世界上的成長故事都是可能的。」

「今天我們的兩節課中，要完成第三階段的『獨處課程——師生對話實際訪談』，我們以一位同學為訪談例子，其餘同學當觀察閱讀員，你自己閱讀到了什麼，是自己該完成的功課。」曾小芙被指定為「獨處課程」口頭評量的「示範例子」。

黃老師：「曾小芙是幾號？」

蔡詩修：「33號。」

黃老師：「曾小芙妳到前面來說，動作快！可以坐在那個椅子上說。OK！然後面對同學，不是面對我，是面對同學。男同學請注意聽。」

曾小芙：「我常想的是我獨處的時候，曾經花了蠻多的時間在想自己的優、缺點。那是之前，因為曾經跟蠻多同學吵架，吵得蠻嚴重的。我知道，或許同學沒有告訴我，但是我知道有些原因是因為我的個性。那後來反省以後，發現對自己有一些想說的話，就是一直埋在心裡面，沒有告訴別人。慢慢的，我試著去告訴比較要好的朋友後，我就能夠發現自己，原來從前到現在的個性，有多麼的壞或者是有多麼的叛逆，同時也會了解到自己之前的優點。」

黃老師：「等一下，妳對妳的個性形容詞，什麼時候是壞或者是叛逆啊？」

曾小芙：「說實話！如果以家庭來講的話，在家中我算是屬於壞加叛逆，如果父母講一句我就開始頂回十句話。如果父母他們做了有些我不能接受的事，讓我覺得很不滿意的話，我自己就會私下罵他們，私下跟姊姊互罵爸爸、媽媽。」

黃老師：「互罵妳父母，能不能舉個例子？」

曾小芙：「就像有時候，我媽媽會要我做我不喜歡做的事。我不知道我媽媽心裡面在想些什麼。但是我覺得她做出來的事情，會讓我覺得她很霸道，她不會為我們著想。」

黃老師：「她為自己想，而妳覺得她比較霸道，然後妳通常都怎麼回應她？」

曾小芙：「通常我不敢回應她啦！我知道她很生氣的話，我不敢回應她。那我就自己很生氣的走到樓上，開始跟我姊一起罵我媽媽。」

黃老師：「喔……都罵些什麼內容呢？」

曾小芙：「就是罵她很霸道啊！做得很過分啊！一直說她不懂得為我們著想。」

黃老師：「你這是說在生活上的一些爭執？這些爭執點，妳覺得她不夠尊重小朋友心裡面的世界。」

曾小芙：「而且我是認為，我媽的想法是：我們是小孩子，她是媽媽，所以什麼事情都由她做主，我們沒有選擇的餘地。」

黃老師：「喔──」

曾小芙：「她有這樣告訴過我。」

黃老師：「喔！就是說選擇權是她的，不是交到妳們手上的。那時，妳聽到這個話的感覺怎樣？」

曾小芙：「我就跟她說，即使我們是小孩子，我們也有自己的權利。我跟她說：『我希望有我們自己的自由。』」

黃老師：「那你們的權利跟自由有沒有跟媽媽做一個說明啊？比如說：需求什麼事，跟她做一個和緩的說明。有沒有經過這樣的一個過程？」

曾小芙：「有。但是問題是我媽媽根本聽不下去，她就說：

『反正你們也沒有選擇的權利。』然後她也不聽我們說些什麼話。」

黃老師：嗯！那是不是我們重新用天空的眼睛來看看自己，是不是因為當初妳的表達方式、表達的語氣跟態度，讓她覺得她不接受你的做法？

曾小芙：「剛開始的話，我的語氣真的蠻衝的，因為我是覺得一切或許都錯在於她。」

（黃老師：「嗯！」）

「到了後來我再跟她講時，就會用比較和緩的語氣跟她說了，或許我們小孩子也有別的權利，我希望她不要剝奪我們的選擇跟我們的權利。我媽她是跟我說：『不要認為什麼事都是我們對，他們大人的經驗比我們還要多。』所以說，我媽一直都認為『我都是對的，他們都是錯的』。那我會覺得說：『這樣對我來講不公平。』因為照理講，我媽她雖然常常說什麼：『因為我是她生的，所以她了解我。』但是我可以說：『即使我是她生的，很多事她並不了解。』所以有些事情我會想說：『希望她能夠好好的聽我們表達想法。』」

9.

黃老師：「這是妳第一次上完獨處課之後所做的調整嗎？」

曾小芙：「應該是第二次吧！」

黃老師：「第二次？然後還有沒有第三次的調整？」

曾小芙：「第三次的調整……」

黃老師：「因為妳剛才講到：『這是我們的權利，妳不要剝奪我們的權利』，有沒有比這個題目更溫柔的？」

曾小芙：「有。」

（黃老師：「嗯！」）

「嗯！我從小算是一個蠻會幻想的人。」

（黃老師：「啊──嗯！」）。

「我常常幻想，如果我爸媽不在的話，有壞人跑進來，我該怎麼辦？對啊！就是說或許我父母親在外面出車禍死掉，我該怎麼辦？我會很怕這些事啊！那時候在獨處的時間裡，我就會開始幻想，想到說：『如果我媽媽現在在樓下，如果樓下突然有人衝進來，把我媽媽殺掉，那我一個人該怎麼辦？』」

（現場同學的笑聲）

「我就這樣，想想想想想，如果到時候我所有的親朋好友都死掉，或者是我離家出走，以後我要怎麼去安排我的食、衣、住、行。之前啦！我算是真的蠻討厭我媽的，我會私底下跟我姊姊商量，看看能不能跟媽媽先提出那個存款的、那個提款的卡。然後，我跟我姊有一點點打算，想要離家出走過。」

黃老師：「那是在我還沒有上離家出走的課之前嗎？」

曾小芙：「之前。」

黃老師：「之前啊！那上完了『離家出走』課之後，妳還有沒有這種想法想離家出走的想法？」

曾小芙：「有！」

黃老師：「還是有！」

（小芙：「還是有。」）

「想為自己安排這樣子。」

曾小芙：「我曾經告訴過我媽，我用一種比較暗喻的方式告訴她，就是我並沒有很明確告訴她說：『我討厭妳，我想離家出走。』」

黃老師：「妳用暗喻的方式，是怎麼說的？」

曾小芙：「之前，我為了讓我媽知道，我們家有白板。我
……」

黃老師：「有什麼？」

曾小芙：「白板。」

黃老師：「喔，你們家裡面的牆壁有掛著一個白板。」

曾小芙：「對！然後我就會寫說：『我想離家出走。』然後
……」

黃老師：「妳寫『我想離家』出走，這個句子它不是暗喻
啊！」

曾小芙：「後來，我寫了以後，我大概擦掉『離家出走』四
個字，改成『我想』兩個字，但是我在旁邊畫了一個代表我蠻生
氣的圖。」

黃老師：「那從妳畫的白板圖片裡面，媽媽的解讀可能是
說：「我想……然後很生氣這樣子。」

曾小芙：「不是！她知道我的意思。她知道我想離家出
走。」

黃老師：「妳怎麼確定她知道你想離家出走？」

曾小芙：「她有跟我說。」

黃老師：「啊！她有跟妳說！」

（小芙：「有。」）

「那表示妳媽媽真的是了解妳啊！」

曾小芙：「可是問題是，她是在這方面了解。但是我個性的
另一方面她不了解啊！」

黃老師：「另一方面她不了解妳，但是她讀懂妳的暗喻，嗯
呵？」

（小芙：「嗯呵！」）

「那表示說她也很快可以進入妳意識的世界啊！因為妳畫那個圖說：『我想，然後畫一個生氣的臉。』我女兒很生氣了，非常生氣！那你媽媽……」

曾小芙：「因為我大概都會在跟我媽吵過架後寫。」

黃老師：「好，也就是說妳常常跟妳媽吵架，吵完了，妳就會把它寫在白板上？」

曾小芙：「對。」

黃老師：「所以妳媽會根據你們剛吵架的內容來做推測，妳寫這一句話的意思到底是什麼？好，OK！」

曾小芙：「因為我是跟她一個房間睡……」

黃老師：「妳跟媽媽一起睡？」

曾小芙：「對。然後在晚上的時候，我還沒睡著的話，我就開始跟我媽媽講，我跟她說：其實我不喜歡她教導我們孩子的方法。」

黃老師：「嗯！妳的語氣跟態度怎麼表達？」

曾小芙：「語氣跟態度的話，我就會用算是一個蠻慎重的語氣跟她講。」

黃老師：「很慎重的。」

曾小芙：「有帶著一點點的生氣跟難過。」

黃老師：「生氣跟難過的眼神？」

（小芙：「嗯！」）

「跟她說？一個人說？」

曾小芙：「我就跟她說：『我是妳生的，但並不代表妳就應該認為任何事都了解我，妳可以剝奪我的任何權利。』我告訴她說：『為什麼有些同學的父母，他們都對他們的孩子好到那種

程度。為什麼我的爸媽不能這樣子做啊？」然後我媽媽就會說：『各有各的想法』。她說她有她的想法，別人是別人，我是我。她說她對於我的個性，有她的教導方法，一個祕方。我是跟她說：『但是問題是，妳並不了解我，那妳要怎麼來教導我？』」

黃老師：「妳有沒有跟她開玩笑說：『媽媽妳真的很了解我，然後妳有妳獨特的祕方來教導我，但是那個祕方我吃了之後，妳不會覺得我中毒了嗎？』妳有沒有跟他開這個玩笑？」

曾小芙：「我跟她講話時很少在開玩笑，除非剛好在開玩笑的氣氛之中。」

黃老師：「從這裡老師也看見了，因為妳的個性上是很衝、很叛逆的，然後妳在妳的語言使用上、態度上是強硬的，強硬同時也果斷了。」

曾小芙：「我在家中雖然算是最叛逆的一個。我姊姊也很叛逆。」

黃老師：「妳可以舉一個例子，叛逆到最大的叛逆是怎樣的？」

曾小芙：「我說過啦！就是我跟我爸在吵架之後，拿棍子在他後面。」

（現場同學發出「哇勒」的笑聲！還有人說：「打屁股」。）

黃老師：「就是跟妳爸爸吵架以後，有一次拿棍子在後面要打他，有真的打下去？」

曾小芙：「沒有，就被他發現了。」

黃老師：「被他發現了，嗯呵！」

曾小芙：「我曾經有想過要拿刀殺我們家的人。」

黃老師：「拿刀子殺誰？」

教學河戀

教室小說工房

曾小芙：「殺我們全家。」

黃老師：「殺你們全家，為什麼有這種想法？」

曾小芙：「因為我真的很恨他們。」

黃老師：「你為什麼恨他們？」

曾小芙：「我不知道，我覺得他們很不懂得尊重我。」

黃老師：「其實你要的只有尊重，對不對？」

曾小芙：「我討厭我媽的霸道。」

黃老師：「妳討厭她的霸道！因為那種霸道已牽涉到妳的詮釋，她怎樣不尊重妳？」

曾小芙：「那對於我爸的話，我會覺得說他什麼事都認為他最對，然後我跟他講還不聽。就是說，他就每次都跟我說，他這四十幾年來的經驗比我還要多。所以他就說叫我一定要聽他的，不這樣我一定會吃虧。但是有些事情我聽他的，我反而覺得自己在吃虧。」

黃老師：「所以妳在家裡面自己做一番實驗，實驗到現在是第三種方法了？有沒有比這個方法更圓滿的？比如說妳睡在媽媽的房間，口氣跟態度可不可以再調整得更溫柔？叫做好好的說、慢慢的說。你們不是有唱過一首歌叫做：『我想慢慢來』。」

曾小芙：「沒唱過。」

黃老師：「我昨天在聽一首歌。他唱的是『我想慢慢來』，老師現在覺得很有意思，這一切讓你更加了解她。還有沒有比這個更溫柔的溝通方式？」

曾小芙：「沒有。」

黃老師：「還沒有找到？」

曾小芙：「如果剛開始溫柔，到後來也一定會吵架。」

黃老師：「一定會吵架！」

曾小芙：「一定會！」

10.

黃老師：「溝通的方式已經固定了。所以要轉變的是這兩個人，而不是只有一個人。」

曾小芙：「轉變，難看得到。」

黃老師：「蠻難的，好！這是你在獨處中所看到的妳跟妳媽媽，然後妳有嘗試努力的去做調整？」

曾小芙：「有。

黃老師：「有沒有比」以前更好？還是沒有改變？」

曾小芙：「我是覺得做完之後變得更叛逆。」

黃老師：「妳嘗試溝通了以後，覺得自己又會變得更叛逆？因為妳覺得這個實驗沒有成功而是失敗的，讓你更難過，而且把難過加分了。在這個時候妳有沒有偷偷的哭？」

曾小芙：「常常。」

黃老師：「常常哭。妳在哭的時候，是眼淚一滴一滴掉，還是整個像河流一樣刷下來？這樣！還是用噴的？沒有用噴的吧？」

曾小芙：「我通常都是十點多或是差不多十點就睡覺了。我在睡的時候，看他們還在樓下，我就開始在流眼淚。因為我爸媽他們都會忙到晚上一、兩點才睡覺。」

黃老師：「開始流眼淚。」

曾小芙：「算是蠻多的淚水，就是像河流那樣。」

黃老師：「像河流那樣，那表示流得很傷心啊！真的是傷心？」

　　曾小芙：「我哭的時候，不會因為一件事哭，我會把所有的事都加起來。不管是友情、親情都加起來哭。」

　　黃老師：「友情、親情還有什麼情？」

　　曾小芙：「沒有了。」

　　（旁邊有同學說：「愛情」。）

　　黃老師：「沒有了？」

　　曾小芙：「沒有。」

　　黃老師：「在班上有沒有發現有人偷偷喜歡你？」

　　（很多同學紛紛說：「有」。）

　　「我又不是問你們，我是問她自己，妳自己有沒有感覺到？」

　　曾小芙：「我不知道。」

　　黃老師：「妳不知道喔！不知道就好。然後，黃老師想說一個意見，就是你會不會撒嬌？妳應該會撒嬌的吧？」

　　曾小芙：「會。」

　　黃老師：「那你可不可以嘗試用撒嬌跟果斷的方式，把兩個做調整，然後來跟媽媽說。」

　　曾小芙：「我常常撒嬌，但是我絕對不會撒嬌到那種噁心的樣子。」

　　黃老師：「在黃老師的信念裡面，有一個我的方法：當身邊的人真的很生氣的時候，如果加進了撒嬌，這會讓對方的語言慢慢的變得溫柔的。他可能會停下來幾分鐘。然後他可能會笑一笑。接下來會慢慢的說這個事情。」

　　曾小芙：「但是真正吵架以後，我生的氣會比我媽的更大，比我家裡的人還要重。」

　　黃老師：「嗯！」

曾小芙：「所以到時候，我跟爸爸、媽媽就沒辦法撒嬌了。」

黃老師：「那時候你正在拗脾氣，很拗。誰都不要理我，離我遠一點的『Don't touch me！』是不是？而且你常常使用『Don't touch me！』千萬不要來碰我，是不是這樣子？對啊！好。這樣子變得不好嚕，妳從這個獨處的過程看到妳自己的一個特性，這個特性妳使用的字眼叫做『壞』。黃老師不認為是壞，它是妳個性上的一個表現，一個強烈的表現，然後我們在尋找人跟人相處，用怎樣的方式可以調整這一個溝通過程。我把撒嬌的特性丟給妳思考，是因為我發現妳是很會撒嬌的，然後你又很有果斷力；你很叛逆的，怎樣在這個地方做一個『跳格』的動作，好像在跳樓梯、跳格子一樣在跳——跳——跳——，因為妳懂得這樣在跳的時候，搞不好相處的方式就是一個很大的轉變。這是一個機會，妳看到的是一個機會，然後這可以慢慢再實驗的。」

曾小芙：「但是我不知道為什麼，就是如果真正吵架的時候，我不願意。」

黃老師：「你不願意，因為你拗啊！」

曾小芙：「吵架的時候，我根本就不願意跟我媽講什麼！」

黃老師：「吵完了，願不願意做溝通？」

曾小芙：「吵完了，我也不願意。」

黃老師：「耶！對呀！」

曾小芙：「除非等到她自己來跟我講話，因為我覺得是她錯，不是我錯。」

黃老師：「一定是妳發現妳自己錯了，才願意主動跟對方講？」

曾小芙：「但是我跟別人吵架，如果是我主動要吵架的話，我會知道說或許有某些地方我錯，但是如果是別人要跟我吵架，

那我反省過後，我知道自己有沒有錯後，我才會去選擇要不要溝通。」

　　黃老師：「避免尷尬的場面。」

　　曾小芙：「尷尬。」

　　黃老師：「尷尬，這個尷尬讓人不好受。」

　　曾小芙：「可能會很尷尬。可能他們跟我講的話我會很難受。」

　　黃老師：「那妳如果都不講的話，是不是這道門沒有打開？」

　　曾小芙：「因為我知道如果這樣的話，我知道我沒有錯，我幹嘛跟你講？」

　　黃老師：「你就是認為沒有錯，是吧？」

　　曾小芙：「那如果剛才我有錯，我會跟你選擇說對不起。那至於你要不要跟我在一起，反正我已經良心過得去了。」

　　黃老師：「妳自己交代就可以了，還有一點稱為圓滿的思考，幫助對方心理好過。有一天你真的可以想一想，好不好？背後的思考有沒有把自己的被動化成主動，那種主動更大，更能夠看出妳自己的成長。搞不好你一主動跟對方講，對方馬上就一切OK了。就在這個時候，你願意讓自己跨出一步，對他說：『對不起！』但是不見得每一次都有效果的，大家一起努力。」

　　曾小芙：「不一定啦！如果像雙方面的衝突情況，如果說這個問題是我的錯，我已向她道歉了，而她不接受的話，我也會對她說：『我有屬於我的堅持。』」

　　在這快接近下課的有限時段裡，黃老師簡單地說：「人際溝通還有一種新的概念，就是以一個生活作品來呈現，從這個作品

的呈現讓人發覺你的工作態度、工作信念、生命的堅持，讓人發現手藝之美也是一種人際溝通。而生命是可以選擇重新來過的圓滿，讓彼此的心靈解脫，這不容易。留給你們慢慢實驗，慢慢超越自己的特性和習慣性的思維方式。而獨處的對話評量中，各位觀察員們，你看見了什麼？你學到了什麼？」

接下來的「獨處課程」學生成績評量中的一個項目，黃老師請小朋友筆述：「這個學期你看見了自己什麼？或在這個主題探索中，你學到了什麼？」黃老師列出了黎翌誠、陳英諾的文字敘述，他隱藏起作者，把資料發給班上同學分享：

（黎翌誠）這學期我學到了獨處、相處，了解老大、老二的特質。在獨處方面，三小時的獨處使我了解自己的生活習慣，看到了自己的內心，回憶起一些事，令我快樂的、生氣的、不敢接受的及感到羞愧的事，一一浮現出來，及了解自己、接納自己。

　　在相處方面，我覺得我的個性比較裡外不一，也就是口是心非的那一種型的，心裡的話不喜歡向人透露，外冷內熱的，例如：心裡喜歡，嘴巴上卻說不喜歡，別人可能覺得我很做作，應該是不好相處的吧！

　　了解老大、老二的特質：我本身是老大，在家裡的責任就是帶好弟妹，幫助媽媽做家事，當然也有一些叛逆，媽媽常常以棍子威脅，所以我的叛逆期滿短的，不過有些媽媽叫我做的事，我會叫弟妹做，我不常向媽媽頂撞，不過當爸媽誤會我時，我會暗地裡罵他們，我常命令弟弟們，不過他們不聽，我會以暴力使他們屈服，不過媽媽比較疼我，都打弟弟，還有一點我較感到羞愧的是，明明是

我的錯，我卻常找藉口，說是弟弟的錯，才會讓弟弟常挨打。

　　我覺得上了這學期的課，使我長大了不少，也比較能控制自己，所以我要謝謝老師幫我們上了一學期的「人生課程」！

（陳英諾）在獨處時有些事不能靠爸媽。以前我動不動就會生氣，大家都覺得我很孩子氣，像是我常常因為人家不等我而生氣，但仔細想想好像真的是這樣呢！

　　在獨處這方面，當然看到的不只有缺點，我常常認為我在一些時候可以說出自己的意見，可是因為怕說出來，大家會不尊重我的意見，所以我都一直放在心裡，自從老師上了獨處課後，我開始有了一些改變，我會去接受大家的想法，我也會把我自己的想法說出來給大家參考，我的話不再躲在心裡，因為我放得開了，所以我心裡不再有一個大石頭，我願意說出來，我心裡的大石頭也終於放下了。

　　我自己的叛逆用對了地方，我以前常跟爸媽頂嘴，但是現在有了一點點的改善（還是有一些不好的地方），媽媽常常誤會我，我真的很不喜歡大家誤會我，對於別人的誤會，向來是我最容忍不了的事，我曾經想要通過，但是始終沒有效果，到現在還是不知道該怎麼辦，希望老師能開導我。最後我和媽媽都會對自己反省。

這一次的主題教學，黃老師像完成了一件心事一般。木棉花道綻放著吐露的顏色，經過一個月也快接近結果了。

11.

假如我們能像潛水夫一樣，那該有多好！──潛入
自己的心靈深處──從那緊閉如蠔的靜默之中取出珍珠。
（Isadora Duncan）

這一天的苦楝樹蛻去淡紫；南京路旁的木棉花道還留著一
些鵝黃、粉紅，人行步道上有花朵叩敲春末的奧蘭朵；六棵直徑
一百一十公分的黃連木拉出正氣路水果街的一景，草綠色的垂景
讓人知道又是一次新鮮的一年。黃老師回到宿舍，把新鮮接續著
三年前的散文稿「我在哪裡」，他看著回憶：

夜晚的現在開始美妙了。我正在教授五年級學童的人
生課程：獨處。

我也在這個行進中看「我的自己」，我深信這是生活
為我準備的禮物，我也把自己當作一份禮物，慢慢地在夜
的無聲無息當中，由鋼琴音符在獨自一人的淡黃燈光下，
把自己的包裝輕輕地拉開，期待般的眼神發亮著：看這一
天下來。

我究竟要的是什麼？像野生孔雀魚在白色淺磁餐盤
裡，跟著音樂游動自己的節奏。那是它們的故事在說話，
用它們自己懂得的語言在說話。翠綠的浮萍也在這小小世
界進行著光合作用，有些光源不足的枯了綠，細細黃黃的
小斑點在綠色之中散漫，綠綠細細的小斑點也在這般漫散
之中，這生起的、這滅幻的組合著，「夜的沉靜故事」。

　　有位老師五天前剛來過這裡，我們聊一聊最近的心靈
篇章、人生課題、路途是如何在相信某種信念的，我如何
在小學教室中享受被救贖一般的觸動，尤其當我心神疲憊
之時，我便更加注意在傾聽裡頭，觀照著我教學行動的腳
步，好像在空間中有一個第三者，從空中俯瞰著這一些全
貌的現象變化，每一顆心散放出來的粒子、微塵與交互多
變的互動場景，我看著那一天和孩子們在教室中的互動：

　　一個小男生流淌著淚水，哽咽地敘說自己獨處中的一
段故事：他說本來還好好地，他說不下來的話更讓語詞模
糊地，趴在桌上抽泣自己的淚水。

　　我能教導什麼？我在教導什麼？行動研究就是生活散
步般地走路？

　　我把筆停下來，抬頭看著書桌穿向的客廳，黑黑的深
夜走到透明玻璃窗外的街道，這深黑的裡面好像住著更多
的故事在說話。當你平靜地聽過死亡的聲音。

　　事後，我含著愉快而沉靜若思的淚水離開現場，這一
天很多孩子的眼淚表達了一種生活方式，我、班級導師、
實習老師也似乎在想著自己，我們好像都在內心深處告訴
自己一些什麼。我一路走著，眼神鬆散下來，從二樓長廊
看向教室外，中庭茄苳樹的整片綠，我記得那兒有我練習
和樹兒說話的記憶。這個老師像夢一樣，這個夢就是我們
自己。我從孩子們亮采的眼神裡，腳踏實地地面見夢深遠
的國度。從他們的眼神中亮開，深遠的影響著所有的一
切之延伸，這希望的遠方，像住在藍天裡的感覺、像住
在光裡的感覺。像沒有思、沒有想，沒有思想地，只看
著預約自己的故事、預約自己的夢，如我看見天破了一

個大洞，光洩了下來，天破曉著，我在清晨見到他，這個朋友。

看到綠色，我整個人彷彿平穩得有些方向感呈現開來，這好像一種暫時性找回自己的一種儀式，和一排發育良好的大樹面對面的沉默時刻，沉默在深刻時間的深淵裡。整個現象中實存的：我又教導了自己什麼？像一個小孩子，剛剛學會某一個走路的姿態而咿咿呀呀地，為自己的能夠，與高采烈的開懷歡笑，笑開整片空間。像一個小孩子，剛剛發現花園中的一隻小蟲子，那般新奇的成就感，總希望爸爸、媽媽最先與他分享這樂趣。我好似活著是因為這「心滿意足」一般。

我是用這樣來珍惜我的自己嗎？日子。

12.

當回憶湧上心頭，他的人就已進入自己的壇城世界，讓回憶順著河道前進，不阻不斷，它會流向廣闊的海洋，它會流向無痕跡的壇城：

五月，母親的日子。這是季節對所有一切的恩賜。

五月述記，慈悲與智慧相融的月份，眾神的花園，花朵之後的小小果子。

經過和煦的春風、暖陽、花香，欣欣向榮的氣息與花瓣，綻放的色顏便是五月的序曲，一首淡雅秀麗溫馨的烏仁娜離開蒙古草原後的生命思考與生命之歌——「搖籃」、「九個海洋」，旋律行進著〈平和〉這首曲子：「歌聲像陽光一樣，樂曲如月色一般，當滿天星斗露出微笑，宇宙歸於平靜。／／從心底湧出我的

教學河戀

教室小說工房

歌聲，給奔忙世界中的你們，讓流淚的眼併開笑顏，讓世界更美好。」〈生命〉這首曲子：「萬物生生不息，點綴這世界。每顆心的相遇，使彼此溫暖。微弱的燭光照亮長夜，也照亮永恆的宇宙。」正與這裡的綠色平原搭調著，正與這裡的夜光、星星話說著月色的柔。人與人的生態為此而手舞，人與自然的生態為此而足蹈，一切盡是為著五月而前奏。

黃老師的回憶來到台東富源村山上的停機坪平台。他坐在灰色擋土牆上，雙腿垂下晃著，視若悠閒的姿態，雙眼目不轉睛地望著眼前的空軍基地，看著起落的聲音，生命亦如此起落，只有眼前的綠色縱谷平原能撫慰他的若有所思，是生活太重？或運命太輕？兩個小女兒在一旁玩著自己的遊戲對話，她們倆沒有打擾這一位父親，看著父親抽著煙。

「爸爸！你很喜歡這裡喔！」大女兒白紫晶柔柔地問著爸爸。

「那當然。」小女兒白園和笑著說。她笑起來的眼尾像彎月，像修煉仙人笑出來的樣子。

「啊！這裡真美！」居高臨下，登泰山而小天下，生命中的一些人事課題也因而變淡、變遠，變小，人也在這個時刻學習「常無欲以觀其妙」。

或許他正揣摩著莊子的「獨與天地精神往來」、「乘物以遊心」，心的世界到底可以到達多遠的邊境，「常有欲以觀其徼」。

或者心的領域是無邊無止境的。

他禮敬無思，臣服地望著這片綠色的慈愛與智慧。

第八章　男生和女生

　　爵士和人群的音樂在這室內溫室效應。躍動的週六之夜。

　　許多人的嘴上無法停下來，有看的眼睛，就會有說出語義的唇。

　　這是對象。一對一的談成一隊人馬，爵士般的隨性放鬆了時間的緊縮時代，難怪夜晚的枝葉悄然散逸，難怪誠品無聲無息地行進寂寞人潮依靠的閱讀呼吸。許多來不及說的話，都從小學教育的男生和女生開始，點點滴滴……

（白佛言）

1.

　　野鴿子趴噠飛起，只見到牠尾翼留下白色蕾絲邊裙的白色印象，像雲門舞集留下一個動作意象。我們說那是舞。

　　六年四班的男生「衛生棉」意象，持續發酵著話題。

　　鄰校的男生也在他們學校裡串起一場歷史，參加校外英文補習班的女生交流，也把這兩性教育經驗文化帶進台東市區。

　　他們都很想聽聽有一個黃老師在教室中教「離家出走」、教「革命」、教「情詩書寫」、教「分手」、教「電影欣賞人生」、教「自我解嘲」、教「失敗」、教「寫作自我」、教「閱讀自我」、教「相處」、教「尋找自己的語彙」，小孩子的共同語詞是「他什麼都教！」這位老師像是個謎一樣的小孩子……

這一些教學神話開始在實驗小學蔓延開來，像紫藤。

黎翌誠交上聯絡簿時，問著老師：「老師！別校的同學都在問我：『你們老師真的有教男生包衛生棉？』、『他真的有站上講台，打開雙腳，貼上衛生棉，穿上內褲？』我馬上噗嗤笑出來。」

「很神氣喔！」黃老師回著黎翌誠的話，又說：「要低調，極簡奢華風！」大家都知道這是怎麼一回事，沒身處現場的人，怎麼能享受這樣的「高級教學餐點」呢？

2.

這天晨陽早來了，樓梯牆的大型透明窗反光地眼刺，斜來的光芒側身觀察可清楚的見到光束射下來的圓柱形狀，圓柱裡的浮動塵埃因著氣流滾動著，幾個孩子玩得出奇，微塵裡有我們未發現的樂趣。陳芭麗磨好安提瓜精品咖啡豆，赤道的香氣瀰漫在導師休息室裡，馮維民、溫海明、潘誌銘剛有說有笑地搭肩走過窗前，對她起著笑容，陳芭麗說著：「ㄟ！老頭來了嗎？」

「還沒！他還在外掃區哈拉。他的兩個乾兒子陪他走上來，超慢的。不知他們又在聊什麼？」潘誌銘說完看著她說：「咖啡沖好了？妳沖的？」

「喔！不要說今天的安提瓜咖啡是我手沖的，考考老頭兒，看他喝不喝得出來？」蔡詩修在一旁指導陳芭麗的手沖技藝，要她穩定手肘、拉高手肘、更加穩定、更加省力地控制水柱注水的高度。不要破壞小圓形周圍的密集小氣泡，盡量保持「悶」出一杯好咖啡的釋放效果。這樣咖啡汁液會有著更年輕活潑的穩重感、凝斂感；水的醇厚度也會跟著提高許多，咖啡原料的BADY本質一下子佔據老饕的舌面。

　　蔡詩修一邊口述老師曾指導她的手沖技巧，一邊輕輕輔助著她的手肘並表白著，她欣喜地接受前輩的指導。

　　那一天，黃老師在班上說著：「愛不是蠢事，但要有智慧！」這深刻地打動著陳芭麗的心靈，老師知道她喜歡王麒麟卻一直不敢做「真情告白」！

　　陳芭麗喜歡王麒麟；王麒麟喜歡房文琪；房文琪喜歡她的鄰居高中生。這一微妙變化是張鈴華告訴老師的，房文琪當時也在場證實她自己喜歡的是高中生。蔡詩修喜歡的是轉學前的花蓮同學。張德洲也喜歡房文琪，而偏偏張德洲和王麒麟是死黨一族，這讓邱明祥想笑又不能明說。

　　「所有的一切現象都在顯現，都在我們周遭繞著人、事，繞著季節。藝術稱為『表現』，我們的展現都在這範疇境界，體驗、修鍊不同，造境當然不同。『愛情』也是！關鍵在於素養的傳達，收、放的心靈感受著手藝是美感的智慧；像藍藍空中的雲朵掛著姿勢，風傳達了造境，雲朵展現了舞姿，我們欣賞美的發生。」

　　這是前一階段，老師談著幾位欣賞的老作家詩稿課外資料時，有感而發的一段統整語句，陳芭麗想著「徐志摩、林徽音、胡適」的短詩，尤其是胡適的「也想不相思，可免相思苦。幾番細思量，情願相思苦。」；林徽音的「心在轉，你曾說過的幾句話，白鴿似地盤旋……」聽聞在陳芭麗的心底存活著。

　　所以她今天心血來潮地想手沖一杯滋味，讓蔡詩修送到老師眼前。

　　「好喝嗎？」陳芭麗亮眼問著。蔡詩修淺笑地看著老師含上一口咖啡，啜吸的技巧和聲音，她知道這是讓咖啡汁液佈滿整個口腔，感受舌面前、中、後的味蕾變化，感受唾液腺體的直接回應。

「今天的咖啡不一樣，有愛心的味道。醇厚度提高了，這是手的高度控制更接近咖啡粉的接觸面；水的接觸面積集中，縮小範圍，讓香氣上揚度昇華，這是『悶』的效果，把花香、果酸、果甜都釋放保留在汁液裡，讓觸覺、味覺暫留，提供了飲者的想像空間。」這是一杯感情豐富的人沖的咖啡，蔡詩修的手藝是輕巧、淡雅的淡香，這是濃郁、醇厚的勾人魂廻夢牽。這人在戀愛當中。

「放屁！」王麒麟和邱明祥湊過來說。

陳芭麗的臉都紅暈著，蔡詩修笑得有點兒洩底。

「有那麼神？屁啦！」張德洲說完就睥睨地走人。

「話說從前，張德洲同學喜歡的是……」黃老師剛要往下說。

「你真神……不要再說了。『經』過這裡，『病』不是要鬥你。」張德洲即時轉頭應著。蔡詩修笑得更似母猴耍寶。

3.

「一九九〇年高雄縣茄萣鄉，六年甲班五月的日子……」黃老師站上講台，眼神望著回憶的海的另一方，說著。班上同學知道老師要說學長、學姊的故事了，大家的默契、默許著班上的靜謐色彩，提個神，觀賞這一部想像般的影集。

「夕陽無限好，只是近黃昏。這古詩的場景，正好是老師教學第四年的西部海岸線，黃昏的沙岸場景，有幾枝漂流木立在沙岸上，黃昏的漁民會帶著家人在沙岸上享受夕陽餘暉。老師曾坐在那兒欣賞孩子玩沙堡的遊戲；曾在海堤上散步，體驗金剛經的偈語：『應無所住而生其心』，每一步都是無關內心壇城的一掠而過，現象每時每刻都在經過、經過。茄萣國小的圍牆邊種著一小排老木麻黃樹，正要落下來的夕陽在下午第六節課和第七節課之間最

美，站在二樓的教室長廊往西邊望去，橘紅混著淡紫的光線，一片片的穿過林間。我們曾站在長廊處，透過木麻黃的稀稀疏疏，看著迷迷濛濛的浪漫黃昏。我和六年級的孩子享受過這美感經驗。」黃老師露著微笑，彷若美是現在眼前的看得見，知足的中年人色彩。

「ㄟ──ㄟ──別停下來獨享，你說的，要分享，生活才會更美好！快說下去。」陳拉格吐槽著，正樂呢！

「我們連續上了兩個星期的『手牽手男女對話』課程。」

「真的男生和女生手牽手？」陳拉格跳著腳歡呼，老師要他把口水抹去。

「我又沒有流口水！」

「你心裡還背著這一句話呀？那掛著囉！給你一個衣架。」黃老師話一說完，陳拉格明知受欺侮、語塞，說著：「甘拜下風！請繼續。」

「那一天，老師說請小朋友自己和同學做男女約會，約到一個異性對象，在老師的觀察範圍進行『男生和女生手牽手，散步、對話』的課程。約會是邀請對方一起參與彼此的心靈世界，當然可以拒絕、可以果斷的接受，中間過程沒有委曲求全，沒有心靈受挫，以健康的態度學習這一個課程。主動約會的對象有一個星期五次的機會，這是第一階段。第二階段則是由老師隨機搭配五次，注意自己的表情、動作，是一個學習成熟面對男生、女生成長課題的長大了的孩子。」

4.

張鈴華和賴紀雅在導師室整理老師的書櫃時，看見一個封面寫著「閱讀與寫作學術研討會」、由兒童文學學會主辦的論文

教室小說工房

發表會小冊子，裡頭有一篇「文學作品戲劇化的教學探索——以『看不見』為例」，發表者正是黃老師。這一群學生也快三十歲了，黃老師也當了「老師爺爺」，孫子輩的都跟他說：「老師爺爺，抱抱！」

有次郭淑敏打手機給老師，說：「老師！吳淨依生寶寶了，你又多了一個孫子了，淨依要你在下次同學會回來西部抱孫子！」

「好！跟淨依說：『辛苦了！媽媽！』」黃老師簡單的回著，繼續上課。

張鈴華和賴紀雅借走了這冊子。

翻開這冊子，可以看見黃老師年輕的照片，和教育部研究著作獎佳作的得獎感言：「這次的探索，更令筆者去深信，兒童的世界並非我們成人眼光中所認定的『他們還小，不可能懂這麼多』；相反的，兒童的許多經歷，是我們成人沒有去嘗試觸摸的，如果我們更能接近孩子的每一個環節，那麼我們更能協助孩子建立屬於他們自己的生命天地，我想那也是我們一直期盼去展現的一份關懷——當面對這群孩子時。」

「十五年前的黃老師和現在一樣，他都是這樣子說話的調調，一種藝術風格。」張鈴華想著。

這是女性作家袁瓊瓊一九八七年發表在《聯合報副刊》的短篇小說「看不見」。後來一九八八年收錄在爾雅出版社的《袁瓊瓊極短篇》一書裡。

張鈴華在書桌前閱讀這一篇小說「看不見」：

尚勤進門的時候渾身水淋淋的，他一路滴水，到廚房去找媽媽，媽媽不在。他到浴室去沖身子，他剛游泳回來。

　　在浴室鏡子裡看到自己的臉，雀斑全都浮出來，頭髮像水草一樣濕漉漉，堆在頭上。他的臉色蒼白，嘴唇發紫，他看著自己，奇異地感到那是個溺死者的臉。皮膚成灰白色，帶青藍，也許不是生理原因，完全是心理的，給嚇成這樣的。

　　他剛才在泳池裡險些溺死。

　　他才學會游泳，今天頭一次試著去深水區游。前兩次游得很好，他在水面上用自由式拍打。那是下午六點左右，天光很亮，可是陽光不強。游泳池裡人很多，他左邊正有個男孩在教他女朋友游泳，右邊有個年輕人用仰式沿著池壁游過來又游過去。三個救生員坐在高台上，泳池邊有人坐著講話。淺水區人擠滿了，多數是家庭，父母帶著小孩子。深水區的人大半是單槍匹馬的，像他這樣。

　　他扶著池壁上的凹槽的邊，池水的浮力很強，輕輕的托著他。他覺得很舒適，而且成功了兩次，也讓他加強了自信。他在水裡踢踢腳，吸了口氣，頭潛了下去。之後開始拍打。

　　情況之發生，他現在完全思索不起來了，為什麼會變成這樣，他完全不知道。尚勤只覺得，突然地他不能呼吸，他浮不上去，也蹬不到底，四面全是水，水向牆壁四地封住了他，四面八方。這是個柔軟流動的牆壁，手拍擊著，腳踢動著，穿過去了，但是前面還有，他踢蹬著，全是水，湧進鼻中、口中來，他喝了好多口。

　　尚勤睜著眼，水中透明而帶點藍，方向分辨不出，他直直地伸著手，往上抓，感覺冒上水面的時候就喊：救命，可是聲音出不來，帶著泡沫跟尚勤一起沉下去了。

　　就這樣死了嗎？尚勤想，腦子奇怪地非常清楚，他咕嘟咕嘟又喝了兩口水。有不置信的感覺，他記得那仰泳的人、救生員、帶著女朋友的男孩子，跟他這樣近，居然看不見嗎？尚勤在水裡漂著，眼睜睜地，水成波紋撞在他眼前飄動，有點類似輕紗。就這樣死了嗎？他只覺得很奇怪，非常奇怪。他再往下墜，又在喝水，據說溺死只需要幾分鐘就夠了，他忽然後悔沒戴潛水錶，可是戴了又怎樣，給自己計時？

　　他慢慢地沉到了池底。觸到了池底的實體，他游泳的本能恢復了，尚勤賣力的雙腳一蹬，他飄了上去，像飛一樣，他破出水面，呼吸到乾燥的空氣，他活了。

　　尚勤看著浴室裡自己的臉，剛才要溺死的時候不怕，根本沒想到怕，現在卻覺得寒怵怵地，他差一點，那麼簡單就死了。

　　他聽到門開啟的聲音，一定是媽媽回來了。門開了，又碰地關上，接著是他母親嚴峻的聲音：「尚勤，又是你！」

　　她腳步聲蹬蹬蹬地到了浴室門口：「尚勤，你不懂事，滴得滿屋子水。」她聲音很大，依她向來的風格，她立刻就會把門撞開，指著他罵。要不是他已經十七歲了，十七歲的兒子在浴室裡。四、五年前她都還滿不在乎的，隨時會把浴室門踢開，可是畢竟尚勤現在十七歲了。

　　尚勤喊：「媽。」他的心裡充滿了死裡逃生的驚悸和畏懼，他怕，真的，現在他很怕，他覺得怕得要命。

　　從水裡浮起來的尚勤發現世界一如舊狀。救生員坐在高台上，池邊坐著人在講話，他左邊的男孩摟著他女朋

友，不懂在教她什麼，女孩子輕聲發笑。右邊的仰泳者仍然遲緩的、平和的游過來。太陽淡淡的，天色明亮，藍中帶白的水平滑地鋪設著，只讓經過的人攪起花邊似的波浪。

原來根本沒有人看到他。

那麼近，在每個人面前，可是沒有人看到。

尚勤推開了浴室的門：「媽。」

媽媽說：「你這麼大了，除了會找麻煩，還會什麼？」她瞪視他，嫌惡的：「一臉的鬼相。」

尚勤閃電似地，腦子裡通過一段記憶，他後來一直沒有學會腳踏車，因為學車的時候他摔下來，媽媽就不准他騎車了。

尚勤吞了吞口水，他知道把這件事說出來，他也許一輩子不能游泳了。

媽媽又罵一句：「不懂事。」她碰地把浴室門關上。

尚勤再度面對著鏡子裡的自己。

他帶著心悸，重新又想起方才泳池中平靜祥和的畫面，父母親帶著兒女們在淺水區，溫暖的陽光，煦暖的風。尚勤在做他的生死掙扎，沒有人看見。

他不知道要怎樣才會被看見。

尚勤想起泳池的景象時，忽然覺得媽媽也跟那些人很像，媽媽也是看不見的，在她面前她也未必能看見。

他不知道要怎樣才會被看見。

也許溺死。

這是張鈴華所訝異的世界，她只能有感地同理，主角尚勤的心理掙扎過程，「他一路滴水，到廚房去找媽媽，媽媽不在」，

她很少有這樣的經驗；倒是「淺水區人擠滿了，多數是家庭，父母帶著小孩子」這樣的畫面一直圍繞在她的四周溫暖著。只要她稍微心情不佳時，媽媽一定是她身邊第一個觀察出來的人，媽媽會詢問她的感受，按照她喜歡的方式來調整課外才藝學習。

「十七歲」：她見過白先勇的小說擺在誠品書局的櫃子上，「寂寞的十七歲」這麼顯眼的書名，讓她這「寂寞的十二歲」心有戚戚焉。

藝術學習的摸索和許多畫家、音樂家的傳記故事她都閱讀過，她都有高度的興致，她知道寂寞，偏偏她愛上藝術。如果在藝術發展這一路上，她像文章中的「尚勤在做他的生死掙扎，沒有人看見」時，她該該怎麼辦？她的家人一定「看得見」，而不明白的人也一定和尚勤碰著外人一樣的各做各事地「看不見」。

5.

昨晚，張鈴華睡不好，早上釉亮的眼珠子褪了光澤。她一到學校就拉著賴紀雅在茄苳樹下的圓鐵椅上坐著聊。

賴紀雅也是追求藝術的孩子，所以她們倆可以互通一些。每天坐在黑色鋼琴前，兩個小時的快樂與寂寞的心情。幼稚園時還是很好玩的遊戲器材，到了高年級的進階學習，不是背熟曲子這麼單純；彈上每一個音的乾淨度和手勢，往往是鋼琴老師盯著手指頭看的。

張鈴華對她說：「老師發表的『看不見』論文裡有許多註解。」她說著老師在印刷空白處，會留下鉛筆紀錄：

「青少年的自我追尋內心歷程」、「中年人媽媽的心理歷程」、「親子關係」、「尊重與了解語庫」、「配合東年『初

旅』文章」、「配合『站在我這邊』影片」、「配合『小子難纏』影片三集」，密密麻麻的教學結構圖表。

張鈴華知道這是「主題教學」的課程規劃，老師曾經說過。這下她懂了。

她想著：「十五年前老師的教學準備就已是如此可觀，難怪現在的語文科教學，每次都讓我有如親見海尼根的生啤酒廣告影片：『愛不釋手——海尼根。』」

「就是要海尼根。」她一直在期待著。

蔡詩修也很想看老師的論文資料，她跟張鈴華排隊商借。張鈴華便打算花兩天的時間看完。放了學，她拿著飲料坐在書桌上，打開第一頁：

壹、研究動機、目的

一、研究動機

　　我們或許會認同，在兒童成長的過程中，因著我們用了成人的眼光來攝取、設想兒童的內心世界，而在不經意的處理過程下，傷害了孩子最稚弱的內心感受；筆者曾在1987年5月於台東縣關山國小對五年級的學童教學時，曾以「看不見」這篇文章作為教材，進行文章形式探索與內容探究的教學探索，沒想到在進行兒童個人情緒性經歷告白的教學活動時，小孩子是站著、哭著、氣憤而傷痛地說完自己曾被成人世界所忽略的那一份深層而且隱而不見的內心感受。

　　在高雄縣茄萣國小教學時，兒童亦是感同身受地說著和尚勤這主角人物一般，被忽略了的內心世界（見附錄四），例如，在收集兒童筆述中，有著這樣的情緒性經歷，兒童說著：「有一次媽媽叫我去買東西，在回家的路

上，有一輛卡車停在路上，我就把腳踏車騎出那輛卡車的旁邊，這時忽然聽到車子的喇叭聲，我以為是計程車，就飛快地向前騎；突然間，一部大卡車從我身旁開過，嚇了我一跳，我趕快騎車回家，媽媽卻罵我說：『叫你去買一個東西，買這麼久。』我把東西放下，馬上就跑到我的房間去大哭一場，當時我很害怕，心裡充滿恐懼，好像尚勤一樣。」

這二次與孩子們的情感一起浮沉的探索之旅，也更觸動我和孩子們意識到，隨時把自己生活的量尺放寬開來。我們如果重新看看自己走過的每一段經歷時，或許都會學著更多成長的故事。這般的經歷分享更引領我，想把文學作品帶入班級，實際地讓孩子嘗試把文學作品透過戲劇化的方式，自己演過一遍的探索。

二、研究目的

把文學作品帶入教室，由兒童自己來感受和討論文章裡的不同脈動後，進一步地透過戲劇化的方式將文學作品演出來。這也是筆者個人跨一步的教學探索。同時，我也一直深信著，若是兒童能更深入地掌握，作者在文章中所要傳達的主要意涵，且更能主動地從文章中擷取不同的生命訊息，跟著觸動個人曾有過的情緒性經歷互動時，這份資產將會在個人的生命歷程裡，扮演著隨時引導自己回過頭來，品嘗個人生命情調的重要角色；而把讀過的文字作品，以戲劇化的方式，有機會讓兒童自己演過一遍時，演者就如同要求自己，「親身走過」劇中人物所面對的問題，和劇中人物如何來解決面對的一連串人生問題，以及解決之後的結果是什麼？影響有哪些？更甚的是演者在「親自品嘗」劇中人物每段人生經歷過程中的內心感受，

而能埋下頭去用心地體會別人的生命歷程；這也提供兒童
從內心深處去檢視自己、探索人生，同時也更把原為抽象
的文章層面，提昇到更具體、更易理清的階層，讓演者和
讀者的意象更為明朗、清晰可見。

　　此次的探索目的，即是把文章深究與兒童個人情緒性
經驗分享和文學作品試演三者之間的牽動關係中，由兒童
自己的觀點來筆述自己的經驗內容裡，理出下列四個問題
的兒童經驗：

　　1. 文章深究與個人情緒性經歷的經驗。
　　2. 兒童情緒性經歷與文學作品戲劇化的經驗。
　　3. 文章深究後與文學作品戲劇化的經驗。
　　4. 文學作品試演後再回頭重讀文章的經驗。

6.

　　張鈴華是敏銳的孩子，從她摘取大意與文章結構分析表的作
業上，已經可以看出她是有鳥瞰式策略學習型的孩子，她比較有
興趣的是在「文章深究」中，黃老師以前的學生會提出哪一些問
題？「情緒性的經驗」的有感閱讀；「閱讀自我」的反思生命歷
程，所以她多花了一些時間在「附錄資料」上推論，她把附錄資
料影印，隨時對照著論文章節閱讀。

貳、進行過程
一、進行方式

　　此次經驗式的探索過程中，在時間利用的問題上，筆
者於六個星期的探索時間，使用二次作文課（四節課），

六次說話課（六節課）及學校週一到週五，放學後留校一小時的課後輔導班（三十小時）的時間作為文學作品戲劇化的教學探索；而班級的學生人數，男學童二十一名，女學童二十一名，計四十二名兒童，即分為七個小組的小組討論教學；於進行的方法上，即藉助小組討論教學的模式，運作文章探索與兒童情緒性經歷分享和文學作品戲劇化的教學；至於試演上的要求，並沒有利用正常教室教學情況外的道具製作，例如在試演上只利用課桌椅排成了游泳池的外型和客廳，把放置掃地用具的櫥子當作浴室來進行試演；至於文章的選定則以袁瓊瓊短篇小說中的「看不見」和《兒童日報》文藝版的「畫出信心」二篇文章為劇本，把「看不見」的文章做完整的內容探究後進行試演，在「畫出信心」的試演過程中，則完全沒有做過文章探究，就直接由兒童閱讀完文章後馬上試演，以做初步比較文章深究和文學作品戲劇化的關係經驗。

　　本文即是此次短暫經驗探索的呈現，筆者將循著文章深究到兒童情緒性經歷分享與文學作品試演的三個探索步驟，逐一概述如下：

二、探索步驟

　1. 文章深究

　　兒童閱讀文章時，重要的是兒童個人能主動地參與文章的互動，從而摘取文章裡頭的不同訊息，若兒童能夠透過討論，彼此分享，澄清和證實與延伸作品中的不同意涵，那讀者對文章和自己都會有所透視（同註一）文章與個人的生命意義。

　　因此在文章深究的過程中，筆者分為三個階段的探索：

　　①筆者請兒童個人，先針對「看不見」的文章提問題（見附錄一），探索兒童在自己的構設中，想由文章中探詢哪些問題，想藉著文章和小組同學共同討論哪些訊息；例如在附錄一中，兒童所提的問題，已能觸及屬於文章主題的範圍（文章背後有什麼意義？）；尚勤這主角人物所面對的問題是什麼？（尚勤溺水時做生死掙扎，為什麼大家都看不見？）；尚勤如何來解決他的問題？（尚勤要怎樣才會被看見和了解？）；有什麼結果？（為什麼尚勤認為媽媽和那些人很像？）；主角人物的內心感受如何？（尚勤的內心感受怎樣？）；對尚勤的影響是什麼？（媽媽罵尚勤時，對尚勤的影響？）

附錄一

（一）利用發問的技巧，在「看不見」的文章中，你會問哪些問題？

　　(1)文章背後有什麼意義？

　　(2)作者如何安排文章結構？

　　(3)尚勤溺水時做生死掙扎，為什麼大家都看不見？

　　(4)尚勤到底要怎麼樣才會被看見和了解？

　　(5)為什麼尚勤認為媽媽和那些人很像？

　　(6)尚勤內心的感受怎樣？

　　(7)媽媽罵尚勤時，對尚勤的影響？

　　(8)為什麼仰泳的人、救生員、男女朋友都看不見尚勤溺水？

　　(9)媽媽為什麼要撞浴室的門？

　　(10)尚勤得不到關心和溫暖嗎？

(11) 為什麼題目要定作「看不見」？

(12) 如果尚勤沒有得到安慰，反而被罵，會有什麼感受？

(13) 如果你被罵時，會想到以前的什麼事情呢？心中的感受如何？

(14) 假如你是尚勤，當你受傷害時，你會去哪裡？為什麼你會去那個地方？

(15) 尚勤為什麼要去廚房找媽媽？

(16) 尚勤為什麼完全思索不起來？

(17) 尚勤怎麼恢復本能的？

(18) 尚勤為什麼覺得寒怵怵的？

(19) 尚勤的心裡為什麼會驚悸和畏懼？

(20) 媽媽為什麼不准尚勤騎車？

(21) 尚勤為什麼想起方才游泳池中平靜祥和的畫面？

(22) 尚勤如何才會被媽媽接受？

(23) 為什麼媽媽不知尚勤心裡受傷害？

(24) 尚勤溺水後在想什麼？

(25) 尚勤在游泳池險些溺死是什麼心情？

(26) 尚勤為什麼會害怕？

(27) 尚勤為什麼要給自己計時？

（二）討論「看不見」的文章時，你會討論哪些重點？

　　(1) 這篇文章的結構？

　　(2) 媽媽為什麼看不見尚勤的內心？

　　(3) 尚勤為什麼覺得媽媽也跟那些人一樣？

　　(4) 尚勤為什麼不告訴媽媽他溺水了？

　　(5) 在日常生活中，你是否曾遇到這種情形？回家後你會如何處理？

(6)你覺得文章中哪些內容最豐富、最生動？為什麼？(找出證據後說明出來)

(7)旁人為什麼看不見尚勤溺水？是故意的嗎？你曾經過這種情形嗎？如何處裡的？結果怎樣？

(8)假如你是尚勤，你回家後第一件想做的事是什麼？為什麼想做這一件事？

(9)尚勤在喊「媽」時心中為什麼會害怕？

(10)尚勤和他媽媽的感情如何？

(11)尚勤在做他的生死掙扎時為什麼沒有人看見？

(12)尚勤的心裡感受如何？

(13)為什麼題目定做「看不見」，有什麼意義和目的？

(14)尚勤溺水的時候不怕，現在為什麼卻覺得寒怵怵的？

(15)尚勤溺水時，為什麼「腦子奇怪地非常清楚」？

(16)媽媽愛不愛尚勤？尚勤的媽媽有沒有尊重尚勤？

(17)尚勤要如何才能讓別人知道他的內心感受？

(18)為什麼他媽媽怕他騎車摔下來？而不聽尚勤想說些什麼話？

(19)尚勤在浴室沖身子，那時他看見自己怎麼了？

7.

②進而筆者請小朋友，針對涉及文章主題意涵的二個提問問題做小組討論並回答這二個問題；一是文章題目為什麼定做「看不見」？看不見什麼？其二是請兒童由文章中找出支持「看不見」的細節重點有哪些？（見附錄二），以探索兒童對文章主要意涵的掌握程度如何。

附錄二

（一）①文章題目為什麼要定作「看不見」？②看不見什
　　　麼？③請由「看不見」的文章中找出支持「看不
　　　見」的細節重點。

　（1）第一組：

　　①作者把題目定作「看不見」，是因為要寫出每個人
　　　的內心感受。

　　②每個人都看不見尚勤的內心感受和傷害。

　　③尚勤在做他的生死掙扎，他想起游泳池的景象時，
　　　覺得媽媽跟那個人很像，一樣「看不見」。

　（2）第二組：

　　①因為尚勤的母親看不見尚勤的心裡。

　　②媽媽看不見他心裡的感受，也看不見他溺水時害怕
　　　的心情。

　　③文章段落標號15、16、24、25、26、27。

　（3）第三組：

　　①尚勤的媽媽看不見尚勤溺水。

　　②尚勤的媽媽看不見尚勤的內心感受。

　　③文章段落標號11、12、18、19、21、26。

　（4）第四組：

　　①媽媽看不見尚勤的內心感受。

　　②看不見尚勤溺水。

　　③文章段落標號26。

　（5）第五組：

　　①尚勤溺水而媽媽不知道。

　　②媽媽看不見尚勤溺水的難過。

③文章段落標號2、3、4、7、12、26、27、28。

（6）第六組：

①因為所有的人都看不見尚勤溺水。

②尚勤的媽媽看不見尚勤所受到的傷害。

③文章段落標號8、24、26、27。

（7）第七組：

①尚勤所做的事，大家都看不見，甚至溺水也看不見。

②看不見他的內心感受，而媽媽說的話傷害他。

③文章段落標號11、12、18、21。

③接而筆者即分段提問，請兒童針對筆者的提問做小組討論，以便對文章做更深入的內容探究（見附錄三），例如筆者曾問及尚勤為什麼一進門就去找媽媽？

兒童在小組討論後，在筆述中寫著：「想得到媽媽的安慰和關心，希望媽媽能解除他心裡受到的傷害。」

附錄三

（一）兒童小組討論教師分段提問之題目：

（1）尚勤發生了什麼事？

1.第一組：

①溺水。

②被媽媽傷害。

③大家都看不見尚勤的內心感受。

④媽媽不准尚勤騎腳踏車。

⑤尚勤不敢把溺水的事告訴媽媽。

⑥尚勤溺水的時候沒有人看得見。

2.第二組：

①溺水。段落標號6、7、8。

②被罵。段落標號11、12、18、21。

③媽媽看不見他心裡的感受。段落標號26、12。

3.第三組：

①溺水、被媽媽罵、被傷害，別人看不見他的內心感受。

②尚勤的媽媽和其他人一樣，看不見尚勤在做他的生死掙扎和內心感受。

4.第四組：

①被媽媽罵，段落標號11、12、18、21。

②溺水，段落標號6、7、8、9、10。

③被人家傷害，段落標號12、13。

5.第五組：

①溺水，段落標號6、7、8、9。

②被傷害，段落標號11、12、18、19、21、26。

6.第六組：

①尚勤溺水大家看不見，段落標號8。

②媽媽看不見他的內心感受，段落標號12、18、21。

7.第七組：

①尚勤溺水，段落標號6、7、8、9。

②尚勤受傷害，段落標號11、12、18、21。

③尚勤溺水後的情形，段落標號2、14、24、26。

（2）尚勤有多大年紀？

①第1～7組同為十七歲。

（3）尚勤為什麼一進門就去找媽媽？

　1.第一組：

　　①想得到媽媽的安慰和關心。

　　②希望媽媽能解除他心裡受到的傷害。

　2.第二組：

　　①因為尚勤剛溺水回來，需要媽媽的安慰和溫暖。

　3.第三組：

　　①是想得到媽媽的安慰，媽媽反而又傷害他。

　4.第四組：

　　①因為尚勤剛溺水回來，所以心裡害怕，需要人家
　　　安慰。

　　②尚勤需要他媽媽的關心。

　5.第五組：

　　①被安慰。段落標號13、17。

　6.第六組：

　　①恐懼。

　7.第七組：

　　①因為要媽媽知道他溺水。

　　②因為需要媽媽的安慰和關心。

（4）從段落標號6中，可知道尚勤面臨了什麼事？尚勤
　　　當時的心裡感覺有哪些？

　1.第一組：

　　①面臨溺水的事。

　　②覺得非常害怕，不能呼吸，浮不上去，蹬不到底。

　2.第二組：

　　①面臨溺水，快要不能呼吸的事。

②面臨溺水的感覺，有害怕、緊張的心情。

3.第三組：

①面臨了溺水，他覺得不能呼吸。

4.第四組：

①溺水。

②害怕，突然不能呼吸，思索不起來。

5.第五組：

①溺水。

②當時心裡的感覺不能呼吸，水像牆壁封住了他。

6.第六組：

①溺水。

②同第一組b。

7.第七組：

①面臨溺水事件。

②很痛苦，不能呼吸的樣子。

（5）段落標號7中，作者為什麼用了「方向分辨不出」，「他直直的伸著手，往上抓」，「感覺冒上水面的時候就喊：『救命』」，「可是聲音出不來，帶著泡沫跟尚勤一起沉下去了」，這些句子跟這篇文章的題目「看不見」有關係嗎？請說出你的看法？

1.第一組：

①有關係。

②如果沒有這些句子，讀者就無法了解尚勤溺水的情形。

2.第二組：

①有關係。

②因為尚勤的媽媽看不見尚勤在池中溺水做掙扎的動作。

3.第三組：

①有關係。

②因為題目定做「看不見」，何況尚勤又在水中浮不上去，蹬不到底，方向辨不出來，所以他就把手往上抓，想用這個「手往上抓」的信號，讓人家救他。

4.第四組：

①有。

②因為人們都看不見尚勤溺水了，所以作者把題目定作「看不見」。

5.第五組：

①有關係。

②因為有了溺水才有「看不見」。

6.第六組：

①有。

②作者要讓讀者體會到尚勤溺水那時候的痛苦，而「看不見」這篇文章是在說別人看不見尚勤溺水的掙扎動作和他母親看不見尚勤的內心感受，所以作者用這些句子去讓讀者體會尚勤溺水掙扎的動作，使讀者也能體會別人。

7.第七組：

①沒有關係。

②題目定做「看不見」是因為尚勤的媽媽看不見尚勤的內心感受。

8.

（6）段落標號8中，為何提到「尚勤想，腦子奇怪地非常清楚」，在溺水的掙扎中，會有這種情況嗎？如果沒有，那作者背後是想說明什麼？

　　1.第一組：

　　　①沒有。

　　　②在說明尚勤記得仰泳的人，救生員帶著女朋友的男孩跟他這樣近，看不見尚勤溺水。

　　2.第二組：

　　　①有關係。

　　3.第三組：

　　　①沒有這種情況。

　　　②「腦子奇怪地非常清楚」，是在說當你溺水時，你會去想些事情而產生幻覺，其實你的腦子是很清楚的，所以作者的背後是在說這個意思。

　　4.第四組：

　　　①沒有。

　　　②因為尚勤在水中想到池中的人居然看不見他溺水了。

　　5.第五組：

　　　①游泳池的人為什麼都看不見他。

　　6.第六組：

　　　①不同意，當一個人快死的時候，沒有想到冷靜。

　　　②同意，尚勤在溺水中，他腦子清楚，是因為他做每件事都能冷靜思考，說明了尚勤做事能冷靜思考。

 7.第七組：

 ①有。

 ②尚勤的生命力很強。

（7）段落標號8中，上勤為什麼後悔沒帶錶，你想尚勤這
  時候，心裡到底在想什麼事？

（8）在段落標號10中，為什麼尚勤溺水時不怕，現在卻
  害怕了，跟到廚房找媽媽，媽媽不在有何關係？請
  說出道理？

 1.第一組：

 ①因為他要溺水時，起先他不知道，所以不怕，最
  後他發現他跟平凡的人不一樣，所以害怕。

 ②因為他很害怕，想找媽媽，得到她的安慰。

 2.第二組：

 ①剛才他溺水時，根本沒想到害怕。

 ②需要媽媽的安慰，但媽媽不在，他更害怕。

 3.第三組：

 ①因為他剛才在水中溺水，根本沒想到害怕，當他
  從泳池中走出來後，他才感到害怕，所以他想到
  廚房去找媽媽，想告訴媽媽，他剛才溺水的情
  形。

 4.第四組：

 ①因為剛才他溺水時，根本沒想到怕，而現在他想
  起害怕，所以他需要媽媽的安慰。

 5.第五組：

 ①溺水時沒時間害怕，只想逃生，逃生後心裡又想
  到那件事，回來看不見反應，可能母親在找他。

6.第六組：

①尚勤到廚房找媽媽，是因為他要把他的恐懼告訴媽媽。

②因為他不在乎，他快死了，而且他不害怕，可是他怕媽媽罵他，而且在鏡子裡看見他像個溺死者才害怕。

7.第七組：

①尚勤溺水時不知道他臉色蒼白，嘴唇發紫，回家後才知道。

②尚勤回到家，需要媽媽給他安慰。

（9）段落標號10中，尚勤媽媽的個性如何？尚勤心裡的感覺如何？

1.第一組：

①個性不好。

②覺得媽媽能給他安慰，可是媽媽沒有給他安慰，反而罵他。

2.第二組：

①不好。段落標號11、12、18、21。

②不好。段落標號13、19、26。

3.第三組：

①尚勤的媽媽不溫和，因為她不了解尚勤的內心感受。段落標號26。

②不好。因為他的心裡充滿死裡逃生的驚悸和畏懼，他怕得要命。

4.第四組：

①粗魯、暴躁。

　　②媽媽也是看不見的。

　5.第五組：

　　①暴躁。

　　②害怕傷害、畏懼驚悸。

　6.第六組：

　　①好。因為讓尚勤學會懂事。

　　②不好。因為尚勤錯怪他母親錯怪尚勤。

　7.第七組：

　　①不好。段落標號12、18、21。

　　②很傷心。段落標號11、12、18、21。

（10）段落標號13中，尚勤這時最需要什麼？為何現在最
　　　害怕？

　1.第一組：

　　①需要媽媽解決他心中的驚悸和畏懼。

　　②因為他剛從死裡逃生。

　2.第二組：

　　①需要安慰和關心。

　　②他在浴室回想游泳的景象，所以會害怕。

　3.第三組：

　　①最需要安慰。

　　因為他又想起游泳池的景象，所以會害怕。

　4.第四組：

　　①母親的愛。

　　②因為他充滿死裡逃生的畏懼。

　5.第五組：

　　①安慰。

②因為尚勤想不到他會溺水。

6.第六組：

①最需要安慰和關心，因為尚勤剛被媽媽罵完，心裡一定會很難過，所以需要安慰和關心。

②因為尚勤喊「媽」的時候，心裡充滿了驚悸和畏懼，因為怕媽媽再罵尚勤。

7.第七組：

①需要安慰和關心。

②因為尚勤心裡充滿了死裡逃生的驚悸和畏懼。

9.

（11）段落標號11、12、18中，對尚勤會有什麼影響？尚勤心裡有何感覺？ 1.第一組：

①影響到對媽媽的看法。

②因為他現在最需要安慰，而媽媽卻如此罵他，使他心裡受到嚴重的傷害。

2.第二組：

①難過、傷心。

3.第三組：

①對尚勤有傷害的影響，尚勤覺得媽媽跟其他人很像，也是看不見的。

4.第四組：

①尚勤被媽媽傷害。

②媽媽不愛尚勤。

5.第五組：

　　①尚勤受傷害。

　6.第六組：

　　①情緒影響。

　　②很傷心、痛苦。

　7.第七組：

　　①媽媽罵尚勤說：「尚勤你懂不懂事，滴得滿屋子
　　　都是水」，接著媽媽再說：「你長這麼大了，除
　　　了找麻煩，還會什麼」，「一臉鬼相」，使尚勤
　　　很失望。

　　②尚勤很難過、很傷心。

（12）段落標號20中，尚勤為何能確定說出這件事後，一
　　　輩子不能游泳了？

　1.第一組：

　　①他媽媽如果聽到這件事，不准再讓他發生這種
　　　事，所以不准他游泳。

　2.第二組：

　　①尚勤因為學騎車時摔下來，媽媽就不准他騎車
　　　了。段落標號19。

　3.第三組：

　　①段落標號19中，尚勤的媽媽不讓他騎車，就是因
　　　為怕尚勤騎車摔下來而受傷，尚勤能確定說出這
　　　件事後，一輩子不能游泳了，因為他媽媽怕他溺
　　　水死掉了，所以一輩子不會讓他游泳。

　4.第四組：

　　①因為有一次他從腳踏車上摔下來，媽媽就不准他
　　　騎車了，所以他怕媽媽不給他游泳。

　　5.第五組：

　　　①在段落標號19段中。

　　6.第六組：

　　　①因為尚勤想起小時候騎車摔下來，就不准他騎車
　　　　這件事來說，如果被媽媽知道了，一定不能再游
　　　　泳了。

　　7.第七組：

　　　①因為學車的時候他摔下來，媽媽就不准他騎車了。

（13）段落標號24中段中的畫面與尚勤的世界有何差別？
　　　　尚勤的感受如何？

　　1.第一組：

　　　①有。因為生死掙扎與父母親帶著兒女們在游泳。

　　　②感覺不好。

　　2.第二組：

　　　①因為別人的父母親帶著兒女到淺水區去游泳，可
　　　　是尚勤只有單身一人。

　　　②不好。因為尚勤在做他的生死掙扎，可是沒人看見。

　　3.第三組：

　　　①有。尚勤在做他的生死掙扎，而父母親帶著兒女
　　　　在玩。

　　　②感受不好，因為他被媽媽罵，而又看著父母親帶
　　　　著兒女們在玩，當然會不好。

　　4.第四組：

　　　①父母親帶著兒女們在淺水區。

　　　②為什麼他父母會帶著兒女去，為什麼我沒有父
　　　　母愛。

5.第五組：

①父母的世界是有被關心的，而尚勤的世界沒有關心，現在尚勤覺得沒有關心，但尚勤的母親看不見尚勤內心的感受，也不會去關心尚勤和體會尚勤。

②尚勤內心不平衡，想著別人有被關心，但我卻沒有被關心。

6.第六組：

①別人的父母親疼愛兒女，而尚勤的媽媽對尚勤很兇，所以差別很大。

②尚勤很傷心。

（14）段落標號24和文章中，尚勤的生死掙扎有哪些事？每一件事帶給尚勤的感覺是怎樣？

1.第一組：

①段落標號6、7可以證明。

2.第二組：

①段落標號6、7

②痛苦的，因為尚勤在做生死掙扎，沒人看見。

3.第三組：

①溺水，不能呼吸，蹬不到底，福不上去，四面全是水，像牆壁似的封住了他，方向辨不出來，直直地伸著手往上抓，泡沫跟尚勤一起沉下去。

4.第四組：

①他想起泳池中的畫面。

②害怕、恐懼。

5.第五組：

①段落標號6、7、8、9。

②就像從鬼門關出來的感覺，有刺激、緊張的、希望的。

6.第六組：

①段落標號6、7、9。

7.第七組：

①段落標號6、7、8、9。

②讓尚勤的心裡覺得很痛苦。

10.

（15）段落標號26中來猜想，媽媽看不見什麼？媽媽有哪些地方和那些人很像？

1.第一組：

①媽媽看不見尚勤溺水。

②媽媽跟那些人一樣都不了解尚勤。

2.第二組：

①媽媽看不見尚勤溺水時的心裡感受。

②段落標號14、26。

3.第三組：

①看不見尚勤的內心感受，媽媽和那些人都看不見尚勤溺水。

4.第四組：

①媽媽看不見尚勤的內心感受。

②媽媽也看不見尚勤溺水。

5.第五組：

①媽媽看不見尚勤在溺水時受到傷害，段落標號6、

　　　7、8、9。

　　　②媽媽跟游泳池旁的人很像。

　　6.第六組：

　　　①尚勤的內心感受。

　　　②看不見尚勤內心感受的地方跟尚勤在池中的人很

　　　　像。

　　7.第七組：

　　　①媽媽看不見尚勤溺水和受傷害的心裡感受。

　　　②仰泳的人、救生員、男孩子。

（16）段落標號27、28中尚勤為何說了「也許溺死」這句

　　　話？有何涵義？

　　1.第一組：

　　　①憤怒。

　　2.第二組：

　　　①因為他不知要怎樣才能被媽媽看見他心裡的內心

　　　　感受。

　　3.第三組：

　　　①他在段落標號8中，溺水沒有人看見，所以他才會

　　　　說「或許溺死」才會被看見。

　　4.第四組：

　　　①人家都看不見尚勤的心裡在想什麼。因為他不知

　　　　道要怎樣才會被看見；也許溺死好。

　　5.第五組：

　　　①因為尚勤被傷害完了和溺水，就好像他已經溺水

　　　　死了。

　　6.第六組：

　　①尚勤說「也許溺死」就是說他人死了人家才會看
　　　見。

　　②涵義就是尚勤想被看見。

　7.第七組：

　　①涵義，尚勤的意志力很強。

（17）文章中是在說明什麼「看不見」？你要如何才能被
　　　看見？用什麼方法？

　1.第一組：

　　①媽媽看不見尚勤的內心感受。

　　②表達讓自己的知己了解。

　l盡量跟父母溝通。

　2.第二組：

　　①在說內心感受看不見，我會去找一個朋友。

　3.第三組：

　　①心裡看不見。

　4.第四組：

　　①尚勤的媽媽看不見尚勤的內心。

　　②池中的人看不見尚勤溺水。

　　③用心去看別人。

　5.第五組：

　　①表情或動作可看到心中感受。

　　②尚勤溺水完又馬上被媽媽罵的心中感受。

　6.第六組：

　　①看不見尚勤溺水。

　　②把手伸出來使救生員看見。

　7.第七組：

①同第一組。

②讓媽媽知道受傷害的心裡感想。

　　透過這三個階段的探索過程，兒童對「看不見」這篇文章的內容，大致能深入地掌握，作者在每一段細節中所要傳達的主要意涵；若能在最後的第四階段中，把教師針對分段的提問問題做「全班性的討論互動」時，筆者設想，全班兒童對此篇文章的共同感覺，將更為一致地感受到，「看不見」自己的情緒內涵與「看不見」別人的內心感受，同樣都是一種極深的傷害行為。

11.

兒童情緒性經驗分享

　　在全班兒童拿到「看不見」這篇文章時，筆者即請兒童先默讀一遍文章，當默讀文章的中途，已有二位兒童是哭著默讀完這篇文章的，當孩子抬眼時，我也受影響地，想起以前和尚勤一般被忽略的內心世界。

　　做完文章深究之後，筆者再請兒童回頭想想，默讀時的感受和文章深究時的不同感受，再接著進行兒童的情緒性經歷探索，在此段過程中，筆者分為教師自我告白情緒性經歷，請哭著的二位兒童述說自己的經驗，兒童在小組中彼此傾聽小組兒童的類似經驗，最後即請兒童筆述自己曾被「看不見」的感受事件等四個過程，逐一攝述如次：

教學河戀

教室小說工房

①教師自我告白情緒經歷:

　　我說著:「當我提起這件事時,就想起和弟弟一起流浪的事。我哭著走了一段好長的路,想起這件事,眼淚就會慢慢地掉下來。小學四年級的那一天,我跟爸爸、媽媽頂嘴,說著:『當你們的孩子很丟臉,都會被同學取笑!』爸爸、媽媽氣得要我自己整理包袱死出去,不要再回到家裡,我也使性子地拎著包袱離家出走,弟弟跟在後頭,吵著要和我一起走,我只好背著弟弟,邊走邊哭地走在沒有燈光的路上,當時真的好怕黑夜,弟弟大聲地哭叫著:『哥哥,你不要哭啦!』最後我和弟弟都被爺爺找了回來,又被媽媽打了一頓,躺在床上時,我和弟弟邊看著對方邊哭著,當時就像尚勤一樣,心裡好難過,總希望媽媽安慰我,問我為什麼同學會取笑我。」

②請二位兒童發表自己的情緒經歷:

　　有位兒童在追憶中說著:「家裡的錢不見了,媽媽就硬指著說:『一定是你拿的,沒有別人,你再不拿出來,我就把你打死!』其實我真的沒有拿,媽媽為什麼不問清楚就誤會我。晚上睡覺時,我就偷偷地在房間哭,心裡總想著:『為什麼每次都說是我做的!』」

③兒童在小組中彼此傾聽個人情緒性經歷:

　　接著筆者由前三段的情緒性經歷,引發兒童都曾有過許多這樣的經歷,請兒童在小組中說說這一段被「看不見」的世界。

④兒童筆述曾被「看不見」的感受事件：（見附錄四）

　　筆者請兒童把自己的情緒經歷事件用筆寫下來，並寫出當時的心裡感受。有位兒童就寫下了這個事件：「有一次我和姊姊在我家前面，看到一隻小貓很可憐，我們就撿了一個箱子，把牠裝在裡面，還拿了飯給小貓吃，媽媽以為我在欺侮小貓，所以就把我叫進去，還罵我說：『如果你把小貓弄死了，怎麼辦？』我覺得媽媽不知道我在幫小貓蓋房子，就隨便罵我，這個經驗和文章中的尚勤的媽媽一樣，不知道他溺水回來，還一直罵他。」

附錄四

（一）有一次我和姊姊在我家前面看到一隻小貓很可憐，我們就撿了一個箱子，把牠裝在裡面，還拿了飯給小貓吃，媽媽以為我在欺負小貓，所以就把我叫進去，還罵我說：「如果你把小貓弄死了，怎麼辦？」我覺得媽媽不知道我在幫小貓蓋房子，就隨便罵我，這個經驗和文章的尚勤的媽媽一樣，不知道他溺水回來，還一直罵他。

（二）暑假期間。晚上拿出數學自修和姊姊在房間看書，爸爸進來說：「兩個還不睡覺，在看什麼？又不是要讀大學，就那麼認真。」當時我把燈關掉，躺在床上，想到這件事，眼淚馬上就流出來了。

（三）前陣子，班上的男同學常打電話到家裡來鬧，爸爸總是怪我為什麼要留電話給同學，其實那又不是我留給他們的，爸爸為什麼不要先了解我，再罵、再打嘛。

（四）三年級的時候，我在學校不小心跌倒受傷，到保健室擦了藥；上課時總想著老師拿了一根棍子要打小朋友，

突然老師看見我的傷口，我心裡想著：「這一次穩死了啦！」老師就兇地叫起：「林建良站起來，你的傷口是怎回事？」我嚇得一直發抖，不敢說出話來，全班也突然嚇了一跳；後來老師就一口咬定是我跟別的班級學生打架，我也只好帶著恐懼的臉，慢慢地走出自己的位置，老師重重地打了我，我心裡突然唉了一聲，「唉啊！老師，你為什麼不調查清楚，而要誤會我呢？」

（五）參考本文參，兒童情緒性分享的例子。

　3. 文學作品戲劇化歷程探索

　　經過文章探索和兒童個人情緒性經歷分享後，筆者問了全班的兒童，認為這篇文章寫得如何。孩子們都非常喜愛這篇文章，認定這是一篇好文章。我也感同身受地，和孩子們共同會心地敲起這初步的探索歷程。

　　在設想一部作品的試演，除了考慮全體演員的共同感覺和彼此協調的一個因素外，要把每個劇中人物的神采風貌展現在眾人的眼前，又非得要求自己「就是經歷著」劇中人物的每一滴血脈成長的主要因素；有了這二點因素的思考時，筆者也只好堅持著，試演的探索工作，最好在小組成員的運作中達成。

　　把已經歷過的學習經驗，從藉助小組討論做文章深究的過程裡，小組成員之間對文章彼此契合的共同感受與協調合作的經驗，移植到演戲上，演員彼此之間的共識與合作協調會更順手。

　　而掌握劇中人物血脈的過程，筆者除了分段閱讀文章，隨時做出以上示範各段文章中不同人物的表情動作，同時也試著詮釋當時情境下人物的內心世界。並在小組兒

童分段排演劇本的當時，不斷地停下來印證文章裡的訊息，更提請班上的小老師把劇本演過一遍，作為試演的範例，這也是不可忽略的過程；因而在試演的探索工作中，筆者將前述的不同細節劃分為六個階段，作為文學作品試演教學探索的概述：

①小組討論：

　　把「看不見」的文章拿來演戲時，你會討論哪些問題？（見附錄五），透過教師這樣的提問，筆者也請兒童針對個人想討論的提問問題，進行小組互動，並在討論中自由詮釋小組的討論內容。例如：尚勤的表情動作，受傷害時的內心感受等問題經過討論後的經驗內容。

附錄五

（一）把「看不見」的文章拿來演戲時，你會討論哪些事？

　　(1)角色要怎麼分配才好。

　　(2)媽媽的表情是怎樣的。

　　(3)尚勤在溺水時的動作和在浴室裡害怕的表情。

　　(4)尚勤叫「媽」的聲音。

　　(5)媽媽罵尚勤的動作表情。

　　(6)尚勤溺水回來為什麼會害怕。

　　(7)討論尚勤溺水和溺水完找媽媽的動作，在浴室的表情是死裡逃生的人充滿害怕、恐懼。

　　(8)注意母親的動作，包括從浴室到客廳的表情是很嚴格、很兇的。

　　(9)尚勤找媽媽的動作。

(10) 尚勤溺水時，在水中不知方向的緊張和溺水者的臉。

(11) 討論怎麼安排和組織內容。

(12) 討論演戲時的順序結構、背台詞。

(13) 討論尚勤溺水時，在水裡想哪些事。

(14) 尚勤的生死掙扎和動作。

(15) 討論救生員和一家人怎麼演才是最好的。

(16) 尚勤在浴室，媽媽突然把門踢開，尚勤嚇一跳的動作。

(17) 溺水時浮上、沉下的動作。

(18) 年輕人用仰泳沿著池壁游來游去的動作。

(19) 媽媽罵「尚勤又是你」，「尚勤你懂不懂事，滴著滿屋子水」，「你這麼大了，除了會找麻煩，還會什麼，一臉鬼像」，「不懂事」的口氣和表情。

(20) 尚勤喊「救命」的動作表情。

(21) 討論尚勤的動作，段落標號、6、9；在家裡的語言，段落標號13、17。

(22) 媽媽的動作，段落標號11、12、21；在家裡的語言，段落標號11、12、18、21。

②說明示範文章各段細節：

當兒童試著模擬完各人物的表情動作，及彼此熟悉在第一段中的討論內容後，筆者即帶領兒童分段讀文章，並分段講解、示範段落中，人物的表情動作與詮釋不同的角色，在表情動作背後的不同內心世界，以便使兒童更快地掌握各角色的神采特徵，例如：在尚勤溺水動作的感受

上，筆者請兒童屏住呼吸來感受尚勤的世界。如此是想讓兒童清楚地知道，為什麼不同的角色試演中，會如此地呈現出不同的特性。

③針對第二階段歷程作小組操作

　　兒童了解了文章各段落中的不同角色試演動作後，筆者請兒童就第二階段的活動，由小老師帶領小組成員分段閱讀各段落文章，並且小組成員彼此互動做文章分段試演，小組成員也隨時回過頭來印證飾演的角色活動，與文章段落中的細節是否契合，作為隨時修正的工作。

④小組成員自行排演整篇文章：

　　小組成員對文章各段的人物角色都有了基礎概念後，筆者提請各小組利用場地，做整篇文章的一次試演活動，也可以隨時停下來，思考每段劇情的貫穿性；筆者也會隨時在小組中穿梭，指導兒童怎麼做，怎麼演會更好，為什麼老師會有這種看法，是根據文章中的什麼訊息而說的。

⑤各組在班級面前公開試演：

　　兒童在場地中自由試排，這與筆者的指導工作取得應許時，筆者請各組兒童做一次完整的試演作品，其餘組員則根據文章中的訊息，在旁觀察不同小組的試演詮釋。

⑥小老師試演作品：

　　在第五階段的小組試演中，筆者發現兒童對角色的特徵呈現較為生硬，同時對劇情的連貫上也常有停頓的現

象；因此筆者便請各組的小老師，針對文章作品試演，重新討論文章深究與分段排演，示範一次作品的完整試演活動，演出後發現整個試演上，兒童對角色的特性掌握較靈活了，在整個劇情的銜接上也較貫穿了，這也提供給各小組戲劇試演的一個範例，作為各小組試演的引導。

　　4.試演後的探索

　　試演後，筆者想針對兒童在演戲中所碰到的困難及了解自己的情緒性經歷和作品試演之間的兒童經驗；在想了解演完戲後再重讀「看不見」的文章時，有何不同的感受；與做好文章深究再試演作品，和拿著文章閱讀之後，就直接試演作品有何不同的兒童經驗；筆者就提上述四個問題，請兒童筆述，這也留在結束說明中做摘要性的說明。

12.

參、結果說明

一、文章深究

　　兒童在文章深究過程的討論中，能達成協議地說出，文章題目定為「看不見」，是因為尚勤所做的事，大家都看不見，甚至溺水也看不見；看不見他的內心感受，而媽媽說的話傷害他。在尋出細節重點時，兒童也能指出文章段落標號11、12、18、19、21、26是重點所在。

　　在提問的問題，沒演戲前讀「看不見」的文章，和演完戲後再讀「看不見」的文章有何不同？請舉例說明！

（見附錄八），兒童再從讀完文章後說及：例如文章段落標號2、11、12、18、19、21的段落中，這些在我演戲之前讀文章時，沒有感情，就好像廢話一樣，可是演完戲後，在讀「看不見」的文章，就覺得這些話是重點，因為演戲前沒仔細想想尚勤的痛苦，演完戲後覺得不對勁，就仔細想想這六句，才體會尚勤溺水，被媽媽罵的心中痛苦，感受是多麼畏懼、害怕。

附錄八

（一）沒演戲前讀「看不見」的文章和演完戲後在讀「看不見」的文章時，二者有何不同？請舉例說明！

　　(1)例如文章段落標號2、11、12、18、19、21這些在我演戲之前讀文章時，沒有感情，就好像是廢話一樣，可是演完戲後再看「看不見」的文章，就覺得這些話是重點，因為演戲前，我沒有仔細想想尚勤的痛苦，演完戲後，覺得不對勁，就仔細想想這六句話，才體會尚勤溺水，被媽媽罵的心中痛苦，感受是多麼害怕、畏懼的。

　　(2)沒演戲前讀起來好像沒有印象，演完戲後好像覺得比較清楚，例如段落標號13、17，沒演戲前我不知道「媽。」、「媽。」這兩句是什麼意思，演完戲後才知道這兩句的重要。

　　(3)演完戲後，再讀「看不見」時，我就覺得這篇文章非常的好。

　　(4)段落標號13、18、26在沒演戲前覺得不重要，演完戲後再讀才覺得非常重要。

(5)例如段落標號13、17在還沒演戲時，我讀起來就
像平常在叫「媽」一樣，但照文章演起來時，我
才真正感受到尚勤的內心感受。

二、兒童情緒性經驗分享

在提問你以前和尚勤一樣的經驗和你在演戲時，有何
關係？(見附錄七)

有位兒童在筆述中提及：以前的經驗非常痛苦，晚上
睡覺時都會哭；演戲時，就想起以前弟弟先打我，都在我腦
海中，所以我就不言不語的把尚勤被傷害的感受給演出來。

附錄七

(一)以前你和尚勤一樣的經驗感受和你在演戲時，有何關
係？

(1)以前的經驗非常痛苦，晚上睡覺時都在哭，演戲
時，心裡就想起以前弟弟先打我，都在我腦海
中，所以我就不言不語的把尚勤把尚勤被傷害的
感受給演出來。

(2)可以讓我想起以前被傷害的事。

(3)我想起了那一件事，覺得我和尚勤一樣，就像苦
命人。

(4)有很大關係，因為都一樣地「看不見」。

(5)有。和尚勤一樣，因為大家都看不見我們的內心
感受。

(6)我被媽媽罵時，我好討厭媽媽，覺得媽媽不愛
我、不關心我，我演尚勤時，就想著媽媽不愛我

的事情，因為尚勤也有這種感受。

　(7)尚勤被媽媽罵時，我好想哭，和我被哥哥罵時的感受一樣。

三、文學作品試演歷程探索

　　兒童在文學作品戲劇化的歷程探索裡，兒童的討論內容中，已明顯地涉及怎麼安排組織內容的考慮，同時也會也在文章中掌握，尚勤和媽媽在每個時空情境下的表情動作和內心感受。

四、教學後的探索

　　問及兒童，你演戲時碰到那些困難？(見附錄六)

　　從兒童的筆述中得知劇本背不熟，不太了解台詞；心情緊張；怕動作表情演不出來；自己會放不開，不好意思就演不出來；從上述情況中，筆者設想營造班級兒童彼此依賴、合作與信任的氣氛和逐段詮釋段落中的台詞深意，這會是一個戲劇在班級中發表的重頭工作。

附錄六

（一）你演戲時，碰到什麼困難？

　　(1)不知道怎麼演才好。

　　(2)心裡緊張，怕演不好。

　　(3)怕動作、表情演不出來。

　　(4)劇本背不好。

　　(5)從心中感受的戲不好演。

　　(6)有時不太了解台詞。

(7)看別人演就會笑，演不出來。

(8)演戲的時候很不好意思。

(9)自己會放不開，不好意思就演不出來。

13.

　　最後在問及，演「看不見」的戲時，我們有先導讀文章並做內容深究，而演「畫出信心」時，就沒做過內容深究就演戲，二者有何不同（見附錄九）？兒童在此提問中，筆述了演「看不見」戲時，有做內容深究，是要我們想起以前像尚勤一樣，被傷害的心中感受，而「畫出信心」主要是說，一個人被老師和全班同學鼓勵、支持去畫黑板的心中感受，二個演戲時的不同地方是，心中感受不同。有位兒童更提及演戲前先做內容深究和彼此討論比較好。

附錄九

（一）演「看不見」的戲時，我們有先導讀文章並做內容深究，而演「畫出信心」就沒有做內容深究就演戲，兩者有何不同？

　　(1)演「看不見」戲時，有做內容深就是要我們想起以前像尚勤一樣，被傷害的內心感受，而「畫出信心」主要是說一個人被老師和全班同學鼓勵、支持去畫黑板的心中感受，二者演戲時的不同是心中感受不同。

　　(2)「看不見」有做內容深究比較好演，困難也不多，而「畫出信心」就沒有做內容深究，演戲時

　　常會停一下，所以有做內容深究和討論過比較好。

(3)「看不見」這篇文章是屬於心理學，我們比較不
　　會懂，所以要內容深究，而「畫出信心」大家比
　　較了解。

(4)我認為不同的地方就是我們在「看不見」這篇文
　　章裡有寫出生活上和「看不見」相似的例子，而
　　「畫出信心」就沒有寫了，所以我覺得有寫出生
　　活上的例子比沒有寫出生活上的例子還要清楚。

肆、結語

　　在文學作品戲劇化的教學探索步驟裡，筆者一直思索
著，小老師平常對文章深究的掌握上來得深入懇切，這是
否主宰著戲劇演出的命脈，這正是筆者下一步的教學探索
了。在將此四個階段的的探索步驟重新思考之餘；筆者設
想，若能在小老師試演作品的細節之前，加上不同組的兒
童針對小組試演的過程，提供不同意見獲共同支持彼此的
看法及評估的討論時，那在作品試演的探索更有個彼此修
正的機會，提供給演者做更進一步的思索。

　　而在試演後的探索裡，兒童筆述的經驗內容中，筆者
猜想文學作品戲劇化的教學探索，先考慮把文章深究與兒
童情緒性經歷分享的結合功夫，就在平常的語文科教學活
動裡，慢慢地囤積起這方面的資產，這對試演作品的資產
呈獻會有莫大的助益；而演完戲後在回頭閱讀文章時，又
更能令兒童透視文學作品的深層內涵，也更令兒童感受到
文學作品是具有一份生命意義的延伸，同時這也會影響兒
童日後閱讀文學作品的詮釋動向。

　　這樣和還和在一起的同步成長探索中，也促使筆者
構思，在語言教育的探索上，還有許多的線索可彼此結合
的，例如：文學欣賞的領域，擴展成電影欣賞指導、戲劇
指導、兒童對文學作插圖指導的不同曙光；這次的探索也
引導我回到以往的教學歷程裡，是曾有過「看不見」的一
種情感觸動；至於這次植根於孩子身上的種子，何時會冒
出新芽，見到一份生機，是我無法預期的日子，但我想這群
有著同我們一般年輕過時，這一刻曾有的「生命情調」，是
會帶領他們回過頭來，品嘗自己的「內在聲音」的。

　　這次的探索，更令筆者深信，兒童的世界並非我們成
人眼光中所認定的「他們還小，不可能懂這麼多」；相反
的，兒童的許多經歷，是我們成人所沒去嘗試觸摸的，如
果我們更能接近孩子的每一個環節，那麼我們更能協助孩
子建立屬於他們自己的生命天地，我想那也是我們一直期
盼去展現的一份關懷……

　　當面對這群孩子時。

14.

　　張鈴華遲了一個星期才把小論文交給蔡詩修。教學情境、小
組討論、文章基架分析、文章內容分析、讀書方法、寫作思考，
這一些組合對她來說是熟悉的，因此在論文閱讀上她多花了一些
心思。她一面模擬性地回到黃老師的教學情境現場，觀照性地看
著老師和學生之間的師生互動和語言使用，他想起黃老師說過：
「任何一句話和任何一個表情、動作，都是通過說者、演者的內
心而來，不假造作。所以心情與動機可以被閱讀出來，用直接觀察

的『直觀』和直接覺受的『直覺』，同時我們也在觀照自己的『習慣性』。」她從高雄學長、學姊的提問語庫來判斷成長的課題。因為這樣的閱讀替代性經驗讓她更懂得「慈悲」、「智慧」的語詞。

她又想起老師曾在黑板上寫著：「從心而起，從心而滅，無去來處！」只是她現在參不懂這一句話的意思，但她記下來了。

蔡詩修接過論文時問著張鈴華：「好讀嗎？」

「精采！像看法國電影。」

蔡詩修一臉疑惑。

「那一天第一次的『男生和女生手牽手，散步、對話』課程，全校老師都愣住了、都笑了！」

小時候的心靈情節都在這海邊夕照的映襯下浮現開來，一種觸景生情的立即觸動。年長黃老師二十多歲的資深男老師、女老師聚集在大葉欖仁樹下，說說自己的小學情愫，每一篇都是笑話與年輕十來歲甜甜的活力，難怪「愛人」讓人剎那之間即現鮮活，能聊上這一些是美事。

「那一天，明星班和其他三班的高年級同學，都趴在二樓走廊的女兒牆，墊高腳尖往操場張望：『好好喔！好幸福喔！男生和女生手牽手耶！』」黃老師繼續往下說。班上的孩子連聽故事的眼睛也會閃爍、發亮。大家都一樣，有故事。

「西海岸的下午退去熱情，下午三點四十分至四點二十分的第七節課，是六年甲班期待斜陽慢慢轉換色彩的時刻。沙岸上呈現金黃的光芒，一束束的金光滲入沙堆裡暖，像一次次期待旅行大自然的童話夢境一般浪漫。浪漫的生命不像我們想像中的複雜，而是簡單的線條、簡單的圖案，像男生和女生的手牽手。單單純純的像回到幼稚園上學的學習情況，穿起圍兜兜的自然行囊和自然的神采都因著單純而來的。小男生和小女生都是這樣手牽著手，手牽手一起

上學、手牽手一起上教室課外課、手牽手一起放學。那時候我們都說這樣子很可愛，很單純簡單的美麗人生，而現在卻是『既愛又怕受傷害的噁心、期待、如果有機會的話……』，我們把長大的時間說複雜了。第一次的接觸往往是驚喜、驚訝、退縮、欣喜、冒險性的小鹿心跳、害羞、故意閃避的欲語還休、嘴裡說的和實際行為的差距是逆著時間旋轉的強說愁、偷偷摸摸地在心頭上打轉著許多想法──過意不去。大自然中充滿著許多驚奇的圖案和顏色，人也是。」

「打赤腳走在西海岸的沙堆上，腳板輕微地一沉、一落、一浮，向前一步有彩光在身上行走，自己一個人慢慢散步沙丘，聽海浪濤沙的沙樂演奏，看遠方天邊下的那一條弧線，是太陽的家鄉。金色圓盤是這樣沒入海平面之遠……故事會回到自己的身上獨處，夜會來。」

「我們就選這個時刻在校園中散步、聊天，在美麗的情境下，上美麗的課程。下課時間，相互約好的小男生、小女生，已在操場跑道上散步黃昏。不知他們低著頭在聊些什麼話題？很沉靜的一對男生和女生。」黃老師甜甜的唇角露著微笑，好像很滿意自己的教學設計。

他常說教學設計就是「設計孩子──瘋狂地愛上學習、愛上探索，當老師的在一旁盯著說：『這很好、這很棒的想法、這樣會成功、往前走會有夢想、你太強了，我輸給你了！』」這像愣伽經的偈語：「先以欲勾牽，令導入佛智。」

15.

「鄭穹琪的第一次約會對象是班長林永斌，她很想與這個女生眼中，充滿溫柔、有智慧的男同學對話，她有話想說。」

　　林永斌因為帶著班上的王融舜和鄭祈坤兩位男生，在星期六下午和六年戊班的男同學王德紀達成圓滿談判後，才跑到老師租屋的地方，從頭敘述事件的始末。

　　『處理得很圓滿、很成熟。老師小時候也不可能有這樣子處理緊急事件的能力、機制和冷靜思考的勇氣。你超越老師小時候的能力，長大了，謝謝你的處理，更謝謝你還跑一趟來告訴我事情的狀況，方便我面對事件的發展。辛苦你們了，這樣的立即性思考非常不容易，冷靜之中不忘了維持自己班上的尊嚴，還能留給對方自尊，況且身旁的王融舜和鄭祈坤還能一路陪著班長處理事情。老師以你們為榮！』」黃老師對他們說著。

　　「這個談判過程的細節，說清楚一些！」邱明祥和王麒麟抱著雙拳，拜託老師說這一段。

　　「現在的主題是男生和女生。不過，鄭穹琪卻因為這事件，對林永斌有著安全的感受。」

　　「林永斌握著鄭穹琪的手，在金色光芒下稚嫩地牽著，一圈，很慢的一圈。他們倆並沒有像其他同學一樣在校園角落的椅子上坐下來聊，他們兩人情願這樣走著。」

　　「好幸福喔！」林宜思脫口而出說著，班上的女同學也表示贊同。

　　「林永斌和吳庭芬是六年級上學期一開始班上公認的班對。我五年級當這個班的導師，下學期就借調上台北板橋教師研習會參與社會科教學演示和研究，六年級上學期再回來帶他們。吳庭芬和鄭穹琪是班上超好的知心朋友，在校園中出出入入，無話不說。有一天，鄭穹琪坦承地向吳庭芬表白說：『我不知不覺地愛上班長林永斌，但我也愛妳，該怎麼辦？』」

　　吳庭芬的眼眶裡微紅著說：「那就向班長告白啊！反正班長

本來就是這麼好，男生、女生都喜愛他，這種事一定會發生的。我雖然有一些難過，但是你是我的好朋友，我們讓班長自己做決定好了，不管他選擇和誰做朋友，我們還是像現在一樣。誰有心事，誰就該聽她說說心裡的話，不會改變。」

「林永斌接受鄭穹琪成為他的密切友伴。吳庭芬支持他們在一起，班上同學也都知道這一件事。」

黃老師觀察這件事是該介入處理了。有一天，他正上著泰戈爾的詩，課堂中他突然叫起吳庭芬，在班上眾目睽睽的公開場合說：「庭芬！聽班上同學說班長和妳分手了！林永斌和鄭穹琪現在是在一起的班對！你會難過嗎？」

「當然會啊！超難過的。這個我也愛，那個我也愛，所以就更難過了！」吳庭芬一站起來被問著，漸漸有了紅絲邊緣的白眼球，讓全班都屏住氣息。黃老師只看著庭芬，聽她說完：「會傷心是因為我自己用了很多很多的感情！但這也是沒辦法呀！誰叫穹琪是我最重要的知心朋友，我只能退出來，讓他們能夠在一起，不要拆散他們。我們三個現在還是很好啊，還是很好的朋友呀！有時候我還會問穹琪班長最近的情況，也會開班長的玩笑說：『對我的好朋友要更好喔！』其實他們兩人都已經是很好的好人了。我還是愛他們。」

「妳真的長大了！老師放心了。面對這兩難的人生困境，能成熟圓滿地對內守住自己的觀念，堅持對別人好，對外也能圓滿人生事象。」

坐在一旁的鄭穹琪含著淚水握住吳庭芬的手。林永斌接受這一切，看著這兩位女同學，沒有說話，對著她倆淺笑，他感恩有這兩位朋友。

「心中沒有委曲求全嗎？」黃老師問著。

「說出來就不會了，老師，謝謝你！不會『看不見』了！」吳庭芬笑著。

「你是故意的喔？」吳庭芬斜眼地笑著，逗著老師說：「老師！你對你的女朋友也是這樣啊！」吳庭芬聽過黃老師和女朋友的分手故事，統整地說。

「對啊！讓相愛的人在一起，看著就會讓人感覺到幸福！」吳庭芬說。

「謝謝你的教導！」黃老師從講桌前向吳庭芬深深一鞠躬，「老師喜歡看見別人幸福！看見別人有笑容」。

黃老師回憶著二十七歲的那一年，對著班上同學說：「二十七歲那一年，我的第一個女朋友要結婚了。老師對她說：『我怎麼愛妳的，妳就怎麼愛妳的先生和他的家人，這樣就夠了！』老師現在還記得我自己說過的話，以此為『感情成就』。」

同在一組的陳芭麗、蔡詩修、邱明祥、王麒麟、解璐樺、黎翌誠低著頭，黎翌誠把衛生紙摺好拿給解璐樺擦拭淚水；另一組的張鈴華、房文琪、洪銀鈴、鄭品清、馮維民、陳又銓裡頭有啜泣的聲音。

陳拉格並不作聲，他想著爸爸、媽媽分手的情形。

外頭樹上的蟬鳴齊聲，「唧——唧——唧——唧——地」，夏戀逐步接近。

藍色的天空，藍色的五月中旬，一定有滿天的星斗。可想而知，黃老師又會獨自騎著野狼125C.C.的摩托車上停機坪，坐在擋土牆上吹風、看卑南溪出口、仰望星斗滿天，和閃爍的夜空獨處。

16.

　　高雄縣茄萣鄉六年甲班畢業前夕，黃老師留在租屋處閱讀六祖壇經、禪坐。王融舜和林永斌進到庭院喚老師，星期天的早晨這裡是鬧中取靜的，他們師生在書房泡茶聊天，沉香裊裊地在臥香爐中燃著，觀世音菩薩供在矮書桌前，旁邊放著木魚和銅磬，矮書桌旁一排排的書圍起地板床，床邊還擺著昨夜被翻開的書疊在一起。

　　「有沒有和鄭穹琪約會？」黃老師問著林永斌。

　　王融舜說：「全班都知道，只有你不知道。」

　　「有。像老師說的一樣。我們騎著腳踏車在海邊碰面，我們在沙丘上牽著自己的腳踏車邊走邊聊，看夕陽、說心事，在沙丘上走出兩條輪胎的軌跡，我們會回頭看著紫金黃色的斜陽滿天、滿地、滿海，這一些都像是在痕跡上記事。」林永斌敘述著。

　　「恭喜你們！就像聽過墨氏樹蛙在春天夜色中的交響曲，聽過一次，身體中就擁有一個自然的角隅，身體的記憶不會忘事，像是初戀的含羞草一般。」

　　「老師！你怎麼知道？林永斌那時候整個臉都是紅的，有夠好笑的。他們越走越遠，我覺得很無聊就先回家玩牌了。」王融舜對這一些不感興趣地說著。

　　「後來呢？」邱明祥和張德洲急著問。

　　「多年以後，鄭穹琪結婚了，兩個孩子了。吳庭芬結婚了，一個孩子了。班長當上海軍軍官。王融舜到大陸領著工廠的工人工作。他們現在二十八歲了，都是很好的朋友。」

　　「老師！那你呢？」陳拉格問著。

「我結婚了，兩個女兒。我離婚了。結婚之後，我用心的愛我的太太，後來我發現我愛上她了，我很神氣。之後，我們都有自己想要做的心事，所以我們選擇自由分開，讓夢想獨自去走完人生的故事。沒有對錯，沒有怨憎。其實是老師的錯，老師愛我的太太，但是不了解我的太太，所以『了解、尊重、愛』是男生和女生的重要作業。」

「如果生命的時間更綿長，老師還是選擇戀愛，讓自己完全地愛上一回，當作愛護我自己心靈的生活方式。懂得愛人的會體貼入微，會發現愛一個人最重要的課題是什麼。雖然同樣都是男男女女，每個人界定的元素都不同。」

「醉過方知酒濃，愛過才知情重──所謂『緣分』是包括『時間、空間和業力』的交集。」黃老師想著。

在卑南溪的出口仰望星斗滿天，和閃爍的夜空獨處，好似這一切都很熟悉。

邱明祥有些話聽不太懂，但是他記著。

17.

邱明祥看著老師書櫃裡膠裝裝訂的一本冊子，標題清晰地寫著：「中年級兩性吸引教學實務探索──以廖玉蕙作品『有女懷春』為例」。他借走這本黃老師一九八八年在花蓮縣光復鄉大進村鄉大進國小所完成的教學紀錄。

附小的校外教學曾到過這裡。光復糖廠旁的一所學校，老師的房子就在糖廠後方，二百公尺遠的地方可以醒目地看見，金黃色日本琉璃瓦蓋的斜屋頂房子，一百八十幾坪的建地，老師本想隱居在那兒教學、寫作。這是老師在那一次校外教學日，指著房

子向六年二班介紹的家。

邱明祥回家一翻開冊子，一個小學四年級女生的情感之詩立在眼前，讓他手足無措地讀著：

操場（邱于妃）

下課時
涼風呼呼的
操場上，
有個孤獨的盪鞦韆，
忽高忽低的
忽低忽高的
向前搖擺。

溜滑梯
像是一隻站在柔軟的草地上的大象
讓小朋友
在牠長長的鼻子上往下滑。

操場中央愉快的小朋友，
聚在一起打球
訴說自己的心事

在天空裡飛行的鳥
自由自在，
像是在天上翱翔的天使，

快樂的在空中跳舞，
非常優雅。

叮噹──叮噹──
上課鐘響
依依不捨的在教室裡響起。
我依依不捨的
向大自然的美妙，說聲再見！

一九九八年十一月四年級作業單整理：「我如何想念我愛的人」

（　　）裡寫著那一年級所回憶出的事件和文字敘述，表示為什麼愛他或她的理由：

1.我為了看她，所以我下課去找她。（三年級）

2.我為了想她，所以我才想呆了。（三年級）

3.我會每天坐在桌上，做功課時會一直想到他。（三年級。因為他長得很好看又很帥氣。）

4.在看書時會時常想到他。（四年級）

5.我會拿著筆，一直發呆，一直想著他。（四年級）

6.我不知道要做什麼，就會想到他。（四年級。因為他很好又很會運動。）

7.我會偷偷的想她，把她看成娃娃的看著。（幼稚園）

8.我發呆的想她。（二年級）

9.我會拿個娃娃當作她，想念她，下課時她去打籃球，我

也跟著去打籃球，想辦法接近她。（四年級。因為她個性很溫和，外表很可愛。）

10. 我在教室都會很喜歡跟她說話。（三年級。因為她功課很好又很漂亮。）

11. 我在教室都會不注意聽課，一直想她。（三年級。因為她很有氣質，很漂亮。）

12. 我常常把她掛在心裡，常常回家後還在想她。（四年級。因為她很漂亮，我喜歡她的個性。）

13. 偶爾看看他，跟他玩。（幼稚園。因為他很淘氣。）

14. 每次他在打球時，我都看著他，我又希望他會得冠軍。（一年級。因為他很神祕。）

15. 我看到他時就很快樂。（二年級。因為他很酷。）

16. 當我坐在他附近時，我會偷偷看著他。（三年級。因為他很帥。）

17. 當我看到他時就會打打他、追追他，引起他的注意。（四年級。因為他很溫柔。）

18. 晚上睡覺都在想他。（二年級。因為他很會打躲避球。）

19. 我在學校一直欣賞他對別人開玩笑。（四年級。因為他很會開玩笑。以前他對人很兇，現在對人很好。）

20. 常在自己的書桌前想念她。常常寫信給她。（一年級。因為她的個性很幽默。）

21. 有一次去當楊老師的花童，喜歡她黑色的長髮。（幼稚園）

22. 有空就去找她玩，很喜歡和她坐在一起。（二年級。因為我很喜歡她的微笑。）

23. 常找她到學校玩，請她吃東西，找她一起到同學家玩。（三年級。因為我喜歡她的運動精神。）

24. 我常找機會接近她，我會教她打籃球。（四年級。因為我喜歡她對功課的態度。）

25. 寫功課時我會想她。（幼稚園。因為她會開玩笑。）

26. 我會想辦法接近她，讓她喜歡我。（三年級。因為她會關心別人，也很活潑。）

27. 我想問題時、看電影時都會想她。（四年級。因為她會關心人，她的髮型、聲音、服裝都很漂亮。）

28. 我看到別人以為是她，看到我喜歡的電影以為她也在看。（四年級。因為她會關心人，她的髮型、聲音服裝很漂亮。）

29. 看到她寫字時，我心裡就很快樂。（四年級）

30. 我有時突然想的，呆呆的想，沒事的時候也想。（幼稚園。因為她的外表很可愛，她很有天分。）

31. 早上到學校我就很高興，掃地時我就會慢慢的接近她，可是她不理我。（一年級）

32. 她在玩時，我就馬上跟上去鬧她，讓她生氣。（二年級）

33. 有人跟她說話時，我就去吵他們，然後她就打我，我就覺得很好。（二年級）

34. 老師在上課時，我很快的看她一眼，心裡就很高興。（三年級）

35. 我們班上被罰，她在撿垃圾時，我就去幫她，我就很興奮。（三年級）

36. 我常跟她玩，偷偷靠近她，她跟別人講話我就想打人。（二年級。因為她很漂亮，個性很溫和、開朗。）

37. 我暗地的靠近她，常跟她玩，會想她。（三年級。因為她很有禮貌、個性溫和。）

38. 我會把情敵畫得很醜來出氣。想到她我都會發呆，會經常想她在學校做的事。（二年級。因為她很美。）

39. 我做夢時都會想她，她不在時我都會沒精神，我常在她的面前炫耀我的才能。（三年級。因為我很喜歡她的個性。）

40. 我寫功課時都在想。我都會想辦法接近她。她被老師打的時候，我的心裡會很難受。看到有人和她接近，就很想打那個人。（四年級。一見鍾情。）

41. 我喜歡她是因為我被人罵時，她會主動來安慰我。我每天都會想她。（幼稚園）

42. 我晚上睡覺都會夢見她。（二年級。因為她心很好，跟人相處會有好結果。）

43. 每次我抱著絲被，就像我在抱她。（三年級。有人說她很兇，可是我覺得她心裡很好。）

44. 我每天看著星星，就好像看著她的眼睛。（四年級。她很溫柔。）

45. 我晚上睡覺時，把娃娃當作她抱著睡，當作是在天堂一樣。（四年級）

46. 我常到她家去玩，常在上課時想著她的笑容。（三年級）

47. 我常經過她家時就看她一眼，我有時會在晚上想著她。（四年級）

48. 我每天躲在房間裡想她，想著我為什麼會喜歡她。（三年級。因為她愛幫助人，她的內心很漂亮。）

49. 我每天暗地裡偷看著她，找機會接近她。（四年級。因為她心地很好，很善良。）

50. 上學時就一直跟她玩，回家時玩到一半就很想到她家。分組時很想和她同一組。（幼稚園）

51. 回家時，我一直想著她，不讓別人佔了她。我也常常把東西給她玩，不給其他人玩。（二年級）

52. 午餐時，常常說笑話給她聽。有人跟她玩很久時，我會很生氣，想趕快回到她的旁邊。（三年級）

53. 我上課時常常看著書，一直想著她。打籃球時，我故意不和她一組，讓她知道我的實力。我故意惹她生氣，她罵了我，我覺得很高興，不會生氣。玩遊戲時，我會找一些她不會的事來耍。她常常跟我玩、關心我時，我就覺得她喜歡我了。（四年級）

54. 我會找他教我功課，順便接近他。我還會晚上夢見他。（三年級。我喜歡他的發問和他的籃球。）

55. 我會想辦法，利用早上的時候去碰到他，或在床上想他，或在晚上的時候去他家看看。（四年級。因為我喜歡他的手球和五官和頭髮。）

56. 有事沒事的時候都會看書。（四年級。因為我從裡面可以得到許多知識和有趣的事。）

　　邱明祥從這兒看出自己的內心世界，他有事沒事的時候都會看著她，他閃避、躲藏，眼神跳過她身影地偷瞄一眼，他接近她的方式是故意耍帥、耍酷，一副不在乎的形態樣貌表現在教室中的生活裡。其實沒有人知道，他非常在乎她的一句話：「邱明祥是一個很有趣又關心同學的人。」林宜思不經意的這一句話在他心中存留下來，他決定成為詩人。

18.

邱明祥沉浸在邱于妃的詩感中：「操場上，／有個孤獨的盪鞦韆，／忽高忽低的／忽低忽高的／向前搖擺。」

這樣的詩生活和「我如何想念我的愛人？」讓他停下閱讀腳步來冥思，他按下CD播放鍵，播放輕音樂，在自己的房間裡躺下來享受片刻。

他起身，突發奇想地翻閱「附錄資料」，他想了解黃老師的教學流程和教學施工步驟。他知道老師的主題教學，都是先把教學設計圖規劃好，然後按照教學階段做教學施工。這就像蓋一棟房子一樣的步調，先做地基探測，了解基地基礎。接著請建築師畫出屋主對房子需求的建築設計圖樣，最後按圖施工，直到裝潢交屋。老師也曾說過：「施工的精緻品質，決定了專業素養和評價。教室中的教學也是如此。」

老師的教學慣性動作，一定會先注意學生的舊經驗認知。他也常把一份完整的設計圖，按照教學前作業、教學發展中作業、教學後作業做區分，以此來判斷教學中的教學探究和教學後的學生成長，這固定模式是他的教學省思。

邱明祥便是從這鳥瞰式閱讀進行推論的，他發現老師冊子中的教學步調，和目前在六年二班的教學模式是一樣的步驟。他像在文本上學習另一次黃老師的課一般，他看著：「中年級兩性吸引教學實務探索——以廖玉蕙作品『有女懷春』為例」：

壹：前言

兩性教育的教學課題，一直是我們扮演小學老師這

個教學專業者，認為重要而且有必要落實在實際的小學教室情境中，實際去完成教學實務經驗探索的環節，但是在課程生活中，極少有一持續性的，與兒童實際生活經歷發生緊密連結的原型教材，被帶入教室與兒童討論、互動、分享師生之間彼此的內在對話，由一個成人，也就是一位有經驗的老師，有意識地將「原型教材」轉化為「教學教材」轉化為「教學即生活」、「教材及生活」、「兒童內在經驗在教學中被喚醒的，即是他（她）自己最完整的生命教材」，師生彼此在課堂中，「閱讀教材」、「閱讀他人」、「閱讀自己」的諸多面貌，進而教學成為為兒童進入社會化的過程做準備，老師與孩子們都願意「去敞」個人隱藏式的內在需求，「朗然地」覺察他人、自我，因認識而了解而漸次深入一種淵源，進而尊重任何一個個體的生命湧現樣式，生活在「相信」、「支持」的人文領域當中，為自己「存有」一次生命旅程上的功課，對經驗重新「認同」、「接納」、「重新定義」地對生命說：「好！」，像浮士德在完成自我人生階層的意義追求後，說「人生，無論怎樣，他是好的！」與宗白華先生引用歌德在《浮士德》全書最後的智慧即是：

　　一切生滅者
　　皆是一象徵

　　讓我們一起對生命說：「加油！」
　　希望對這份非正式的報告分享與交流中，閱讀者不致於停留在筆者文筆上的詮釋，能從兒童的實際經驗紀錄去

「傾聽」、「逗留」一個過程，都「忘了」我們自己而得以有資格地「解脫知見」，重新進入孩子的世界去「覺察」那裡頭的每一個小小故事。而我，有時想起這一些「引領」我瞥見自己，看著我長大的小大人們，我又會不知不覺地「感動在教學即是生活的教室現場當中」，教學互動之所以感人，往往是這背後都有著師生每一個人的故事——「曾經」，所以隱藏最真實性的唯一，像「詩」的默會。

貳：研究動機、研究目的、研究方法

一、研究動機：

　　2002年11月筆者對台東師院實小五年級的學童，進行「兩性生理」的主題教學探索，筆者試將「兩性社會學」放在實際教學情境生活中，看著這一切發生的景況，我請求孩子們準備「衛生棉」，當它是一種日常生活用品的簡單，顯現在教室的日子裡，我們一起為「成長」的儀式作「準備」、「等待」那未來的一刻。我請求男孩子們也實際試用衛生棉一個晚上，我們從這嘗試性的體驗，去嘗試認識、了解我們身旁的「女性學伴」。夢是希望的遠方，我們在前進日子。

　　在這同時，筆者也對實小三年級的學童，進行「了解、尊重、相信、支持」的主題教學探索，我請教孩子們一個問題：「有哪些可愛的同學願意說說：『什麼是了解？』和我們一起分享你（妳）的想法好不好？」沒想到小三的孩子竟說著：「透透徹徹的、清楚的，知道他（她）在做什麼，知道他（她）在想什麼。」我訝異的眼珠子差點兒掉落一地，專注地看著全班同學說著：「那包

不包括知道他（她）在要什麼？」他（她）異口同聲地、毫不猶豫地告訴我們：「包括」。

而且還有孩子補充說明：「而且還要懂得很深入！」那我這個老師，當然義不容辭地向前邁開一大步，再次檢驗孩子們是不是「知行合一」地落實在自己的生活當中，我請幾位孩子當作例子，當場在全班孩子的眼前，進行互動、訪問「她和媽媽在生活當中的互相了解！」，事後她感覺自己的媽媽是個「百分百的媽媽」，因為她們一起分享了對頭髮的打扮、設計，對彼此喜歡的東西互相了解對方的需求，她們也一起分享彼此的心裡祕密。而第三個星期，有個孩子為了解，加入了一點「了解還要知道他（她）在說什麼，內心真正要說的是什麼。」她認為這一點很重要！我開她玩笑地說：「有那麼重要嗎？」全班同學一起不甘示弱地對我大聲說：「非常、非常、非常、非常、非常、非常地重要！」這番浪聲中，還有個孩子開我玩笑地：「老師！你不了解我！」我也對他說：「你也不了解我！」這下子沒完沒了了，弄得我低聲下氣地：「好！好！」，「讓我們慢慢來了解！」，像你（妳）們說的：「透透徹徹的、清楚的，知道！而且還要懂得很深入！」孩子們才放我一馬。教學者好像一直在為自己、為孩子共同存放這「美好」！

而兩性吸引教學一直是筆者有興趣和有意願去摸索的教學主題。記得1990年5月，我曾和高雄縣茄萣國小六年級的學童一起探索「男生、女生」手牽手的教學，我看著他（她）們在黃昏，海邊的操場，手牽著手散步在微風當中，進行「散步的心靈對話」，這景象一直留在我現在的

筆之隱藏。這「中年級兩性吸引教學實務探索」則是1998年11月，對花蓮縣大進國小四年級的學童所進行的教學片段紀錄的整理，筆者只有一個「意向性」，我想「沒身」進入孩子們的情感世界一窺究竟。我想他和（她）們在一起「閱讀分享他人的經驗」，「閱讀自己的生命藍本」，老實說：教學將會發生什麼樣的「美好」，這是我無法預知的，我和孩子們只能禮敬地「前進、逗留」、「逗留、前進」，相信彼此的關係，我們都在驚擾中保持不被打擾地「愛自己的過程」。

二、研究目的：

　　教學「無目的性」，但有祂本身的「意向性」。一個有經驗的老師會將教育哲學知識、教室情境知識、一般教育知識、課程知識、學科知識（實質知識、本質知識、思維方式）、教學內容知識（教材、教法、教學表徵）等，在教室現場工作領域成為他個人的「支援意識」，而面對教室中的教學事件與生活事件，他成為一個一連串的「被召喚者」，因為教學「發生」在教室的小型社會當中，師生「對話」即在「互相召喚」的共感歷程，「互相應合」，師生彼此也「互為映照」，這有如進入一個既熟悉又朦朧的內在生態之旅，這行旅的道途中，我們或許發現了許多驚訝、陶醉與警訊，或寧靜地享受師生個體生命的變化。我們因為「有行動、有感覺」而拿筆捕捉了這一些紀錄單，這一些文稿是我和孩子們一起逗留過的痕跡，我們共同保留了一份探險，而我現在以嘗試性的詮釋，來看待這一些我個人「主觀性的真實」，亦即說：

這教學裡頭到底發生了什麼事？
或有什麼新的內省智慧？
在教學探索後
自我對話的
那便是教學生活在
微笑走著的目的

三、研究方法：

　　本文完成的歷程，筆者將採行動研究的方法。透過實際在教學情境互動中，師生彼此的「教學對話」，時而面對問題，時而見到行動方案在解決問題，每一個小結果和迴響又都是成為下一站的新問題，這個巡迴的過程，我們留下孩子們的生活文學作品。其中教學行動當中的「教師思考表白」已無法捕捉，甚為可惜。我這個教師是一位「教學者」，也同時是一位「研究者」，很難客觀地觀照這過程，因此我選擇作為一個「參與者」，去參與這一場教學生活。我先「忘了自己」，忘了我是教學者，忘了我是研究者。重新涉入，我和孩子們一樣，有「我的童年愛戀」，我分享了我童年的生活故事，而希望孩子們也能多談談自己，這比較像個社會互動樣貌，大伙兒在聊天，在對話、討論、分享1998年11月初至1999年1月中旬，約二個多月的每一天，在趣味、在有感的自己、在走著日子。而我在上課當中，聽完他（她）們的發表，都會感動地請他（她）們等等我，讓我記下一些他（她）們剛才的話，記下剛才在黑板上一起討論留下的分類內容，而期末結束

前，孩子們必須交給我「情詩一首」，作為這次主題探索的個人經驗分享。

參：教學進行探索過程

一、教學者「童年之戀」說演

我是一個比較多感的孩子，會想吸引別人的眼光注意在我的身上。這得謝謝我的父母，讓我擁有著許多「心靈空間」和與他（她）們在實際生活中品嘗了「多感」、「敏銳」、「善良」、「專注」在喜愛事物上的追尋，而常常忘了自己。這童年經驗也正是我教學生涯中最豐富的支援意識，這經驗與動作群也使我能很快地「召喚」孩子，進入某一個主題教學領域的「共做傻勁」，這「召喚」也令我一直瞥見自己的「好」，我認識到、知道我在做什麼的「有意識行為」，就像東年先生在初旅文章中的一段話：「其實你只要知道你現在在哪裡，將要到哪裡去，你就不會迷失自己。」

1998年11月初，我對班上的孩子樂在其中地說著、表演著我的「童年之愛」，因為孩子們愛聽，我被這一群專注其中的眼神吸引著，喚起我發生愛現的本能而演出故事。這個是我小學二年級對班上小女生的愛慕之情，我每天上學就為著看她的長髮披肩，垂得長長的，到腰。她媽媽每天把她打扮得亮亮的，亮亮的髮，亮亮的笑容，我把她合在課本上的知識一起在教室聽課，我會特別有神采地在教室表現自我，讓她瞧瞧，現在回想起來，好像我那一年的生活瑣事都因她而來，我神氣地向孩子們說著：「你們都不知道！我那時候就像一位王子，專為公主而來的。」

　　這時孩子們一定會抗議地發出怪噪頭：「噁心！」、「不要臉！」、「很三八！」、「吐得很厲害了！」、「再說下去就讓人受不了了！」我一臉無辜的表情一定會告訴、暗示孩子們：「這故事我不要再說下去了！」，「你們都沒有聽說過：『要愛他就不要傷害他！』」孩子們又會大吐一翻，我便接近一個最愛逗鬧的孩子，逼近他的眼神，質疑地對他說：「難道你都沒有心愛的人？才怪！」見他的眼神稍加掩飾，我便知道他和我一樣，現在心頭上有個小小祕密是不可以當場揭發的，我撒嬌地說著：「人家後面還有四、五年級的『寫情書』故事，六年級操場『約會』的故事，那一天晚上還有星星和月亮呢！」不聽就算了，我獨自欣賞好了。孩子們一定非得激我講完這一些「預告片」才肯放過我。

　　那我當然提出「交換日記」似的，請他們先在小紙條上和我分享自己私人性的「祕密檔案」，我看完之後，一定馬上將這一些證據，就地正法地一把火燒了它們，不留痕跡。當然啦！我是被孩子們「就地正法」地帶到校園的一處荒地，十幾個孩子圍著，以防祕密洩漏而當場燒了這一些可貴的記憶，其中的灰燼也被孩子們的腳檢查一遍，踩得更加細碎的「不立文字」，只剩一團黑，大家才甘心離去。我當場看著這「美好」的引發被帶入虛空的無可挽留。那時我發著小紙條，請他（她）們具名寫下：「愛上班上的哪位同學？」或「愛上別班的哪位同學？」這一些過眼即邊看邊記憶的，只能和孩子們對上眼時，那互視的微笑和跳腳能懂得「默契」。

　　我依照口頭合約說演完了「『寫情書』的故事、『約會』的故事」。我也告訴孩子們，我現在的感覺，還是很

喜歡我的這一些經驗，我愛這一些經驗。和這個班上相處一年多了，孩子們都很清楚地我的「認真其事」與「放鬆其事」，更知道我的「教學意志」在教學生活當中，可以隨時被他（她）們看見，因此今天回家的作業單即是：「我如何想念我愛的人？」

所以他跟著作業單上的列問思考問題，他想著：「我自己呢？」、「我自己給自己的答案會是什麼？」

邱明祥閱讀著「兩性吸引教學提問單」（附錄二）：

壹、兒童舊經驗提問：

1. 我如何想念我愛的人？
2. 把愛一個人的祕密放在心裡面不說出來，這種感覺像什麼？
3. 當你把這一些心裡的愛人寫出來後，你心裡的感覺是如何的？
4. 為什麼你心裡愛的感覺和心愛的人，一直都不敢告訴爸爸或媽媽，讓他們來幫助你呢？
5. 在還沒有上愛情課以前，你有把心愛的人告訴你的好朋友的請舉手？
6. 為什麼你們願意把心愛的人寫出來告訴老師呢？
7. 從你所寫幼稚園到小學四年級「回憶心愛的人」的內容中，你自己認為那是一段愛情的，請發表你的看法並說出為什麼。
8. 從這一些發表的內容中，我們可不可以嘗試先找出一些有關愛情的看法？

9. 從幼稚園到國小四年級愛一個人的理由整理中，你發現了什麼？

貳、從「有女懷春」文章摘錄重點，配合兒童舊經驗教學：
 1. 小女孩的心理反應、生理反應、社會溝通能力？
 2. 媽媽的心理反應、生理反應、社會溝通能力？
 3. 小男孩的個性、能力？
 4. 哥哥的心理反應、社會溝通能力？

參、「友情與愛情」主題教學學習評量單：
 1. 在還沒有上「友情與愛情」的主題之前，請你給自己對「這份情誼」打個分數，並說明你為何打這個分數的理由。
 2. 在還沒有上「友情與愛情」的主題之前，大多數的同學認為自己是「愛上了某一個人」，但是上完這一個課程幾個月之後，你認為你對「男、女感情的看法」是屬於「愛情的」或是「友情的」，請說出你的看法和理由。
 3. 上完「友情與愛情」主題的課之後，到現在你可能經過一段時間的思考與學習，請你現在為「你的這份情誼」打個分數，並說明你為何打這個分數的理由。
 4. 我們上過「友情與愛情」的主題課程，請你說一說這樣的課程，對你有幫助嗎？請說出你的理由。

　　附錄二的整個流程，分為三張A4作業單：「壹、兒童舊經驗提問」、「貳、從『有女懷春』文章摘錄重點，配合兒童舊經驗

教學」、「參、『友情與愛情』主題教學學習評量單」。

　　第一階段的說出內心感受，從第1至6題；第7至9題是學生的認知與經驗歸納後的再發現。

　　第二階段則是開始閱讀文章，從文章中分類出人物的心理反應、生理反應、社會溝通能力。

　　第三階段是教學學習前、後的比較，從這裡可以看出學生學習發展與成長的端倪。

19.

二、把愛一個人的祕密放在心裡面不說出來，這種感覺像什麼？

　　1.好像坐快艇一樣，很快樂、很甜蜜。（劉冠中）

　　2.好像吃蜂蜜一樣，甜甜的。（葉義龍）

　　3.好像天使一樣，很興奮、很快樂。（蔡承偉）

　　4.好像氣球快爆炸一樣，很難過。（王翔俊）

　　5.好像坐在雲上面一樣，很快樂。（邱明景）

　　6.好像火山爆發一樣，會被炸死。（林玉珊）

　　7.好像在天堂一樣，很快樂。（王敏欽）

　　8.好像在地獄一樣，很刺激。（胡宗瑞）

　　9.好像鐵達尼號撞到冰山沉船一樣，很刺激。（李御柔）

　　10.好像在天空飛翔一樣，很緊張。（黃君德）

三、當你把這一些心裡的愛人寫出來後，你心裡的感覺是如何的？

1. 壓力減輕了，因為一直悶在心裡不敢講很難受。（林玉珊）

2. 很緊張，因為想到以前的事，心跳會加速。（葉義龍）

3. 很難受、不舒服。因為祕密都被人家知道了，很後悔。（胡宗瑞）

4. 我很在意愛情這一件事，因為寫出來後很緊張、很在意。（王耿泰）

5. 我變得不在意這一件事，因為寫出來事情就過去了。（江文元）

6. 我很高興，因為心中的壓力減少了。（黃汶婷）

7. 我心情會比較放鬆、不緊張、快樂了。因為我已經把一直藏在心裡的事說出來了。（李御柔）

8. 我會害怕祕密被洩漏出去。（王翔俊）

9. 我會害怕別人會說誰愛誰，我壓力就很大。（江文元）

四、為什麼你心裡愛的感覺和心愛的人，一直都不敢告訴爸爸或媽媽，讓他們來幫助你呢？

1. 因為怕爸爸或媽媽說出去。（王翔鴻）

2. 怕爸爸會很生氣，四年級還那麼小就交女朋友，會打我。（王耿泰）

3. 我看到國中男生、女生交朋友，媽媽說：「讀書不要交女朋友。」，我又怕媽媽生氣，怕她去向對方家長告狀，傷害了我的愛人。（王敏欽）

4. 有次吃飯的時候，叔叔問我：「有沒有交女朋友？」，

我向他說，「沒有。」叔叔就一直笑，說著：「不相信你沒有交女朋友！」，我一直笑著說：「才沒有，不相信就算了！」，爺爺卻在旁邊一直笑嘻嘻的，奶奶就說：「沒關係！不要一直笑，快吃飯。」，我就很怕說出來後，他們會一直笑我，所以我不敢說出來。（陳健峰）

5. 我怕爸爸、媽媽會笑我，說我神經病！說：「那麼小就交男朋友，太小了吧！」（邱于妃）

6. 我害怕媽媽知道後會罵我、打我。（李御柔）

7. 我害怕爸爸、媽媽會對別人講，我就會很難過，怕大家都在笑我。（彭毅庭）

8. 以前我讀一年級的時候，我把喜歡的人寫在一張紙上，一不小心被爸爸、媽媽發現了，爸爸、媽媽只笑我而已，讓我自己去處理。（葉義龍）

五、在還沒有上愛情課以前，你有把心愛的人告訴你的好朋友的請舉手！

1. 說得很詳細的男生八人、女生三人。

2. 說出一點點的男生十人、女生三人。

六、為什麼你們願意把心愛的人寫出來告訴老師呢？

1. 因為老師你像一個藏寶的祕密袋子，所以我就敢告訴你。（胡宗瑞）

2. 因為老師做的每一件事都值得我們相信，所以我把它寫在紙上。（陳健峰）

3. 因為你不會告訴別人，會守信用，而且還為我們解說

愛情。（江文元）

4. 因為老師說的事情就會做到，所以我相信黃老師會為我們保守這個祕密。（蔡承偉）

5. 因為老師會尊重我們的權利和隱私，如果我們請老師不要說出來，老師一定會答應。（葉義龍）

6. 因為我們和老師相處很久了，信任老師了。（邱明景）

7. 因為老師是個信實的人，所以我們相信你。（張耀宏）

七、從你所寫幼稚園到小學四年級「回憶心愛的人」的內容中，你自己認為那是一段愛情的，請發表你的看法並說出為什麼？

1. 因為我和他相處很久了，會為他睡不著覺，一直想他，所以我認為是愛情。（李御柔）

2. 因為相處很久，產生出某種看到她就會緊張、心裡蹦蹦跳的感覺，有時候會想她想到睡不著，所以我認為是愛情。（黃君德）

3. 因為很緊張，好像喜歡上她了，回憶起來很甜蜜、很愉快，所以那是愛情。（陳健峰）

4. 我們都喜歡對方、欣賞對方，所以是愛情。（邱于妃）

5. 我看到她或想到她時，就會坐立不安、心跳會一直加速，加速到自己都會聽得到這個心跳聲。例如：我在看電視時，我看到好像她的人也會這樣，就會再去想心愛的這個人。不管她做什麼事，穿什麼衣服，外表長得怎樣，我都覺得她很美，不知不覺的，她就會跑到我的腦海裡，我會無法控制自己，我會胡思亂想。我還會幻想自己是一個主角，一個很厲害的人，會英

雄救美。所以我這個是愛情。又比如說：我和邱敏維
曾經是好朋友，不管邱敏維遇到什麼困難，我都會去
幫忙他，或是他很想得到的東西，我會想辦法去滿足
他，還會讓他覺得很快樂、很高興，但是我不會一直
去想他，看到他也不會很緊張、心跳加速。我認為這
是友情。而前面說的是愛情。（葉義龍）

6. 如果別人罵我，我一定會反口。但是心愛的人罵我，
我不會反口，還會百依百順的。（莊鉦廷）

7. 我做事常會想到她，又怕別人知道，就趕快去做其他
的事。我有問題問她時，會很緊張，精神不能集中，
會幻想和她結婚的情形。（江文元）

8. 我玩一玩回去時不會想他，這是友情。回家時還會一
直想的是愛情。（蕭宜瑛）

9. 我看她或想她時，就會有一股深情，想的時候會緊
張，半夜會爬起來想她。（王敏欽）

10. 我看到她時會心跳加速，回家時還會一直想她。（邱
明景）

11. 看到他會很緊張。當人家捉弄我，我生氣的時候，一
看到心愛的人就會心平氣和。（林玉珊）

12. 我對一般人不會去想她，但做功課時會想到心愛的
人。（劉冠中）

13. 每天都會想到她，做什麼事也會想到她。（劉芳林）

**八、從這一些發表的內容中，我們可不可以嘗試先找出一
些有關愛情的看法？**

1. （　）會在生活中一直想他或她。

2.（　）看到他或她會很緊張。

3.（　）會為他或她失眠。

4.（　）會因為他或她精神不集中。

5.（　）會自己一個人胡思亂想。

6.（　）會幻想和他或她結婚的情形。

7.（　）看到他或她會心跳加速。

8.（　）他或她在我心目中是完美無缺的。

9.（　）他或她會佔據我的心理地位。

10.（　）看到他或她會緊張、高興、興奮、甜蜜。

11.（　）會對他或她百依百順的聽話。

12.（　）會很喜歡、欣賞他或她。

13.（　）會很怕他或她會去喜歡別人、愛別人。

九、從你所寫幼稚園到小學四年級「回憶心愛的人」的內容中，你自己認為那是一段友情的，請發表你的看法並說出為什麼？

1.我們相處沒有很久。（邱貴志；7、8）

2.大家只在一起玩而已。（王翔俊；29）

3.大家都是同班同學，所以是友情。（林嘉儀；18、19）

4.因為我們年紀還小，所以是友情。（曾若銘；56）

5.因為我們是小孩子，純粹玩玩而已，是玩遊戲的朋友，所以是友情。（蔡承偉；36、37）

6.我回家不會一直想，不會很緊張，只是在學校玩遊戲的朋友。（彭毅庭；9）

7.朋友之間應該是友情。（胡宗瑞；41、42、43、44）

8.我們相處不久，偶爾想而已，應該是友情。（張耀

宏；30）

9.因為是同學，所以是友情。（劉振邦）

10.因為沒多久就會分開，所以是友情。（王耿泰）

11.因為只是朋友而已。（曾詠芝；3、4、5、6）

12.友情就是在學校和朋友玩。（陳毓君；1、2）

十、從幼稚園到國小四年級愛一個人的理由整理中，你發現了什麼？

1.（個性）「因為他很淘氣。」（幼稚園）

2.（個性）「因為她會開玩笑。」（幼稚園）

3.（外表、能力）「因為她的外表很可愛，她很有天分。」（幼稚園）

4.（個性）「因為他很神秘。」（一年級）

5.（個性）「因為她的個性很幽默。」（一年級）

6.（外表）「因為他很酷。」（二年級）

7.（能力）「因為他很會打躲避球」（二年級）

8.（外表）「因為我很喜歡她的微笑。」（二年級）

9.（外表、個性）「因為她很漂亮、個性很溫和、開朗。」（二年級）

10.（外表）「因為她很美。」（二年級）

11.（個性）「因為她心很好，跟人相處會有好結果。」（二年級）

12.（外表）「因為他長得很好看又很帥氣。」（三年級）

13.（外表、能力）「因為她功課很好又很漂亮。」（三年級）

14. （外表）「因為他很有氣質，很漂亮。」（三年級）

15. （外表）「因為他很帥。」（三年級）

16. （能力）「因為我喜歡她的運動精神。」（三年級）

17. （個性）「因為她會關心別人，也很活潑。」（三年級）

18. （個性）「因為她很有禮貌、個性溫和。」（三年級）

19. （個性）「因為我很喜歡她的個性。」（三年級）

20. （個性）「有人講她很兇，可是我覺得她心裡很好。」（三年級）

21. （個性）「因為她愛幫助人，她的內心很漂亮。」（三年級）

22. （能力）「我喜歡他的發問和他的籃球。」（三年級）

23. （外表、個性）「因為她很漂亮，我喜歡她的個性。」（四年級）

24. （個性、能力）「因為他很好又很會運動。」（四年級）

25. （外表、個性）「因為她個性很溫和，外表很可愛。」（四年級）

26. （個性）「因為他很溫柔。」（四年級）

27. （個性）「因為他很會開玩笑。以前他對人很兇，現在對人很好。」（四年級）

28. （價值觀）「因為我喜歡她對功課的態度。」（四年級）

29. （外表）「因為她會關心人，她的髮型、聲音、服裝

都很漂亮。」（四年級）

30.（外表、個性）「因為她會關心人，她的髮型、聲音、服裝都很漂亮。」（四年級）

31.（外表）「一見鍾情。」（四年級）

32.（個性）「她很溫柔。」（四年級）

33.（個性）「因為她心地很好，很善良。」（四年級）

34.（外表）「因為我喜歡他的手球和五官和頭髮。」（四年級）

35.（價值觀、樂趣）「因為我從裡面可以得到許多知識和有趣的事。」（四年級）

20.

這是一九八九年九月十八日《中國時報副刊》第二十七版，作家廖玉蕙的一篇文章：「有女懷春」

　　一星期裡，女兒有兩個下午不用上課。

　　中午吃過飯，母女二人在書房裡，各據一張桌子做功課。兩張桌子間，矗立了一株翠綠的盆栽，高聳近天花板。從百葉窗間不小心滲進來的陽光，透過綠葉、斑斑駁駁的映在女兒的小桌子上。風吹影動，我們就在撲朔迷離的午後陽光裡，一邊做著手邊的事，一邊聊著。

　　通常，我利用這段時間回一些信，或看些閒書，不花很多腦筋，女兒則在一邊寫著國語或算數的作業，一邊和我娓娓談著早上在學校發生的事，私人的恩怨，團體的榮辱，鉅細靡遺的。二人隔著樹影，時而交換個會心的微

笑，時而，女兒起身暱到我身邊，挨擠著，說些悄悄話。遇到開心的事，則二人撫掌大笑，笑鬧成一堆。這一段的午後交心時間，是一場場豐富的心靈盛筵。

三年級開學後，有一大段時間，女兒接連著絮絮叨叨的和我細說著同一個小男孩：「今天我們開同學會，朱公表演頑皮豹，好像喔！好好玩，我們同學都笑死了。」

「今天朱公代表我們班上去參加演講比賽，他講得好好喔！」

「朱公很照顧我們女生喔！今天他還幫我搬桌子耶！朱公長得很瀟灑喔！不信你去看看！」

「朱公留龐克頭耶，現在最流行的耶！」

我一邊寫信或看書，一邊無意識的收聽著，偶爾順口答腔一下，並不當一回事。

我去學校接她，她排著路隊出來，看到我，偷偷地附耳指著隊伍最前端的男生說：「就是他，瀟灑吧！」

我一下子腦子轉不過來，茫然地問：「誰呀！」

「朱公呀！我不是跟你講過嗎？」

我恍然大悟，仔細端詳，一個留著小平頭的小男孩，很普通，並不特別出色，女兒害羞又興奮的跟我介紹：「朱公，這是我媽。」

我看著她那忸怩的樣子，心頭一驚。還不滿九歲耶，未免太早了吧！

從此以後，朱公的一舉一動，一顰一笑，都成了女兒報導的焦點。有一天，兒子從學校回來，跟我說：「媽，我今天看到妹班上那個朱公，土死了！妹妹的眼光有問題。」

妹妹氣得不得了，力辯不果，當場和他哥哥切八斷，絕交。

一日午後，女兒支頤發呆很久，突然問我：「媽！每次朱公跟我說話，我的心就蹦蹦跳，這是不是就算愛上他了？」

我嚇了一大跳，手上的書差點兒掉了。我望著她熱切的眼，只好坦白的回說：「大概是吧……可能講『喜歡』比較對吧！」

女兒大概沒聽到最後一句，她無限快樂的說：「今天放學的時候，他跟我飛吻耶！樣子好瀟灑喔！你都不知道。害我一路上都開心得不得了……」

我聽得目瞪口呆，不知如何接腔，吾家有女出長成，一種寂寞的感覺慢慢地向我襲捲而來。可是，沒這道理呀！她才多大？九歲不到耶！

我不動聲色的聽著，和她談著。一個月以後，有關朱公的種種消息愈來愈少，終至有一大段時間全失了訊息，我試探的問：「朱公呢？最近怎麼沒聽妳提他？」

女兒撇撇嘴，老氣橫秋的說：「我早就不再愛他了。我愈來愈覺得他不夠穩重，至少要像爸爸這樣才行，對不對？反正我才三年級嘛！我要慢慢找！我還會有國中同學、高中同學、大學同學哪……」

21.

「有女懷春」文章摘錄重點訊息：
壹、小女孩的心理反應、生理反應、社會溝通能力？

一、 心理反應

　　1.朱公表演頑皮豹，好像喔！好好玩。我們同學都笑
　　　死了。

　　2.朱公代表我們班上去參加演講比賽，他講得好好喔！

　　3.朱公很照顧我們女生喔！

　　4.今天他還幫我搬桌子耶！

　　5.朱公長得很瀟灑喔！不信你去看看！

　　6.朱公留龐克頭耶，現在最流行的耶！

　　7.就是他，瀟灑吧！

　　8.女兒支頤發呆很久，突然問我：「媽！每次朱公跟我
　　　說話，我的心就蹦蹦跳，這是不是就算愛上他了？」

　　9.她無限快樂的說：「今天放學的時候，他跟我飛吻
　　　耶！樣子好瀟灑喔！你都不知道。害我一路上都開心
　　　的不得了……」

　10.一個月以後，有關朱公的種種消息愈來愈少，終至有
　　　一大段時間全失了訊息。

　11.女兒撇撇嘴，老氣橫秋的說：「我早就不再愛他了。
　　　我愈來愈覺得他不夠穩重，至少要像爸爸這樣才行，
　　　對不對？反正我才三年級嘛！我要慢慢找！我還會有
　　　國中同學、高中同學、大學同學……」

二、 生理反應

　　1.女兒害羞又興奮的跟我介紹。

　　2.我看著她那忸怩的樣子。

　　3.妹妹氣得不得了，力辯不果，當場和她哥哥切八段，
　　　絕交。

4. 女兒支頤發呆很久。

5. 我望著她熱切的眼。

三、社會溝通能力

1. 朱公啊！我不是跟妳講過嗎？

2. 朱公長得很瀟灑喔！不信你去看看！

3. 女兒害羞又興奮的跟我介紹：「朱公，這是我媽。」

4. 就是他，瀟灑吧！

5. 女兒支頤發呆很久，突然問我：「媽！每次朱公跟我說話，我的心就蹦蹦跳，這是不是就算愛上他了？」

6. 她無限快樂的說：「今天放學的時候，他跟我飛吻耶！樣子好瀟灑喔！你都不知道。害我一路上都開心的不得了……」

貳、媽媽的心理反應、生理反應、社會溝通能力？

1. 我偶爾順口答腔一下，並不當一回事。

2. 我一下子腦子轉不過來，茫然的問：「誰啊！」

3. 我恍然大悟，仔細端詳，一個留著小平頭的小男孩，很普通，並不特別出色，女兒害羞又興奮的跟我介紹：「朱公，這是我媽。」

4. 我看著她那忸怩的樣子，心頭一驚。還不滿九歲耶，未免太早了吧！

5. 我嚇了一大跳，手上的書差點兒掉了。我望著她熱切的眼，只好坦白的說：「大概是吧！可能講『喜歡』比較對吧！」

6. 女兒大概沒聽到最後一句，她無限快樂的說：「今天

放學的時候，他跟我飛吻耶！樣子好瀟灑喔！你都不知道。害我一路上都開心得不得了……」

7. 我聽得目瞪口呆，不知如何接腔，吾家有女初長成，一種寂寞的感覺慢慢地向我襲捲而來。可是，沒這道理呀！她才多大？九歲不到耶！

8. 我不動聲色的聽著，和她談著。

9. 我試探著問：「朱公呢？最近怎麼沒聽妳提他？」

參、小男孩的個性、能力？

一、個性

1. 照顧我們女生喔！
2. 很瀟灑喔！
3. 飛吻。

二、能力

1. 表演頑皮豹，好像喔！
2. 參加演講比賽
3. 幫我搬桌子耶！

三、外表

1. 留龐克頭耶！

肆、哥哥的心理反應、社會溝通能力？

1. 哥哥說：「媽，我今天看到妹班上那個朱公，土死了！妹妹的眼光有問題。」

伍、請說說自己對文章中的觀點？

1. 請你自己回想，想念你心裡的愛人時，那種支頤發呆的生活事件三個。

2. 請你從「有女懷春」的文章中，判斷一下女兒對朱公的感情，是一種愛上他的「愛情」，還是一種喜歡的「友情」？並且說出為什麼你會這麼認為的理由。（可用文章或自己的經驗當證據舉例子說明）

22.

「友情與愛情」主題教學學習評量單：

一、在還沒有上「友情與愛情」的主題之前，請你給自己對「這份情誼」打個分數，並說明你為何打這個分數的理由。

二、在還沒有上「友情與愛情」的主題之前，大多數的同學認為自己是「愛上了某一個人」，但是上完這一個課程幾個月之後，你認為你對「男、女感情的看法」是屬於「愛情的」或是「友情的」，請說出你的看法和理由。

三、　　上完「友情與愛情」主題的課之後，到現在你可能經過一段時間的思考與學習，請你現在為「你的這份情誼」打個分數，並說明你為何打這個分數的理由。

四、我們上過「友情與愛情」的主題課程，請你說一說這樣的課程，對你有幫助嗎？請說出你的理由。

葉義龍同學：

1.40分。因為沒上課以前，自己太笨了。只是盲目的亂愛。並不懂要怎樣愛？只知道我喜歡她，她喜歡我，而不知道自己愛她什麼，只看優點不看缺點。真正愛情的觀念是什麼？覺得自己不夠成熟。所以給40分。

2.愛情，因為自己還是無法忘懷。不管有什麼阻止都不管，只是無法忘了和她在一起的那種快樂的感覺，也無法擺脫她，更控制不了對她的想念。不管下定多大的決心，只要她一對我好，我的決心就被瓦解了，對她的事也越來越想知道，想盡千方百計，只為了和她在一起。所以認為是愛情。

3.85分。因為在上了「友情與愛情」的課後，自己更成熟了。更了解愛情的定義和觀念了。愛她會看優點和缺點，不像以前只看她的優點。更不像以前像瞎子閉著眼走路，現在會睜開眼睛仔細的選擇下一步。但有時還是控制不住我自己。所以給85分。

4.有。因為它讓我更成熟，睜開眼睛走，也更了解愛情的觀念。看人會看，所以有幫助。

邱于妃同學：

1.80分，因為還沒上課之前，每次看他，都覺得很刺激，但沒人知道我喜歡他，所以會很緊張。但是又覺得這樣很像小偷一樣，又不敢告訴別人，所以打80分。

2.我認為是屬於友情的了。也許後來覺得好像他有一點點不好的，過了幾個月，也沒有像以前那樣快樂和刺

激,也可能覺得沒那麼好了吧!所以我認為變成是友情了。

3.90分,因為不用躲起來像小偷一樣看他,也不會覺得有壓力,很輕鬆的可以跟他在一起聊天說話,不像以前那樣子,緊張得要命,所以我打90分。

4.有。能讓我可以不必像以前那樣緊張,只為了瞄他一下。而且能使我了解別人用什麼方式去接近他的愛人,也可以做參考,也能使我知道每個人心目中理想的人選,所以我認為有幫助。

王敏欽同學:

1.100分。因為我很喜歡她,但我認為我和她是愛情,不知不覺地會在腦海中想她,又想常常看到她,會暗中去想她,不知她對我的感情如何?希望她也喜歡我。所以我給這份情誼100分。

2.是屬於愛情或友情的都可以。因為以自己來決定,這是屬於個人的看法,沒有人限制你一定是愛情!你一定是友情!這都是由個人掌握的,不由人家操控,我認為現在成為友情了。

3.90分。因為我現在還不知道愛情、友情是什麼,就亂判斷愛情、友情,所以我給這情誼90分。

4.有。老師上了課後,我了解到了愛情、友情是由自己來掌握的,以自己的感覺來判斷。

23.

　　邱明祥對於愛情是很簡單的，他很直覺地認定第一眼是愛情，或是友情。

　　閱讀這一份資料的歷程讓他更堅定，每個人的戀愛過程、情誼過程，摸索時期都是一樣的模糊。

　　人類的共同課題是可以分享、討論、澄清、延伸、提供社會性支持的團體，而「愛」就是「愛」。

　　他更愛老師的四年級學生作品，每一首都會觸動他的記憶，從幼稚園開始。

　　然後一年級，然後二年級，然後三年級，然後的其他年級，他開始喜愛「從前，從前……最後他們過著幸福快樂的日子。」他翻動自己的小時候，一片片思念像楓紅之悸動，像春天之嫩的青楓葉上，一群毛毛蟲啃下唇印。

我的愛人
（邱于妃）

在百葉窗前，
隱隱約約
瞄到那個人。
臉上
雖然很安靜，
但是心裡
卻在颳颱風。

我時常在想
和他一起的
往事。

這些已都成了
甜蜜、美妙的
歷史。

我的愛
（蕭靜雅）

我們在一起時
就像在天堂很好玩，
分開就像在地獄受苦。
不多看、不多聽
只認定這份感情。
不需要說愛。
你愛我，
感覺好像揭穿的空虛，
被黑夜燃燒心底。
說感情很假，愛來愛去就算了吧！
你在我心目中永遠是白馬王子，
不管你多麼醜，在我心中就是很帥的。

夢

（王敏欽）

我在睡得安安穩穩的，
你就在我腦海裡搗蛋，
你就好像頑皮的小孩，愛搗蛋，
使我開始在腦海裡跟你玩了起來，
又使我感覺好像不是在睡覺。

你慢慢把我帶進夢境，
好像領導者，
你呈現一些奇奇怪怪的圖片，
你就像是圖畫書一樣，
真是有模有樣，
使我產生各種
感覺、幻象，
好像真的發生了，
真是令我感到好奇。

你究竟是什麼呢？
讓我摸也摸不清、抓也抓不透。

愛人（黃君德）
我在涼亭吹著涼風
看著太陽聽著鳥叫

教室小說工房

看著愛人
我們一起說著笑話
談著心事
心情快樂
才回到家
回到家裡
一直發呆
不想吃飯
看著照片
不肯放棄
美麗愛人

無名

（林玉珊）

在靜悄悄的夜裡，
我聽到他在叫我的名字。
我的心一瞬間跳得很快很快，
不知不覺，我感覺好像在天空上飛。
可是我知道這是在做夢，
可是是我特別喜歡的夢，
不知不覺，慢慢的天亮了，
一陣大叫聲把我吵醒了。

無題

（王翔俊）

我在寫功課的時候，
有一個小女孩，
一直吵鬧。
我就很想要離開書房。
但是我不知道她是一個可愛的小孩。

我叫她去玩玩具，
她玩的時候，
玩得真可愛。
她好像漂亮的天使、
她也好像是個吃人怪物，
我躲躲藏藏的，
被她發現了。
我真是不好意思，
讓她被抓到，
她玩得很高興。

我捨不她回家，
因為她很好玩，
又很可愛、又令人喜歡。
又很漂亮。

寂寞的月亮

（江文元）

一天快樂般的夜晚

有個充滿童年的月亮

突然

有個寂寞的氣息侵襲月亮

使月亮彷彿聽不見　看不見　說不出話來

夜晚的鐘聲噹噹的響著

鎮裡的小朋友已經沉睡於夢想裡了

只有月亮還醒著

它的童年

有如樹葉被風吹去

有個孤獨的夜晚

月亮想像麻雀般的歌唱

但是它的話

有如粉筆灰被板擦擦去　一點聲息也沒有

它的憂懼與寂寞

擺盪在它的心裡

它的童年與快樂

彷彿在沒有色彩的世界

陌生的夜
（劉振邦）

天空突然下雪
慢慢堆積草叢間
就像我對你的思念
日復一日從不擱淺
處在不同的地點
時差分隔地和天
縱然這一切太遙遠
對你的愛從沒改變
陌生的人　陌生的臉
陌生的城市　在異鄉的夜
和我同行是我長長的身影
而你只是同懷
陌生的床　陌生的被
陌生的房間　想著你的夜
反反覆覆回想你的從前
才能合眼　安心入眠

我美麗的愛人
（陳健峰）

溫柔地，美麗的眼睛，
使我被她吸引。

教室小說工房

她那一雙迷人的眼睛，
不知有誰可以征服？
一開始，我也努力地不讓她迷上。
最後，我的心裡像隻小鹿四處亂撞一樣地
一不小心就喜歡上她。

她的頭髮像墨水一般地濃黑，
想不到她的聲音
像小羊一樣地溫柔。
她的笑容使我變成像在藍天飛翔一樣的快樂，
而最讓我心動的是
她跳舞的樣子，
像天使一般地讓全班注目。

我到這時還是想不通，
愛她的人，
怎麼像世界的樹一樣地數不清？
我會怕愛人被奪走，
所以我要努力，別讓愛人不愛我。

每次我的心裡會存著
像老師關心的話一般，
告訴我自己，
努力不要放棄。
這句話，一直讓我追求著她。

我的愛情
（葉義龍）

我們在一起時
有如吃蜂蜜。
我們分開時
有如刀割心。
她像魔鬼一樣佔據了我的生活，
可是，她在我的心目中是永遠的天使。

她就像座冰山，
我要用我的熱情把她融化。
請給我愛的陽光，
讓我心中那愛的種子
發芽。

每次看見她，
我心中的小鹿就會四處亂撞。
請把燈打開，
讓我看清楚愛情的樣子。

我的愛人
（彭毅庭）

有一天
我突然愛上

教室小說工房

一個人
名叫小美

有一次．
我在房間
看書時
想到我的愛人
害我
嚇一跳

又有一次
我在
寫字時
想到她
就寫錯字

之後
我也不喜歡她了
我們也成為
好朋友
常在
一起玩

我的愛人
（王偉華）

如果我在睡覺的時候
緊緊的抱住愛人
當我在睡覺的時候
她還說：我還好嗎
我心裡會蹦蹦跳
我覺得她很可愛
又令人喜歡
我喜歡她的笑容
看到她的笑容
我就很高興
不管穿什麼衣服
我最喜歡

我的愛人
（邱明景）

我在百葉窗前寫功課，
隱約的看見她，
她手上拿著錢包，
帶著小妹妹，
往商店的方向走去。

第二天，
她一個人，
走在寂靜無聲的街道上，
突然，
一陣風吹來，
她的秀髮，
在風中飄揚，
多麼亮麗、皎潔。

她叫「小莉」，
小莉
是我替她取的名字，

我的愛人
（劉振邦）

我的愛人有一對美麗的眼睛
天天穿著漂亮的衣服
配著黑色的頭髮和褲子
她個性溫和 不愛打人 身材高
常常對同學很好
上學時我都會想到她
如果她被欺負我會幫助她
不被別人欺負
有一天
她轉走了

後來我知道她家

我的愛人
（劉子謙）

在神奇的滿月光下，
我想起愛人。
天空中的滿月，
像是她的小臉蛋
一樣皎潔。
黑色的雲
像她那黑色的秀髮。

我最喜歡看到她笑，
因為她的笑容，
讓我很有信心。

我的愛人
（蔡承偉）

有一天，
我突然愛上
一個人，
她名叫小美。

教學河戀

教室小說工房

有一次，
我在房間看書，
一想到我的愛人，
讓我自己
嚇一跳。

又有一次，
我在寫字時，
一想到她，
就寫錯字。

之後，
我也不喜歡她了。
我們也成為好朋友，
常常在一起。

我的愛人

（莊鉦廷）

我的愛人有黑森森的長髮，
還有一對亮亮的眼睛。
她的身材很高，
她常經過我家，
我都會看著她。

上學時我會注意，她有沒有被人欺負。
如果她被欺負了，我就會挺身而出
幫忙她不被欺負。
後來她轉學了，
我再也沒看見她了。
有一天我知道她家後，
我馬上去她家玩。

我和她做了好朋友，
天天在一起玩。

我的愛人
（胡宗瑞）

我的愛人像小羊一樣，
每天跑步活動，
對人和氣有禮貌。
真像是一隻小小羊。

我的愛人像一隻牛一樣，
很文靜活潑，
真像一隻牛啊！

我的愛人

（林嘉儀）

我的愛人很酷，
他很會打籃球。
雖然他兇，
但在我的心中，
永遠都是很好的。

有時我在想
我和他在玩的事。
睡覺的時候，
我都在想他有沒有
愛上別人？

我的愛人

（林玉珊）

我在百葉窗前看著他
拿著皮包往前走，
我的心跳跳得很快，
我很緊張又有一點高興，
我感覺我好像在天堂一樣。

我很想讓他注意到我，

不知不覺地，
他看到我在偷看他，
他就跑過來，
我趕緊蹲下來，
可是被他看見了。
他把他的頭靠在百葉窗，
把我嚇了一大跳。
我流了滿身的汗，
害羞的站起來。
我很想回到那一天。

我的愛人

（王翔俊）

如果我在睡覺的時候，
緊緊的抱住愛人。
她會對我說：「你還好嗎？」
我的心裡會蹦蹦跳。

我覺得她很可愛
又令人喜歡。
我喜歡她的笑容，
看到她的笑容，
我就很高興。
不管她穿什麼衣服，
我多喜歡。

我的愛人
（蔡承偉）

我的愛人名叫君君，
在我第一眼
看到她的時候，
我就被她吸引了。

我喜歡
她美麗黑色的長髮，
我喜歡她像月亮的眼睛，
我喜歡她穿的服裝。

我的愛人，
她有一顆善良的心。
她常常去幫助別人。

我常常想她，
能不能和她在一起？

我的愛人
（王耿泰）

有一天，
她不跟我玩，

我很傷心。
每次我踢足球
想到她，我就會精神百倍。

我邀她去踢高飛球
她就一口答應，我很高興。
她跟我
一起。

我的愛人
（江文元）

不知怎麼搞的，
像被愛神邱比特給射了愛神箭。
我忽然愛上純真無邪的女孩，
她那讓人一看到
心就亂跳的眼神。
光滑的頭髮，
以及多麼活潑的聲音，
使我恨不得馬上跟她結婚。
我一靠近她，就覺得
心裡有一隻名叫斑比的頑皮小鹿在亂跳。
她對我兇，使我覺得悲傷，
所以，我對她更像對我的表妹一樣溫柔。

早上閃耀刺眼的陽光，

一不小心射穿紗窗，就照在我臉上。
讓我想起
愛人現在在做什麼？
是不是還在睡她那甜美的覺？
還是已經伸了嚴肅的懶腰？
吃完早餐就去學校了。

快樂的我還記得，
有一天
我想像，我跟她
坐在夢想般的草地上。
那天已經夕陽落下，
到了眉月的晚上，
我們不耐煩的談著。
忽然，
她那溫柔的嘴唇，
輕輕地碰在我的臉頰上，
我一感覺到
臉色馬上變成如紅蘋果一樣地紅。
我一想到這，
眼睛就瞇成一團。

魔術般的滿月晚上已到來，
我閉上我那已脫舊的眼睛，
進入睡夢中，
準備迎接脫胎換骨的早晨，

在我的記憶裡，
我的愛人是我一生中，
最完美、最善良的人了。

友情
（王敏欽）

我和愛人
現在還沒有深入的
友情
我們現在還在互相了解對方
我和愛人
就像剛走出
百葉窗去看看友情
究竟是什麼

我喜歡她穿各種衣服
她長長的黑色頭髮
她的臉
那麼漂亮

我喜歡她
但不知道她喜不喜歡我
我表明了
我對她的友情

這可不要破壞
我和你之間的友情

無聲的夜晚
（李御柔）

在一個安靜無聲的夜晚，
形成了我們的火花。
一間屋子，
一張灰色的桌子，
兩支火燭讓我們互相相愛。

點火燭
我才看見他的
內心、外表、個性和才能。

讓我對他存一個深刻的好印象，
也讓我們彼此相愛，
彼此互相照顧。

我的愛人
（邱明景）

　　我的愛人叫「小莉」，她長得很漂亮，好像一朵紅花，她的個性老實，也很有氣質，態度也很好，服裝、髮型、聲音都很漂亮。我在校園中，無時無刻地在校園的一

角，偷偷摸摸的看著美麗的她。上課時，我要是沒有和她坐在一起，或是沒有和她一組，我就會很生氣，好像火山爆發一樣，想要淹沒大地，把大自然毀滅。

我在家的時候，會一直的不停的想她，可是我在夢中想她的時候，爸爸、媽媽一定會來搗蛋，把我叫起來，叫我去打槌球，把我的白日夢一一的打碎。晚上，我在床上睡覺的時候，我就一直想她，想著：「我為什麼喜歡她？是因為什麼原因？」我正在想這個問題，但一直想不出答案。隔天，我去問老師，老師說：「你還是自己慢慢的體會吧！」

我在校園裡，像呆子一樣，坐在椅子上，沒想到葉義龍不去打籃球，反而來和我討論這一件事，他說：「我和你討論，好不好？」我覺得他的話讓我振作起來，我們一直討論到上課，剛好葉義龍坐在我的旁邊，我就跟他借東西，他也和我借東西，我們借過來又借過去的，下課時，我們又在討論「愛情」的問題，我們就這麼過了今天。

後天，我們又在一起討論，什麼叫做「愛情」，什麼叫「友情」，為這一個問題，我和葉義龍到了圖書館找尋資料。我們找了十分鐘，卻找不到資料，所以我們漸漸的灰心了。

可是我很想要知道答案，所以我們還是繼續找，心想：「是不是我們知道得太少，所以找不到資料？」上課時，我們像呆子一樣，聽老師上課。下課時，老師特地叫我們過來，說：「你們有什麼問題，為什麼會心不在焉呢？」葉義龍說：「我們是因為愛情和友情分辨不清楚，所以才這樣。」，老師說：「原來如此。」所以老師放我們回去，我

們又去圖書館找資料，可是還是一無所獲，雖然如此，我們還是不罷休，一直找到上課才有休息的機會。

　　我們在下課時一直的找資料，卻一無所獲，放學後，我自己到了大安活動中心的二樓圖書館找，也是找不到，後來，我回家以後，吃過晚餐後，看看時鐘，發現已經七點半了，我回到房間，躺在床上，玩玩小白熊，再玩玩具，玩了一小時半，走出臥室，抬頭看看時鐘，發現已經九點了，我就趕到洗手台前刷牙，準備上床睡覺了。我在床上，轉來轉去的望著窗外的月亮和星星，我把心中的感覺，用心靈傳達給我眼前亮麗的月亮，這好像母親一樣的星星，照亮人生的路程。我一邊想像她在家中做些什麼？一邊看著七龍珠的漫畫書，在月光下慢慢地進入夢鄉。在夢中，我和她步入結婚禮堂，正式成為夫妻，過著快樂的日子。

　　有一天，我在上課中，聽見老師解說什麼叫愛情，什麼叫友情，我心中覺得很高興，我終於了解了友情和愛情的分別，我的心中就感到很高興、很滿足。

我的愛人
（葉義龍）

　　我的愛人是小蜜，她有一雙明亮的眼睛，像天上的星星一樣的美，還有一頭像墨水一般烏黑發亮的長髮，她的臉長得很美。

　　有一次，吃完午餐後，我和她擦身而過，突然間，我被她的眼神吸引住了，我感覺她的身體變得好美，那是我第一次感覺，我被電到了。

　　回到家，果然心裡不斷地想著她在學校做的事。從今天以後，我只要一看著她，心跳就會不停地加速，連我自己都控制不了自己。一想到她，我就感覺好像吃蜂蜜一樣甜甜蜜蜜的。每天一到學校，我都會先看看她的座位有沒有她的書包，如果她還沒來，我一天都沒有精神；如果她有來我就會很高興。

　　我會在她的面前炫耀我的才華。每一次我打籃球，我和她一隊，我都會想法子讓那隊贏。還有她不管打扮得怎麼樣，下課時，我會四處看看她在哪兒，每天早上起床時，我都會把自己裝扮得很帥來吸引她的注意。

　　有一次老師打她時，我很難受。有人跟她玩，我會吃醋。我常常會想她在學校做事的樣子，一邊想一邊發呆。

　　有時，我做夢的時候，我都會夢見她。無聊的時候，我會幻想自己是一個又帥又有武功又有法力的白馬王子，她是一個柔情似水、大方美麗的白雪公主。而我的情敵是一個又醜又卑鄙無恥的大壞蛋，有一天，他把公主抓走了，然後我就用我的法力和我的武功跟他大戰三十六回合，結果我打敗了他，救出公主。這是一個完美的故事啊！希望真的能這樣，那該有多好呀！

24.

　　「這是一個完美的故事啊！希望真的能這樣，那該有多好呀！」

　　這一句結語讓邱明祥笑得人仰馬翻地躺在床上滾來滾去，他只是一直想笑而已。這一句也成為邱明祥的經典之語。

　　邱明祥想著上個月，班上的兩性教育課程「衛生棉」讓他回味無窮，他看著自己交給老師的文字稿，這影像就在目前：

　　　　考試後，老師說要給我們上的兩性教育課程分別是「兩性生理學」、「兩性社會學」、「兩性心理學」。

　　　　我們第一堂課教到了：陰莖、勃起、大小陰唇、夢遺、射精、做（造）愛、月經……等。這些我在書上有看到，跟老師介紹的一模一樣。

　　　　說到了大小陰唇、月經，還有一個白帶。老師叫我們帶衛生棉，老師親自站在講桌上示範使用方法，大家都笑到不行，但老師還是繼續，我真佩服老師這般勇氣。

　　　　老師教了我們衛生棉的使用方法，還有什麼一般型、夜間加長型、量多量少的衛生棉，也有游泳用的哩！

　　　　我回家試了一下衛生棉，我貼在褲子上卻一直掉，等我穿上去之後，屁股感覺刺刺的，走路的時候，肛門鼓鼓的，好像拉了一坨屎在上面似的。另外，睪丸的位置變得好大，晚上睡覺也很不舒服，幾乎整晚沒睡。我以後不想再穿衛生棉了，我終於體會到媽媽包衛生棉的心情了。

　　那幾天裡，邱明祥和李紋娟交換了兩性教育，「生理課報告」文字寫作稿，他再度拿出來閱讀：

　　　　從那郊外的豔陽，走進教室裡，我們就開始了這一連串的課程。外頭的冷風敲著門，等待上課時他在我們身邊，但是在上課的那一刻，不知道是不是等太久了，他早已悄悄離去這扇已經敞開的大門。

　　充滿笑聲的教室裡，卻有著一位認真的老師和一群活潑可愛的學生討論著生理學的知識。在男性生殖器官或女性生殖器官裡頭有著不同的笑話，看到老師畫圖的功夫，每位同學都笑得人仰馬翻，而我更是笑得肚子痛，但是對照起來也一樣，神功。也許，如果沒有每個人的笑聲，這堂課便沒有任何美好回憶，也不會留下大家深刻的印象。每個人的一顰一笑點綴著窗外蔚藍的天空，刻畫上大家這堂課共同的回憶。

　　大家又笑了一聲，生理課的話題不停。討論到衛生棉，大家也有著不同想法。在愉快的氣氛下，老師發給我們免洗內褲，還站在講桌上示範衛生棉的使用方法，真是讓我們大開眼界，也覺得他是一位敬業的老師。但是愉快的氣氛都在鐘響後跑得無影無蹤，不管是大家的笑聲，或者有趣的言語，都隨著夕陽下山，走進每個人的夢裡，欣賞著迷人的風采和溫暖的氣息。

　　這一夜，屁股下墊了一塊衛生棉，真是太痛苦了，雖然有閃爍不停的星星和散發明亮的月光，依然在床上翻覆不停，像中了毒似的，脫離不了衛生棉的魔掌。回頭想一想以前的人，似乎比我們更可憐，我們有衛生棉可用就已經比他們好上好幾倍了，只能說老天爺給女孩子的禮物是我們不能接受的，也是我們不喜歡的，就算這是一份代表我們已經長大的禮物。雖然如此，我們大家依然在痛苦中慢慢接受。

　　假期的早晨，陽光映在我的臉頰上，照映在我的窗戶玻璃上，樹上的鳥兒也都起床了，花兒的香味從花圃飄了過來，我縮在溫暖的被窩裡，依然感受得到那一份痛苦。

走起路來失去平衡的小鳥，差點兒撞到牆壁。真希望可以早點把它丟了，希望我以後都用不到它，但是那是不可能的。我感受到這一天的不愉快，鳥兒的叫聲聽起來卻是那麼的討厭，花兒的模樣看起來卻是那麼的沒精神，讓我希望今天趕緊結束。

體驗完「衛生棉之旅」，就像得到了解脫，從地獄升到天堂，再一次有了新的感受。痛苦中找到美好，或許記住這次的回憶，在困境中就能找到答案來，再一次的幫助我。夜晚的星空變得更亮了，找到最亮的星星，在這次的心得裡。

邱明祥看完李紋娟的報告，心裡對黃老師不知是該氣他，還是該拿他出氣，或是心中喜歡他的教學感覺，讓邱明祥願意跟著他玩耍，當他走在老師身旁，他總是對其他同學介紹：「他不笨，他是我兄弟！」

或許徐朝霞的一首曲子「糊」是能夠傳達這感覺：

這是，／光嗎？／我深深的／問著？／聆聽著／那首來自遠方的／歌曲……／來自那座／小島／潔白的歌曲……／／思念的感覺，／再度，／湧上心頭，／海的遠方，／天空的盡頭。／星星／點綴，模糊，／月亮，光芒。／／下雪了，／這可能對／太陽來說是／一大過錯，／對我，／來說／則是魔幻的／召喚……

第九章　畢業考

> 應該站在藝術家的觀點上看他們的創作，藝術就像生命，深刻探知其中的為什麼及如何達到，遠比詢問那到底是什麼要來得重要。（史蘭倩絲卡）

1.

黃老師語文教育研究所的論文資料收集，已告一個段落。他對全班同學在這一年來的教學紀錄作業，充滿著感恩。

「沒有和你們這些孩子一起走過來的歲月，就沒有這一份真實的紀錄影像。」他在全班面前說過這樣的話。

他把論文「童詩閱讀教學探究——以『在夢裡愛說童話故事的星星』為例」交給秀威出版社，這一份真實的紀錄影像就以教育小說稿「收藏回憶中的教室盒子」存在這本書裡。我們以後每人都會有一本，這就如我們班上走過的班級歷史紀錄片一般，我們共同擁有。

蔡詩修還是保持每天早到學校，和陳芭麗在導師室一起手磨咖啡豆，發出「嘎——嘎——嘎——嘎——」的豆磨聲音，把一天的工作進度打開。光線還輕鬆的時刻，他倆手沖一杯香醇果甜的咖啡香，散溢在教室內外，當同學們的笑容走進教室，拿出家庭聯絡簿中的短詩感受，置放導師桌上時，咖啡、詩就是這一天的晨讀時光。

教學河戀
教室小說工房

　　這一天之後的二個星期，我們班上沒有回家作業，只參加了老師獨自為自己班上指定的成長儀式：「六年四班畢業考」，這是長時間的思考統整歷程，經過這一時段獨自面對一份高難度作業的歷程，我們的工作態度就有一個固定下來的習慣。這和上學期的語文科考試不一樣，上學期班上的期末考是「國語科的人生體會」，題目是我們從老師的E-mail信箱自己捉下來的，老師給我們密碼，寫完作業後再回傳給老師，我們班上有一個共同的感覺，作業可以和大家分享，家長也可以看這一些教學作業單：

國語科的人生體會

　　從開學到現在（9月至11月），我們國語科上了一些課外資料和課文1至8課，請你把上課到現在的「人生體會」寫成一篇「記敘文」，文本中要舉出一些文章中的內容來當作例子。

蔡詩修早到校，在電腦前閱讀房文琪的E-mail：

　　開學到現在已經三個多月了。開學第一天，我一走進教室，就看到「黃臉婆」正笑嘻嘻的和同學們聊天，看見新老師，我在想他的教學方式一定很特別。
　　果然不錯，黃老師運用許多老師都不會用的基架教學法，基架教學法是把整課或整個單元整合起來，一個個排好在黑板上。黃老師還把基架教學法運用在數學、自然、國語、社會.、健康和體育上，這讓我很驚訝！

　　老師還有一個特色，他會在一個單元或一課教完時，說一段「這一個作者要告訴我們的人生道理」，全班在他的潛移默化之下，也都很會修改文章和體會文章，現在全班都知道一篇文章一定有作者要表達的人生道理。

　　老師還幫我們上了很多課外資料，像是「模仿貓」、「在夢裡愛說童話故事的星星」、「跑道」、「月光秋涼」、「天地－沙鷗」、「生之歌」、「無題」等等。

　　「模仿貓」是一隻喜歡模仿別人的貓，但是到最後他追求到兼領悟到的事情是──靠自己的特殊能力來努力、來肯定自己。

　　「跑道」這篇文章，是在敘述一件發生在運動會上的事，是在說明兩位同學（好朋友）之間因為「棒次」起了衝突的事件，人生總有跌倒的時候，要學著自己站起來。

　　「天地－沙鷗」這篇文章讓我體會到人生的努力、奮鬥的精神，讓我對這篇文章的感覺也非常深刻。因為在這篇文章中，他提到為了達成自己的夢想，永不放棄，繼續屹立不搖的達成自己的夢想。這是人生中必須經過的成長，只要不怕困難，你的人生就會像模仿貓一樣多采多姿。

　　「在夢裡愛說童話故事的星星」這一句詩，讓我體會到父母親的愛，也讓我對這一首詩很難忘，因為這首詩，老師在作業單出了很多思考題，所以我印象特別深，它能使大家體會到父母親的愛。

　　「生之歌」這篇文章讓我體會到大自然生命的重要性。文章中的飛蛾被作者一抓，在作者的手裡不停的掙扎，作者看到了這小小的生命一直不斷的掙扎，使作者很感動、溫馨，就忍不住把這小小生命放開了。

教學河戀

教室小說工房

　　「無題」這篇文章使我體會到愛是這麼可貴、溫暖。尤其是在文章中第二、三段中寫的「有一天，我們坐在松針堆上。一切靜悄悄地，我把他的頭靠在我的心。」這些文字讓我感到溫暖、可貴的愛情，使我非常感動。

　　老師還給了我們一篇他自己寫作的小說，在這裡面，我覺得這篇文章寫得很好，其中記載著黃老師之前教的學生的故事，充滿了老師和學生在一起生活的點點滴滴。

　　看過這篇文章，大家就應該知道黃老師的厲害了吧！所以我們才會在這方面特別明顯的上升、進步。

　　老實說，一開始我真的很不想寫老師您的功課，後來老師慢慢發給我們一些文章，那些文章讓我知道人生的意義，像「模仿貓」這篇文章給我的人生意義是：「不是每個人都是缺點，只要慢慢尋找就可以找到自己的長處，不再亂模仿他人」，像這篇文章帶給我那麼大的意義，我一開始都不知道，可是等老師上了這篇文章的課程時，我開始覺得很好奇，如果老師沒發資料，我們根本連人生的意義是什麼都不知道。

　　老師一直發資料，我看到那一疊資料，嚇了一跳，那一疊資料都是老師要幫我們上的人生課程；一開始老師到我們這班時我嚇了一跳，可是看到同學很高興，還好老師有幫我們上人生課程，才能懂這麼多人生的意義。我看到老師幫我們發資料、打資料打到半夜，可是我們的考試都考得不太好，老師仍然沒有放棄我們班，要把我們班教到會，謝謝老師幫我們上人生課程，謝謝老師發給我們資料。不過我覺得老師好像有點愛生氣耶！希望可改進喔！

2.

四十歲，審判中年

清晨，光掩飾不了謊言。如烏頭翁鳥引吭湛藍，
石階上任憑青苔與露水密談和解。
站在山巔上，綠色與水藍。始終輕盈的名字，蘆葦與飄動。
中年，字與字涉世未深，逗號般腳步，急欲擁抱泥土。
如霧氣，走上山間迴廊。

綠色，沙鳥，從朦朧綠色飛向藍天。
隱祕蠢動生活，驚醒春季傳出草叢。

坦白衝入，藍色海岸線。
一艘船棲息海中央，起伏藍調。
突然，虛無安排空間，藍色推著藍色，行走。
我的靈魂，來回沙上，腳印如船。
彷彿貝殼沙，襯著天際，藍色推著藍色，行走。

不惑之年的經驗基調，蓬頭散髮的生活俳句。
每一字，口語化的調子，河流與海洋的交點。
傳道者，沒落成一首詩。

四十歲，言語如風，扣留每一個段落，推敲，死亡和思考
尋覓距離。

白晝拒絕放在詼諧中，傍晚來臨了。捕獲，流浪，放在日子。
夜，露面，逼近，星光。同時表達，我們和天空的關係，
印刷傾聽。沒入遠方。
聖靈，降臨，有祂的姿勢。那裡，發現一片月光，森林破
碎的缺口。
如現象這一回，暗示陳述句，無法言傳孤獨與贊歌。
宛如冒號般引誘言語睡在寂靜蓆上，等待回答。

風，虛靜。人群投射陰影。月，燃燒。光滑翻騰思緒。
水聲，流逝人生符號。風聲，徘徊海岸邊唯一的白。

一夜清明時節，月露銀白。
與風與水和鳴聲響，綠意盎然地盤結年歲。
如晚蟲唧唧，彈奏夜的金色曲子，包籠整個天空。
掏耳朵的童年臥在母親膝上，泛出皺紋。

回憶的果核，站在那裡，傾聽自己。
我不知再寫些什麼，文字，
那已成為過去。蹤影，接觸成昔日。

　　這是六年四班語文科畢業考試卷，詩一首「四十歲，審判
中年」，請自定一個「評論四十歲，審判中年」這首詩的題目來
參加這次的畢業考，祝好運連連！（你這一年的閱讀、思考、寫
作、評論，將在試卷中看出你的學習狀況，不要大意，老師從這
裡看你的功力，你一定會……方向是自己給的，體驗！）

　　這是2001年9月18日《聯合報》副刊，對於第二十三屆聯合報文學獎新詩獎的決審會議紀要。這次參選的三百九十六件作品先由零雨、唐捐、陳大為、陳義芝等四位進行交叉初複審後選出十五篇，交由決審委員向陽、林泠、焦桐、簡政珍進行討論決審。

3.

　　黃老師也把《聯合報》副刊上的這幾天報紙剪貼，報紙的影印稿都一一發給孩子們，方便大家閱讀評論時引用資料。

　　三個星期後的E-mail信箱裡，漸漸地傳回考試資料，這是一份沒有成績的試卷，只有通過與不通過。如何閱讀、如何評論都是自己做決定的，黃老師說：「畢業前要學會自己做決定，人生其實是簡單的，只是因為我們害怕做決定，所以把自己糊弄得複雜了。我在E-mail信箱裡，看著你已經長大了。」蔡詩修和陳芭麗是負責收信件存檔的孩子，他倆先看見了陳又銓同學畢業考評論的答案卷：

　　　　這首詩所表達的童年的時光，雖然只是短暫的，當我在不快樂時，想到我的童年，它總是讓我的心情一下子轉了過來，就算童年的時光不再了，但在我腦海中的記憶是，童年不管我是否長大了，你永遠都會活在我的回憶中，不論我的命運如何，它都會陪伴著我直到最後。

　　　　這首詩有些地方我覺得不好，像是「石階上任憑青苔與露水密談和解」這一句，它並沒有寫得很清楚，它並沒

有描寫出青苔與露水是怎麼密談和解，說不定是用滑動的方式，說不定是用從空中滴下來的方式，有著許多種的密談和解的方式，如果再把這個句子寫得更具體，寫出是如何密談的，一定會讓這句變得很生動，因為當你寫出它們的表情、動作時，會讓這段更有力量。另一個想法，作者在「石階上任憑青苔與露水密談和解」這一句刻意的不描述清楚，是為了使讀者造成思考意象圖片嗎？

這首詩有著特別的力量，在這首詩中，有些段落讓我覺得悲傷，這股力量還不斷湧出，在這首詩中的每一個字，讓我感到不同的感受，有的高興、有的難過，有些讓我感到很慈祥，有如童年的時光再一次的回來了，我也將告別我的童年。最後給我的感覺是，雖然人老了，但其實有些人老了之後，才是真正快樂和體會最深刻的時候，因為當你老了之後再回憶過去時，總是會讓人在回憶中想著許許多多不同的為什麼。當你想到答案時，也就會想起小時候為什麼要這麼做些事，而不是做得不好。

有些人在想突破過去的做法時，會流於刻意的痕跡，在技巧上會有很明顯的做作，甚至造成扭曲（簡，90/9/18），我覺得「會流於刻意的痕跡」應該是在說，讀者看完這首詩會留下的意象圖片。「在技巧上會有很明顯的做作，甚至造成扭曲」應該是在說，讀者看完這首詩會去思考、想像等。簡政珍認為「四十歲，審判中年」這作品的作者技巧很高、語言有創意、概念文字含有意象、有哲學的「厚度」。

向陽認同簡政珍的說法，認為此作品有形式上的創意，但內容貧乏了些，呈現過於單純，像是一位未到四十

歲的人想像四十歲而寫的作品。

林泠同意簡政珍對這首詩的好評,但她認為長句中部分因為標點符號中斷了,使長句壓縮後的張力及一瀉而下的感覺被破壞,意象及語言也流於陳腐。

焦桐認為缺乏將意象結構起來的力量、有些地方亂竄、修辭糾纏而失去準確,使得意象非常模糊。

四位評審認為的好與不好:

好:技巧很高、語言有創意、概念文字含有意象、有哲學的「厚度」。(簡,90/9/19;向,90/9/19;林90/9/19)

不好:內容貧乏,像是一位未到四十歲的人想像四十歲而寫的作品(向,90/9/19)。長句中部分因為標點符號中斷了,使長句壓縮後的張力及一瀉而下的感覺被破壞,意象及語言也流於陳腐(林90/9/19)。缺乏將意象結構起來的力量、有些地方亂竄、修辭糾纏而失去準確,使得意象非常模糊(焦,90/9/19)。

向陽說內容貧乏,不過我覺得就像老師說的:「有些人體會深刻,但是到最後他的腦海是空白的,就算有也只是給一句話給你思考而已」,他用的字、詞、句雖然普通,不過卻有很大的扭力,「像石階上任憑青苔與露水密談和解。」、「藍色推著藍色,行走。」、「我的靈魂,來回沙上,腳印如船。」、「河流與海洋的交點。」等=在技巧上會有很明顯的做作,甚至造成扭曲(簡,90/9/18)。

林泠說長句中部分因為標點符號中斷了,使長句壓縮後的張力及一瀉而下的感覺被破壞,意象及語言也流於陳

腐。在一句長句中放下一個標點，會使讀者驚訝並造成思考、想像在讀者心中留下「痕跡」，並不是陳腐於讀者心中＝會流於刻意之的痕跡（簡，90/9/18）。

焦桐說缺乏將意象結構起來的力量、有些地方亂竄、修辭糾纏而失去準確，使得意象非常模糊。如果詩的意象是照著詩的字、句層層排列的話，是不會造成相當的扭力，所以「在夢裡愛說童話故事的星星」的作者，將他的詩句調了位子以後，整篇詩的意象非常的明顯，那修辭呢？修辭能使文章的篇、段、句、詞、字更加的優美、生動。＝有哲學的「厚度」？

4.

鄭品清畢業考試卷

我先閱讀完這篇文章才開始評論，在閱讀時我會注意到文章的細節以及在頭腦裡排出這篇文章大概的構造加以思考等……。才開始評論這篇文章，一開始我看到老師的資料，我同意簡政珍的說法，作者能把一個老到的題目，寫得有聲有色，寫作技巧也很高。我還覺得在這一篇詩裡，讓人讀完了這首詩，可以很深入的融入詩的每個小世界，讓人有極大的想像力，思考這篇文章，使我覺得這首詩能帶我們想像四十歲的心情及體會。至於焦桐當年說這首詩缺乏把意象結構起來的力量，有些地方根本就是亂竄，修辭上失去了準確性，產生的不是歧異或曖昧而是模糊，我覺

得這就是簡政珍所說的寫作技巧，雖然缺乏這些東西，產生模糊，但是為何不換個角度思考呢？讓人產生模糊，卻可以帶給別人極大的想像力，別人真的想了解，就會有極大的想像力融入詩句，從模糊跑到曖昧、歧異，你說是不是呢？

這篇文章，讀起來的意象圖片真是很美，使人有舒服的感覺，讓我覺得這首詩是最好的、最有感覺的，就像詩句：「石階上任憑青苔與露水密談和解」讓我有極大的想像力，也有最美的意象圖片，雖然這句沒有描寫得很清楚，但是我們換個角度想，這句是否會給我們帶來很多的意象圖片，思考青苔與露水密談是怎麼密談呢？是滑動的還是有更多的方法呢？詩中描寫著童年的青春歲月不會再回來了，回憶消失得無影無蹤，詩句每一句都象徵著人生的起伏，作者用了標點符號區隔字詞，象徵著人生一個個的階段是分離的。讓我覺得這首詩非常的美，寫作技巧也很高，使我覺得這首詩是最好的。

這首詩的優點不只這樣，還有許多的優點能證明這首詩好，就像這首詩在表達情感時，很生動，在詩裡的每個字、詞、句都表達出在四十歲的生活，回憶著童年生活，時光已流過，在詩中最後一段：

回憶的果核，站在那裡，傾聽自己。
我不知再寫些什麼，文字，
那已成為過去。蹤影，接觸成昔日。

在這裡作者所用的情感，是非常豐富的，在四十歲時，作者寫著詩，回想到以前的回憶，在沉思當中，傾聽自己。「我不知再寫些什麼，文字，那已成為過去。蹤

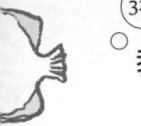

影，接觸成昔日。」這段文字就能充分證明，作者當時是在四十歲以下寫作的，為什麼向陽當年（2001）會說這首詩好像是個未到四十歲的人遙想四十歲而寫的作品呢？在這首詩的每個字、詞、句身上，都有作者四十歲時的心情，我覺得這四位詩人應該體會得出來，就像詩中的每一段，使我最深刻的就是第三段：

　　坦白衝入，藍色海岸線。
　　一艘船棲息海中央，起伏藍調。
　　突然，虛無安排空間，藍色推著藍色，行走。
　　我的靈魂，來回沙上，腳印如船。
　　彷彿貝殼沙，襯著天際，藍色推著藍色，行走。

　　在這段中的心情描寫得很生動，就像「一艘船棲息海中央，起伏藍調」。這句就像描寫著自己，一艘船棲息海中央，這句就是在象徵作者，起伏藍調就象徵著四十歲的心情與人生，起伏不斷。

　　※還再增加，謝謝！

5.

蔡詩修畢業考

一、閱讀文本內容
（一）融入文章中的世界
（二）文章內之意涵

　　本文之大意：清晨，站在山巔上，走上山間迴廊。不惑之年的經驗基調，四十歲，言語如風，推敲，死亡和思考的尋覓距離，月，燃燒，光滑翻騰思緒，綠意盎然地盤算年歲，掏耳朵的童年臥在母親膝上，泛出皺紋。那已成過去。蹤影，接觸成昔日。

（三）文章外之意涵

　　文章背後的人生意義從細節、段落內容、形式、自我經驗來推論作者所要暗示隱藏之人生意義：四十歲言語如風，盤算年歲，在夜裡回想起童年，那已成過去。

（四）文章內容之替代性人生經驗

　　當主角跟她同心、同情、同理。

二、閱讀作者思考

（一）閱讀作者文本形式結構思考

　1.文章基架：原因：清晨，站在山巔上，走上山間迴廊。經過：從朦朧綠色飛向藍天，我的靈魂，來回沙上，不惑之年的經驗基調，四十歲言語如風，推敲，死亡和思考尋覓距離，光滑翻騰思緒，盤結年歲，童年臥在母親膝上，泛出皺紋，那已成為過去。

　2.段落選材、組織轉呈安排：藍色海岸線，貝殼沙，海中央，藍調。很海洋的事物。

　3.文章時間安排：清晨—傍晚—晚上

　4.文章空間安排：山上，海岸，天空

　5.文章中作者位置：山上，（一直用天空的眼睛往下眺望著）眺望海岸，飛向天空。

（二）作者主題思考

　1.作者觀看人生的人生思想：四十歲，言語如風。

2.作者寫作中的人生哲學象徵：人生符號，燃燒，風聲，水聲……

3.文本中作者的人生位置（主觀）

（三）閱讀作者寫作技巧

1.語句結構主詞與述詞的書寫方式

2.事件敘述描寫技巧

(1)語句通順

(2)語句優美（形容詞、副詞的使用）：回憶的、始終輕盈的、蓬頭散髮的、破碎的……

(3)語句生動（動詞的使用、眼睛看的視覺、耳朵聽的聽覺、鼻子聞的嗅覺、舌頭嘗的味覺、臉上、肢體的表情動作觸覺）：聖靈，降臨，有他的姿勢。

(4)語句情感（心裡感覺、想像世界、意象經營的心靈圖片）：死亡和思考尋覓距離。

(5)語文修辭技巧（語句修辭技巧的譬喻、類疊、排比、對偶、倒裝、轉化、象徵）：突然，虛無安排空間……

三、閱讀自我

（一）閱讀自我想法、價值觀、信念

1.從行為中瞥見自我生命的價值

2.自我省思：四十歲，會是什麼樣的心境？死亡和思考的距離，到底會是什麼呢？

（二）閱讀自我經驗

（三）閱讀自我生命史

1.閱讀自我早年經驗：無，因為我還沒四十歲＝＝

2.閱讀生活實踐的主動建構歷程：好好紀錄與日記生

活，發現所謂死亡和思考之距離，或許，它並不
恐怖。

3.閱讀未來的夢想：好好紀錄與日記生活！

4.閱讀統整自我生命史的心靈工程：我要期許自己的未
來，當自己四十歲到來時，要用最好的心情去迎接
死亡。

自訂題目：晝夜，回憶的中年，四十歲。

原因：

評論：

最初評論：

　　我讀這首詩的時候，乍看之下，所用的字詞很簡單，
但它內在的意義卻沒那麼簡單，像是……不惑之年的經驗
基調，蓬頭散髮的生活俳句。不惑之年的意象、生活俳句
的意義等，光是一句，就存在著很多象徵（因為我還沒
四十歲，所以看得似懂非懂，ㄆㄆ），而基架部分，排
列得很清楚，感覺上，似乎是想把它寫得很淺顯易懂，但
裡面的意義又深奧，在劃分原因段、經過段、結果段的時
候，可以清楚地分出來，可能因此讓眾多評審覺得此篇文
章過於膚淺，而判定意象混亂……等問題，於是結論，它
像是一個簡單的詞句，但裡面包含著很多東西，如銀河一
般廣大吧？

優缺點：

　　在評審選出的許多作品中，這一篇算是形式上特別
的一個，因為它的「與眾不同」所以入選，而它的特別也
就是它的優點！形式基架上，是很平常的原因、經過、結
果，而評審講求的音樂性，我也覺得並沒有林泠所說的那

麼混亂，或者一瀉而下，是很溫和的調子，語言流利，內容甚是豐富。並沒有什麼缺點。

正式評論：

　　我也跟評審一樣先說自己的評分標準，第一，我重視意象圖片，要把一首詩的意象繪畫清楚，讓讀者能留下深刻的意象圖片，這門學問是不簡單的吧？第二，閱讀作者的寫作技巧，每個作者都有不同的敘述方式、不同的想法，而這一點就像是評審所說的創意一般。說完之後就開始對此篇的評論了。

　　基架平平，但是它的意象圖片卻非常的清楚，讀起來有新意，一種很輕鬆的旋律在敘述著四十歲，嚴肅又不會有莊嚴的疲憊，在詩詞裡，會有一種把你的心繫起來的感覺，或許，那四十歲的哀愁就在這裡面吧？在最後，它帶來的情緒是感慨，所以，在意象圖片這一關，我給它的評分是滿分，如果基架排列或音樂性也在評分裡面的話，那麼基架會是很平常的80分，音樂性會是算起來平常的78分，但是，我覺得，在意象的哲學厚度中足以彌補這些點，也可以說不是彌補，而是完美比例吧？評創意部分（閱讀作者的寫作技巧），我覺得他的創意所在是這裡的完美比例。因為，這就是他的創意所在、他慣用的寫作方式、他的想法……等，可以稱它的基架排列是平常中的不平常！所以我認為，它應該得新詩評審獎！（為什麼不是大獎勒？）ㄅㄅㄅ，因為跟「告解」相比，又是兩個不同類型的作品，一個是簡單中的不簡單，一個是很直述的複雜創新，它們的意象圖片都是高超的，因此（這樣我很難評分耶＞＜），在這一點上，它們同分，而創意部分，都

別出心裁，一個是在語詞上的新意，一個是在比例上的新意，但是相比起來，語詞上的創新或許比較吸引人，因為要發現完美比例，得比他人看得更仔細才能發覺，在吸引力上，「告解」因為比較明顯，因此勝過「四十歲」，所以，「四十歲」應該留給慢拍或比較高明的人細嚼慢嚥，若是較量功夫，「四十歲」可能略勝一籌，而評審之所以選擇「告解」，或許是因為它的音樂性、語言、基架比較表露無疑吧？而「波赫士看不見我」，為何不能勝過「四十歲」？以我的眼光來看，就像評審們所說的，它的意象跟「四十歲」還不能相比，語言上也沒有「告解」來得有新意，也和波赫士沒有什麼關聯，（好像離題了耶@@）所以，它並沒有勝過「四十歲」的跡象，不過，好的地方也是有啦，它的語句多少也是有創新的地方，如：黑豹之類的，而音樂性也是算還可以的，（重大發現！就像上面所說的作者慣用的寫作方式，他的想法……老師的寫作，就是「簡單裡的不簡單」那一種，好像遺傳到我們了耶！變成我們寫作都是老師這一派的@@，強啊！）關於評審們的評論，我也贊同簡政珍的看法，而向陽所說的「似乎」，我沒有贊同。

6.

賴紀雅試卷

「四十歲，審判中年」

「清晨，光掩飾不了謊言。如烏頭翁鳥引吭湛藍，石階上任憑青苔與露水密談和解。」

　　四十歲，過了一大半的人生，對於你，像之前的事情化為分解。這是審判的用途，這些反省，在於四十歲，已經有了許多的思想，這就是化解的原因。青苔與露水密談和解，就像四十歲的中年人為之前的事情所做的化解。在此，他用了自然現象來表示人與人的糾紛化解，但是卻又加上了「任憑」這兩個字，讓我覺得人生中的審判並不像在法院的審判，是沒有約束時間的，而法院上的則有約束時間，在實際和不實際中讓我有很大的疑惑。

　　「站在山巔上，綠色與水藍。始終輕盈的名字，蘆葦與飄動。」

　　綠色與水藍，蘆葦與飄動彷彿是個配角，在這些審判中，他們是證據，在密談的青苔與露水就是自己想要表達的四十歲和法官。山巔，是他們反省和談判的地方。神祕的地方，似乎是其他人到達不了的境界。「始終輕盈的名字」讓我不知道她的用意在此，這個和綠色與水藍，蘆葦與飄動有什麼的關聯？在這個地方，我覺得應該換句比較適當。

　　「中年，字與字涉世未深，逗號般腳步，急欲擁抱泥土。」

　　這則是在解釋「中年」的意思。腳步，是中年的歲月，泥土，是中年的知識。在這裡，我覺得它的用詞有些模糊，「涉世未深」像是在表示「中年」這一個詞的字很深奧，但卻又覺得很不清楚的表示出來。

　　「如霧氣，走上山間迴廊。」

　　「綠色，沙鳥，從朦朧綠色飛向藍天。」

　　「隱祕蠢動生活，驚醒春季傳出草叢。」

「坦白衝入，藍色海岸線。」

　　我想「如霧氣，走上山間迴廊。」也是一樣在解釋「中年」這詞的意思吧！但是，在這一句話中，他對中年的形容詞卻又不同了！「綠色，沙鳥，從朦朧綠色飛向藍天。」正是說時光像沙鳥一樣，匆匆的從綠色，飛向藍天，就像我們跨越了人生階段。在這一句中，我覺得他敘述得很好，這些代表真正的意思的用詞很符合我的感覺。「隱祕蠢動生活」像是在說，他的生活一向很隱密，沒沒無聞的過生活。「驚醒春季傳出草叢。」則是沉眠已久的他，瞬間在他的人生中有了轉折，我想，這就是到了四十歲吧！這一句，我覺得好像有一些銜接不上的感覺，我覺得是因為詞語的排法不對。「坦白衝入，藍色海岸線。」好像又回到「綠色，沙鳥，從朦朧綠色飛向藍天。」這裡，因為沙鳥飛上藍天，而又衝入藍色海岸線，就像過了一站站的人生關卡。

　　「一艘船棲息海中央，起伏藍調。」

　　「突然，虛無安排空間，藍色推著藍色，行走。」

　　「我的靈魂，來回沙上，腳印如船。」

　　「彷彿貝殼沙，襯著天際，藍色推著藍色，行走。」

　　「不惑之年的經驗基調，蓬頭散髮的生活俳句。」

　　「一艘船棲息海中央，起伏藍調。突然，虛無安排空間，藍色推著藍色，行走。」似乎是在說自己的人生是艘船，停在海中央的船，濺起一波波的海浪，這是他的休息站，人生的休息站，或許就是四十歲。然而，海浪推著海浪，使船再度的走向未來。這一句，我覺得在休息站到再次的往前走，用這樣的詞語感覺就是一片藍色的，很漂

亮。也暗示了這個休息站是在人生的哪個時候——「我的靈魂，來回沙上，腳印如船。／彷彿貝殼沙，襯著天際，藍色推著藍色，行走。」

這時，他把人生跳回了沙上，並用腳印代替了船，我想，這或許意思都是相同的吧！而在「彷彿貝殼沙，襯著天際，藍色推著藍色，行走。」又回到了藍色，彷彿在沙上，也變成了藍色，再度行走。在這裡，我並不是很喜歡把沙灘變成的藍色，雖然用同樣一句「藍色推著藍色，行走。」很好，卻覺得有些怪異。「不惑之年的經驗基調，蓬頭散髮的生活俳句。」這一句，我覺得跟前面並沒有什麼關聯，這似乎是在說自己的生活日記裡的經驗和每天的一句話。或許，這是他小小的休息，但是卻表示得不明顯。

「每一字，口語化的調子，河流與海洋的交點。」

「傳道者，沒落成一首詩。」

「每一字，口語化的調子，河流與海洋的交點／傳道者，沒落成一首詩。」這邊，他把詩的情景帶到自己的日記上，看著這本從幾十年前就陪伴自己的本子，用河流和海洋來代替句子和一段話，逐漸形成了一首詩。這就跟老師跟我們說過的一樣：「詩，是一段文章所組成的，只是它的句子成為很有感覺的句子。」而現在，回到這首詩上，每天的一句話，不就慢慢的組成了詩！這是一句很有感覺的話，也提醒了我：詩，是怎麼組成的。

「四十歲，言語如風，扣留每一個段落，推敲，死亡和思考尋覓距離。」

「白晝拒絕放在詼諧中，傍晚來臨了。捕獲，流浪，放在日子。」

　　「夜，露面，逼近，星光。同時表達，我們和天空的關係，印刷傾聽。沒入遠方。」

　　「四十歲，言語如風，扣留每一個段落，推敲，死亡和思考尋覓距離。」這是另一個審判。因為，死亡已經慢慢到來，中年四十歲，就是人生中的一半了。言語如風，扣留每一個段落，推敲，這就是在思考死亡。死亡的時間，是我們都想思考的，這把四十歲的人心理的事寫了出來。所以，我想，前面他才加了個四十歲。「白晝拒絕放在詼諧中，傍晚來臨了。捕獲，流浪，放在日子。／夜，露面，逼近，星光。同時表達，我們和天空的關係，／印刷傾聽。沒入遠方。」白晝和夜，倒是成為了對比。這一段，我倒是有些不懂了。它的字、詞，似乎不清楚。但是，我覺得白晝，或許是朝氣活潑的時候，所以他拒絕在詼諧中，傍晚來臨。深怕這些詼諧不見了，也不存在在我們的日子中。而夜，露面、逼近，星光都是夜晚裡有的東西，星星慢慢的逼近了我們，就像死亡，慢慢的走了過來。這時，表示了現在和他的關係，聆聽著他的到來。

　　「聖靈，降臨，有祂的姿勢。那裡，發現一片月光，森林破碎的缺口。如現象這一回，暗示陳述句，無法言傳孤獨與贊歌。」

　　「宛如冒號般引誘言語睡在寂靜蓆上，等待回答。」

　　「聖靈，降臨，有祂的姿勢。那裡，發現一片月光，森林破碎的缺口。／如現象這一回，暗示陳述句，無法言傳孤獨與贊歌。／宛如冒號般引誘言語睡在寂靜蓆上，等待回答。」這是……他所祈禱的奇蹟嗎？在神出現的地方，似乎……是教堂。夜晚，教堂，有著少許的月光。我

覺得，這句對我而言，好像是多餘的，也是我覺得作者沒有感覺的一句話。因為，這句的句子太長了，而且前面的詩，和神有什麼關係？雖然之前也有很多句啦！不過都還銜接得上，可是這一句……卻突然沒有了感覺。

「風，虛靜。人群投射陰影。月，燃燒。光滑翻騰思緒。」

「水聲，流逝人生符號。風聲，徘徊海岸邊唯一的白。」

「一夜清明時節，月露銀白。」

「風，虛靜。人群投射陰影。月，燃燒。光滑翻騰思緒。／水聲，流逝人生符號。風聲，徘徊海岸邊唯一的白。」呵呵，這又是聲音的對比了。風聲，讓人的思緒是翻騰的。水聲，則像是流動的感覺，讓人覺得迷惑的感覺。這樣的感覺很好。

「與風與水和鳴聲響，綠意盎然地盤結年歲。」

「如晚蟲唧唧，彈奏夜的金色曲子，包籠整個天空。」

「掏耳朵的童年臥在母親膝上，泛出皺紋。」

「回憶的果核，站在那裡，傾聽自己。」

「我不知再寫些什麼，文字，

那已成為過去。蹤影，接觸成昔日。」

「與風與水和鳴聲響，綠意盎然地盤結年歲。」像是在幻想未來，風和水的聲音會變得如何？然而，綠色仍然還是少不了，因為那代表永遠的青春。「如晚蟲唧唧，彈奏夜的金色曲子，包籠整個天空。／掏耳朵的童年臥在母親膝上，泛出皺紋。／回憶的果核，站在那裡，傾聽自己。」回憶，是大家的寶貝。他小時候的回憶是自然，是母親，是核果。皺紋，是母親的特徵，讓人懷念、喜歡。

夏天的蟬，譜出一首自然的曲子，伴隨著你的童年。「我不知在寫些什麼，文字，那已成為過去。蹤影，接觸成昔日。」這句，或許是四十歲對以前的事的感慨吧！用這句當結果，是很棒的選擇，因為已經到了中年，童年已經是很遙遠的，他能回憶，卻不能寫出來，只能追隨他的蹤影……最後這一段，是回味童年的一段，我覺得這是最活潑的一段，因為前面都是在說四十歲和對以前的感慨。但這一段說到了童年，回到了小孩時代。天真的感覺。很舒服。

這一首詩，原本覺得沒有什麼好的。但是分析解讀後，覺得其實要寫這一首詩不簡單，似乎每一樣東西都有考慮到。有許多很有感覺的句子，讓我很喜歡。我想，雖然評論它很難，卻能讓我更進步！

7.

張鈴華評論

他所定的題目：「四十歲，審判中年」，「審判」兩個字，可能是代表他年紀已經不再那麼年輕，並回頭過來省視自己、審視自己。將自己從小到大的點滴，一切透明化，回想自己走過來的人生，哪裡留了白？哪裡做了錯誤的決定？

第一段開頭：「清晨，光掩飾不了謊言。如烏頭翁鳥引吭湛藍，」

可能是他想自己欺騙自己，不想面對某種事實，但謊言就是謊言，審判永遠是正面的。錯誤不可能是正確的。就如早晨般，一大清早如陽光強迫刺進眼中的事實，無法躲

避。更後面又加了：「如烏頭翁鳥引吭湛藍」，藍色有時也代表憂鬱，更湛藍是多麼深濃的，可能表示這種憂鬱的事情，憂鬱的謊言。烏頭翁的叫聲相當嘹亮，想忽略牠們都不容易，更加表示他終究得面對事實，他得強迫自己……

「石階上任憑青苔與露水密談和解。」

青苔是經過蠻長一段時間所形成的，表示他背對謊言，現在終於和「露水密談和解」的心情。「石階」對人的感覺是乾燥、灰暗、較冷、較硬的一種東西。但相反的，「青苔與露水」，卻是一種讓人感覺潮濕、柔軟、溫和的一種東西。是否代表兩種相反的「物」，也在進行密談和解？是否代表了他心中的謊言與事實正相互進行著揉合？

「站在山巔上，綠色與水藍。始終輕盈的名字，蘆葦與飄動。」

他所看到的景色，一切都只是組成世界最自然的元素。綠色（樹木）、水藍（河流、海洋或天空）、始終輕盈的名字，蘆葦與飄動（蘆葦飄動，表示有風吹動了蘆葦；那是什麼讓蘆葦生長茁壯？是土壤；輕盈的名字也是白雲《也和飄動連接，「飄」也表示「浮」才能飄》）這些都是世界中自然的東西，他看不到人生中的雜碎東西，可能接續開頭，他也許接受了他對自己所撒的謊，所以看見的一切也就都是純淨的事物。

「中年，字與字涉世未深，逗號般腳步，急欲擁抱泥土。」

中年，涉世未深，剛出來的腳步，如逗號般停留，在如泥土的世界，孕育他的世界種下根，表示他要重新開始，重新面對事物面對太陽生長。

「隱祕蠢動生活，驚醒春季傳出草叢。」

隱祕蠢動生活，表示他自己隱居的生活，卻驚醒春季傳出草叢。是充滿豐富的生活，雖然是隱密的小屋，但散發出的是無比燦爛的，將春神清醒，為他的生活點綴了……，他找到了屬於自己的天空，屬於自我的旖旎生活……。

「坦白衝入，藍色海岸線。」

衝上沙岸的白色泡沫海水，形成海岸線。當然，也留下了痕跡。是否代表，在他的人生中，也曾「坦白」的「衝入」，並留下了一線痕跡？

「一艘船棲息海中央，起伏藍調。」

「突然，虛無安排空間，藍色推著藍色，行走。」

「我的靈魂，來回沙上，腳印如船。」

「一艘船棲息海中央，起伏藍調。突然，虛無安排空間，藍色推著藍色，行走。」表示當船棲息在海中央時，海浪只是微微起伏，但為什麼用「突然」，是因為突然的、沒有空間的，捲來沒有節奏的浪，不像剛才那麼平靜，像是突然掀起了一個不太小的浪。似乎表示他人生有平靜的時候，但是，困難卻有時是非常突然的，像「坦白衝入」般，沒有預警的不請自來……。

「一艘船棲息海中央，虛無安排空間，藍色推著藍色，行走。」一艘船雖然單獨看時很大，但一艘船棲息在海中央，卻顯得無比的渺小。彷彿沒有空間中的一個小點。

「我的靈魂，來回沙上，腳印如船。」

腳印如船，似乎就如船在海中央的那般小，似無盡頭的沙灘中渺小、淺的腳印……。似乎就是他看待人生的一個觀念：「雖然人生中會遇到許多曲折，但這只是在人

生中的一個小部分，一個人生中淺的部分。真正要你去看的，並不是那小小的點，是那廣大，如每個都不同的砂粒的美麗人生。（因為詩中說腳印如船，所以表示也會遇到波浪曲折。）」

「彷彿貝殼沙，襯著天際，藍色推著藍色，行走。」貝殼沙中（連接到剛剛的腳印如船，沙灘中渺小、淺的腳印）那渺小幾乎看不見的「挫折」，現在他已看不見，他所看見的是眼前廣大的天、地、海。藍色推著藍色，行走。人生還在移動，永不止境的變化著，你要看的不是那一小點的錯誤，你要跟上的是每秒在移動的未來、每天在變化的人生，後面還有許多廣大的生活，等著你一一體會……。

「不惑之年的經驗基調，蓬頭散髮的生活俳句。」四十歲以來體會出的經驗與已經成為自己習慣的基調，如蓬頭散髮一樣久、一樣老的習慣、直覺，已成為組成生活的基本……。他已面對過許多的轉折，從轉折中體會出更上一層的處世以及面對事情的能力，讓它具有許多老到的處世方法……。

「每一字，口語化的調子，河流與海洋的交點。」每一個他所體會的「字」，已經像將調子翻譯成白話似的清楚、明白。他所體會的事情，就如河流與海洋的交點一般的那個界於兩者「不同形體的水」，表示他已體會了許多像這兩者差異很大的跌落點，從這差異很大的跌落點中，升上更上一層的自己，帶領的自己……。「傳道者，沒落成一首詩。」他已不需要傳道者的指點，他能自己為自己帶領……。

　　「四十歲，言語如風，扣留每一個段落，推敲，死亡和思考尋覓距離。」四十年來的一言一語，就像風一樣的快速離去，消散。但也像風一般，能竄入每一個角落，他用盡他所知道的一言一語，如風去貫穿他的思考，思考死亡的問題，他已體會了世界上大部分的問題，唯獨對死亡，他充滿疑問……，沒有經歷過又哪能說出那「答案」……。

　　「白晝拒絕放在詼諧中，傍晚來臨了。捕獲，流浪，放在日子。」

　　白天不屬於有趣，他從「流浪」中捕獲的，才是真正的詼諧，才是能放在日子如晚霞沒有統一的粉紅餘暇般有變化的「有趣」……。

　　「夜，露面，逼近，星光。同時表達，我們和天空的關係，」當你真正躺下時，你看到的只是包圍你的星空，最後一刻關懷你的，只是那指引的星光；當你感到孤獨時，你抬頭看到的只是指引的星點……。「印刷傾聽。沒入遠方。」你所期望輕聽到的聲音，卻沒入遠方……。

　　「聖靈，降臨，有祂的姿勢。那裡，發現一片月光，森林破碎的缺口。」破碎的缺口，失敗的時分，有時出現的也可能是一片溫暖的月光，一片讓你提升自己的「光」，彷彿聖靈，降臨幫助你的聲音……。

　　「如現象這一回，暗示陳述句，無法言傳孤獨與讚歌。」但聖靈降臨幫助你，卻只是暗示，他無法言傳，需要你自己親自體會，才能深刻的了解，永遠深刻的刻在你心中……。「宛如冒號般引誘言語睡在寂靜蓆上，等待回答。」沒錯！那個冒號後的答案，需要你自己體會並加上，才能真正豐富、加入你的人生。

「風，虛靜。人群投射陰影。月，燃燒。光滑翻騰思緒。水聲，流逝人生符號。風聲，徘徊海岸邊唯一的白。」所有自然界中的所有，都是為人生加入的最美事物所形成的，都是人們無法製造的，你需要體會，體會創造世界的自然是多麼的神聖。

「一夜清明時節，月露銀白。與風與水和鳴聲響，綠意盎然地盤結年歲。如晚蟲唧唧，彈奏夜的金色曲子，包籠整個天空。」作者已體會、經歷過人生中的許多事，人生已由「豐富」做了完結，像蟲鳴一般的單純卻隱藏了旖旎的金色曲子般微微閃爍著光芒，人生已無遺憾……。

「掏耳朵的童年臥在母親膝上，泛出皺紋。」甜美而不忘的童年，一切也跟著悠久……「回憶的果核，站在那裡，傾聽自己。我不知再寫些什麼，文字，那已成為過去。蹤影，接觸成昔日。」如果和尚有著深刻痕跡的種種回憶，已停留在他的思考中，回憶，已不是單純文字能形容，跟蹤，細細思索回憶的每個細節，不斷懷念，也已成了往事……。

這首詩說盡了各種他對人生的看法，他將人生中的體會，巧妙的藏入了文字中，一切一字接一字的讓日子一天接一天的接續，沒有間斷，他接受了自己的錯誤，且漸漸覺得這生中沒有遺憾……，回憶自己的過去……。

8.

寫完了這一份試卷，就取得了「白色小屋」聚會的資格，交完畢業試卷後的蔡詩修和陳芭麗就利用假日騎著腳踏車，先到白

色小屋聚會，他們談老師口中的高雄的孩子，騎著腳踏車在海邊沙岸上的黃昏，一個高年級的男生，一個高年級的女生，坐在漂流木上，彩霞幻變成金色，山灘上有兩條輪胎的跡痕。

　　他倆走上綠水橋裡的琵琶湖步道，想像導師老人家一樣坐臥在防風林間的夏風裡。

　　蔡詩修知道老師喜歡白色，白色的馬格利特、白色的咸豐草、白色的玫瑰花、白色的山間杜鵑花、白色的山間野百合、白色的蝴蝶蘭、白色的石斛蘭、白色的日本北海道的雪花飄灑，白綿綿的白色印象。這也不禁令人想起蘇東坡對於雪的印象。

第十章　畢業成長日記

在那一刻我就是「太陽」。——我走過恆河沙數的三千大
千世界，尋找我的母親。我凝視每一個眾生的臉，尋找她
的臉。我發現無一眾生不是她。所以，我照耀每一位眾
生，帶給眾生溫暖（麥可‧羅區）

子夜春末，涼風無聲、無息、無思、無想地走過來。
花格窗、毛玻璃、夜燈的顏色、蘭嶼原生種白色蝴蝶蘭花瓣。
蜜蜂振動清晨的翅膀嗡嗡思想，靜坐在蒲團上靜置自我。
雲南全發酵茶：滇紅與這兒相映襯，保持身體的止觀覺知，
為思想復健的微風昔昔道來覺觸，我沒有把它放走、放下。

彼岸，東方淡淡的靛藍中間，鑲著一顆四射光芒的鑽石，
東南方也有一顆星星亮閃，一串手工雕製的鳳眼菩提子
閒放在玻璃茶桌上，一個青花瓷茶杯底有琥珀的清淨茶湯。

西藏藏香末被輕捏成一處U字型的創造物，順時針方向
燃燒的薰煙，煙供著法界眾生的所求，我是法界的
茶童子，以赤子之心為你酙上一杯子夜之末的道理。

（白佛言）

教學河戀
教室小說工房

1.

　　不記得哪一天開始，不記得哪一天結束，學校博愛樓三樓的六年四班教室，是我們影像重現的甦醒節。

　　從黑板旁的透明窗口望向博愛路，鮮紅的火焰木向上伸開聖杯般的花朵，像舉杯向眾神獻舞的騎士，這是一月中旬的花語。

　　同樣是這個角落，當苦楝樹濛濛紗紗的淡紫色花海拜訪我們的眼簾時，像含蓄欲吐欲露的眼神，少男、少女的心情小語，這是三月初的花語。

　　愈接近離開黃老師的日子，影像愈是倒帶般的清晰動人，或許「離開」這個詞的實景，或多或少地令人想抓牢什麼依靠！黃老師安排班級的午餐時段，欣賞韓劇「大長今」，這是第一份長長的畢業禮物，黃老師對孩子們說：「告訴自己，你要的是什麼？你要成為什麼樣子的人？這是每一個人的人生重大課題，沒有人可以教導你的人生課題，你自己就是責任！而我的角色將漸漸轉換為你的朋友，責任是傾聽、支持、陪伴、安慰、為你加油、為你人文思想，協助你……再看看自己！」

　　這一天開始對蔡詩修的衝擊來得激盪，她常在手沖精品咖啡的時間裡，問老師一些看法，得到的回應常是：「妳長大了，為自己做一個決定。」

　　我媽媽對我一輩子影響最深刻的一句話是：「想辦法啊！」

　　「然後她就帶著微笑到左鄰右舍串門子，聊上天南地北。你可以稱呼她『天真奶奶！』」這是黃老師給的一段話，聽進心坎的蔡詩修，會帶著溫馨的感動進入中學。

「喔！又哭了。別哭！別哭！沒事了！說給老師聽聽——」蔡詩修常會憶起一些師生互動的語言與老師的表情動作。

「你的班女兒⋯⋯」班上的同學常會開玩笑地說。

畢業前一個月，學校已安排在知本森林遊樂區進行一天的畢業成長營，有救國團安排的成長系列活動、炊事活動、營火晚會，晚會中的班級表演節目就是由蔡詩修編舞策劃的，這一天大家都很盡興地放鬆自己，汪校長更勉勵孩子們追求夢想、體驗人生，成為擁有領袖氣質的社會人，在燭光落幕的一刻，淚珠映襯著淡黃的溫熱作為一個句點。

星期一的晨讀時間，黃老師還在欣賞孩子們在聯絡簿上的每一句詩感，因為全班被罰，抄寫國語課文一到十課的分量，讓大伙兒心情不是很OK，因此寫詩的人少了，沒感覺了，只是氣而已。

黃老師也說：「這事沒得商量，我堅持的理由是『工作態度』，請你們記得這畢業前的一課代價：『離開這裡要把這裡變得更好，這個中滋味才美麗。』」

他看著孩子離開成長營的最後片刻，未把垃圾清理好，他請孩子下遊覽車，整理場地後再回車上，他拿起麥克風說：「身為班上的一份子就是一份責任，包括『提醒同學』。抄寫課文十課，重新體會老師在語文中所傳達的人生思想。」這讓師生關係僵住了三天。

學校畢業系列和班級畢業系列，所引發的效度是不同的。六年四班策劃著「畢業前，全班在教室過夜，和好朋友秉燭夜談，說說知心話，說說小祕密。」、「畢業前，全班在白色小屋海岸咖啡館共聚晚餐、喝咖啡、聊是非。」

教學河戀
教室小說工房

2.

　　黃老師應低年級段的老師們邀請，選取一個二年級班級做教學演示，教學主題是「我長大了」。教學現場有錄影和實習生的文字謄稿搭配，一、二節課的資料已遺失，留下三、四節課的文字稿，三年後黃老師根據文字稿再次回憶當時的教學趣味。

　　蔡詩修在幫忙整理老師的E-mail作業時，看見「我長大了」的資料夾，他問著老師：「畢業考之後，可以閱讀這一份紀錄稿嗎？」

　　「當然可以列印一份給你！」黃老師曾跟他說：「電腦裡的資料你可以翻閱看看。」

　　有幾個深夜底，蔡詩修陪著夜色、陪著這一份紀錄稿。

　　黃老師的上課步調明快、輕鬆地抓住上課的節奏。他在黑板上畫出表格，把上課的教學焦點，隨時對照著這六個格子。

　　蔡詩修一看這表格的「資料儲備表」就想笑出聲來，他知道老師把「我長大了」的主題細分為「價值觀（想法）」、「知識」、「生活經驗」、「行為表現」、「身體觀察」等五個重點，當成他的教學單元目標或單元重點，學生在大型討論的過程中，也可以把次要主題標入儲備表中，一面控制教學流程，一面作為統整教學重點。

　　他已經習慣老師的教學模式了，他更知道老師為什麼要做如此區分，因為學生要成為未來人，為未來做準備……。

「我長大了」老師、學生成長長條圖	身體的長大	行為的長大	知識的長大	經驗的長大	想法的長大
		◎引人注意 下課　上課			◎為人設想 不利　有利

　　黃老師指著黑板，那還在媽媽的子宮裡的黃老師說：「昨天你們不要讓我生出來。上課發表時，你要舉手，才是長大了的孩子。要不然你們會像我一樣，回到媽媽的子宮裡。」

　　學生們還是一直窸窸窣窣地說個不完的閒話，畢竟是低年級，還小。

　　「昨天你已經成長了，都加速跑到四年級了。我現在才剛開始要成長，我還沒長大喔！你們現在先小小聲聊聊天。你們聊天，我把它寫下來。」黃老師再度引起學生的注意，寫下「我們準備要開始了」。他很開心地拍一下手掌發出聲音，示意班長喊上課。

　　班長：「起立，立正，敬禮！」

　　「老師好！」全班小朋友齊聲地說。

　　黃老師也向小朋友敬禮後，班長說：「請坐下！」小朋友剛坐好，黃老師即有力地說：「1——2——3——」他蹲著像坐著一樣地聽小朋友的回應。

　　「坐端正！」孩子們回著。

　　黃老師看著小朋友，露出微笑：「今天你們能夠控制得很好，表示你長大了。」他走向黑板，指著我長大了的字，說著：「來，念一遍！」

「我長大了！」小朋友齊聲快樂地說。好像長大了對於低年級的孩子是一件天大一般的大事情。

「昨天！你昨天到今天，覺得自己長大了。你有感覺到『你長大了』的同學，請舉手？」他說著。小朋友三三兩兩的舉出猶豫的手。

「我沒有長大！」黃老師的手，握拳向下，頭一撇，嘟著嘴巴，擺出一副不屑一顧的表情，說著：「我還是一個小囉囉的請舉手！」他也看著有幾個小朋友舉手，繼續模仿一個孩子的語氣，引導著說：「老師！我覺得自己有一點長大。那跟同學討論完了以後，我覺得自己有長大了！是這種情形的小朋友，請舉手？」一樣，舉手的同學並不多。

「還是很少。那我要看看今天的你有沒有改變？會不會跟著老師長大？」黃老師走向黑板，指著長條圖問：「那現在黃老師跟你們的長條成長圖，誰的比較長？」

「我們！」一副神氣的表情，顯現在班級氣氛之間，流動著。

「佩服！佩服！」他右手握拳，左手包在右手上面，在胸前擺出武林間佩服的動作，說著。

「嘻！嘻！嘻！嘻！」他的示弱讓孩子發出聲音。

「我才只有幼稚園而已勒，我的心裡只有幼稚園，你們的心裡跑到四年級了。」

「你的線比較短，哈——哈——哈！」講台下的孩子碎碎兒語。

「請舉手。要跟老師說話、討論的同學，請舉手！」他的邀約引來孩子們的「嘿！嘿！」低笑。有一個小朋友

舉手對著黃老師笑，黃老師也回笑「嘻！嘻！」伸手招著這位同學說：「來！」他指著黑板上學生的成長線繼續說：「昨天你們為什麼可以跑到四年級？因為你們昨天上課時，學會做判斷了。會做判斷的孩子是真正長大的孩子。」黃老師指向昨天在手上做設計的小朋友，「比如，這位可愛的小英雄，他引起別人的注意，是選擇在下課時間，所以我們說這個小朋友有沒有真的長大？」

「有！」小朋友大聲地說，支持著同學。

「他是在下課時間做的，他沒有影響別人，我們能不能接受他長大了的事實？」黃老師的手指在黑板上指著。

「可以。」

「我們給他拍拍手，他考慮得很好。」小朋友跟著老師的話，為同學拍拍手。

黃老師故意扮演右手掉下去的姿勢，走向那位小朋友詢問：「可以跟你握握手嗎？」他跟這位小朋友握手，舉出大拇指對他說：「帥！孩子！」

「那你回去有沒有跟媽媽說，我親你的手？」他笑著靠近同學的耳根子旁問。這孩子搖搖頭。

「沒有？小氣鬼！」黃老師的嘴巴嘟了一下，邊說邊走向黑板。小朋友因為這老師嘟嘴巴的動作而大笑，班上一陣騷動。

「好，來！昨天你長大了。黃老師的手指指向黑板『想法』的格子說：『根據這個，我們會為別人設想，所以是長大了。』，那我們小朋友會說：『要看情況？對別人有利的才是真的長大了；對別人不利的勒，那就不是長大了。』你們也說了一個例子：『我都幫他寫作業，為

他設想，結果他什麼都不懂。這樣不算真的長大了，對不對？」因為你們會做判斷，所以你們已經長大到四年級了。今天看看你們會不會一起長大到六年級，好不好？」他走向黑板，指著學生的成長線，露出肯定的表情對全班同學說著。

「好！長到大學四年級。」小朋友的聲音此起彼落地說出。

黃老師露出嬉笑的聲音和表情，一副有可能會發生的樣子，說著：「搞不好今天掉下來，掉到媽媽的肚子裡。」他的手指把線條往下比，指著媽媽的子宮圖。

「不要。」全班孩子驚聲尖叫著，誰都不要是個長不大的孩子。

「那昨天是誰把老師弄回到媽媽的肚子裡的？」他雙手握拳向下，撅著嘴，一副裝出要找出兇手的樣子。

「中間那組！」有一個小朋友很誠實地舉手說。

「昨天我一不小心，就跑回媽媽的肚子裡了，對不對？你會不會不小心也跑回媽媽的肚子裡？」

「會！」

「不會──」

「小心喔！什麼情況之下，會跑回去媽媽的肚子裡面勒？」

「太吵！」、「上課沒有跟老師合作！」、「插嘴！」、「插嘴，沒有舉手！」

「是的。」黃老師用手指頭，一個個數，點著頭。

「ㄏㄟ，沒有舉手對不對？好，今天只要有一點點沒有表現出長大的樣子，就會掉下來！昨天老師還稍微放你

一馬。今天只要稍微不小心，就會掉下來！好，準備好了沒有？」他走向黑板，指著學生的成長線。

「好了！」

「準備好了？就要開始了喔！」黃老師的雙手往下壓，一副蓄勢待發的樣子。

「老師我跟你要比賽！」

「耶！搞不好我今天長大了，我今天會衝上去喔！筆劃會延長自己的成長線，那就是我。」

「衝到大學四年級。」

「如果我衝上去，我就畢業了！我就出去了。」他的右手指向教室門外說。

「好！」小朋友的聲音此起彼落的說。

「來！今天跟昨天的不一樣。昨天問小朋友一些問題。今天也是要問小朋友一些問題。還有，今天老師會給小朋友看一些文章，是滿有趣的文章：文章中會看到一隻兔子在裡面曬太陽。」黃老師的雙手摸著肚子，身體左右搖晃，頭看著天花板，表現兔子曬陽光的樣子，惹得小朋友哈哈大笑。

「兔子把太陽請下來，這樣的文章我們要放在最後。」他的左手做出往上抓東西的動作，好像真的把太陽放在肚子裡，「然後現在我要問小朋友一個問題」。他走向黑板，指著「我長大了」的主題問著：「你想不想長大？」

「想！」孩子們齊聲說著。

「有多想？是一點點想？是稍微想？還是小小的想？」黃老師的右手拇指和食指指尖合起來，把身體放得越來越低的說。

　　「這麼想」、「一點點想──」小朋友的聲音此起彼落，比出「鐵獅玉玲瓏」的招牌動作逗著老師。

　　黃老師也筆劃著鐵獅玉玲瓏的招牌動作，說：「我們請這個小朋友！來，拍手！」他拉著昨天特別設計的那位小朋友，對全班說：「我最近喜歡他！」小朋友的拍手聲音加強了一些勁道。

　　那位學生很認真地筆劃著「鐵獅玉玲瓏」的招牌動作。

　　「好，很想，謝謝！」黃老師的臉上堆滿笑容，食指放在嘴巴上，作噓聲狀，「這麼想，做兩次就好了，再比第三次就會掉下去喔！」

　　黃老師走向第二組的第二位男生，說：「好，你，玩具哥哥你請站起來！」

　　全班為了他的綽號大呼小叫地說：「他叫玩具弟弟啦！」

　　玩具弟弟走到講台，黃老師把手放在他肩膀上說：「如果他再長大一點，我就叫他玩具爸爸！」學生一陣嬉笑。

　　黃老師說：「注意喔，我現在要訪問他！請問你長大了沒有？」

　　玩具弟弟點點頭。

　　「有嗎？我看不出來，你……你哪裡長大了？」他馬上跳到旁邊，眼睛上下打量著玩具弟弟。

　　玩具弟弟雙手拉著衣角，搖來搖去，微笑，沒有作答。

　　「耳朵長大了？」

　　玩具弟弟搖搖頭。

　　「那你告訴我，也告訴全班小朋友，我哪一些方面長大了？」

　　玩具弟弟的身體搖來搖去，小聲地說：「身體長大了。」

　　「身體長大了，一年級到二年級？」黃老師用手在小朋友身旁由低筆劃到高，表示這孩子長大了。然後繼續問著：「還有勒，除了身體還有哪些？你的衣服長大了？」他拉了小朋友的衣服，「奶奶長大了？」他指小朋友的胸前說。

　　全班一聽到「奶奶」，非常激動地笑著。黃老師向著激動的小朋友說：「喂！喂！」側著頭指著他的胸前，向玩具哥哥說：「你的心裡有沒有長大？」

　　「有。」玩具弟弟肯定地點頭。

　　「比如說呢？舉一個例子，有沒有人想到一個例子來告訴我們？」這時教室飛來了一隻蒼蠅，在黃老師身旁飛來飛去，他對著蒼蠅說：「這隻蒼蠅沒有長大！飛到我這邊來。」學生哈哈大笑，玩具弟弟也在椅子上搖來搖去，微笑著沒有作答。

　　「老師，反正我就是很長大啦！」黃老師的雙手左、右、上、下，做大幅度地拉開動作表演著，「這麼大了啦，對不對？」這讓玩具弟弟微笑地點頭。

　　「好！謝謝你，玩具弟弟！請拍手。」孩子拍著手後，他說：「老師現在要發文章嘍！」

　　「好！好——」

　　學校中庭花園裡的大王椰子樹上，上一年包裹的蝴蝶蘭向外伸出三株花莖，每一株花莖開啟了春天延續月份的蝴蝶花瓣，粉紅色的花脈線條，在花瓣邊緣分叉出更多細細微微的傘狀圖騰。因為曲曲折折的細微曲線，才能見到鮮活的感受。四月到六月份

的季節裡，蔡詩修都可以看到三十多朵粉紅色的蝴蝶蘭，從高處垂落下來禮服般的美姿，春風和空間是它映襯的視覺享受。眼看它綠色果凍一般綠色的根，緊貼著樹皮生長的擴散性思考，就足以令人稱奇。百來條生長的綠色希望，十來公分，穿插著一、二十公分和六、七十公分交錯而過的百公分線條，是何等壯觀的生長地圖？

蔡詩修想著：「季節本身是一個神話故事？」

3.

「在家裡有幫忙爸爸、媽媽洗碗的請舉手？」他的雙手做出洗碗的動作。大部分的學生都舉著手。

「好，放下！拖地板的？」他的雙手做出拖地的動作。大部分的學生也都舉著手。

「好，放下！」他的左手放在背後，右手做出拿著鏟子炒菜的動作，說：「炒菜的，幫忙炒菜的請舉手？」學生的舉手讓他知道孩子有這一些生活上的學習經驗，黃老師的聲音壓低、變調，像個二年級的孩子般地說話，他說：「媽媽今天你休息，我炒菜。」小朋友邊舉手邊說話，好像在家裡的經驗，在這兒七嘴八舌般地熱鬧著呢！

「好，請放下。」黃老師走向第五組的第一位女生，「好，你蓋厲害。」他指著同組的另一位女生，「來，請站起來！」黃老師站在第一組旁邊，學生有點躁動，黃老師提醒他們，「沒有長大會掉下來，請小心，小心！嘻──嘻──嘻──」他對著剛剛那位女生說話：「你有沒有幫媽媽炒菜？」這學生點點頭，表示有。

「然後媽媽就交給你炒菜？」

「有時候洗米、煎蛋。」這學生站起來回答老師的問題。

「洗米、煎蛋，有時候炒菜？」他的提問讓孩子說：「有時候會。」他繼續探究，「媽媽會不會給你炒？一開始媽媽有沒有讓你炒？」這學生搖頭，說：「沒有。」

「沒有？」他循線問著學生，「什麼時候的事？」

「二上的時候。」

「二上的時候跟媽媽說的？」他突然站起來，壓低聲音，嘗試模仿這學生二年級時的親子互動景況，說著：「媽媽，你給我炒菜。走開……廚房是我的，這樣？」

全班的學生哈哈大笑。黃老師輕鬆地坐在學生桌上，用好奇的眼神看著他，「媽媽會嚇一跳！」其他學生看著老師的動作，笑得東倒西歪。

「不是這樣的。」這孩子開始澄清著。黃老師隨著他而問道：「不是啊？」他把手放在胸前微笑地說，並提醒旁邊的小朋友，「ㄟ！我們聽他說完。會聽別人把話說完的，是長大的孩子。」他的手指向天花板，對著學生說：「我長大了，我聽他說話。」這時黃老師臨場轉換跑道，乾脆扮演起這孩子的媽媽角色，和他對演一場親子互動。黃老師一拿起電話的動作就說：「媽，喂——」他故意叫他媽媽，班上學生正大笑呢！他說：「孩子，怎麼樣呢？」

「媽，我想要幫你煮飯。」

「媽，我想要幫你煮飯，然後呢？」黃老師覆誦著她的發表，讓全班同學聽得更清楚。

「媽媽說：『想要煮什麼菜，你等一下都把菜都炒到臭灰搭（燒焦）。』」這是有趣的一句，其他學生哈哈大笑著，大家都有類似被拒絕的經驗。

「那你怎麼跟媽媽說？」黃老師有興趣繼續挖掘，他是如何完成人際互動的。

「那我先炒一點點就好了，然後媽媽就給我炒了。」

「就炒好了，ㄨ──」黃老師應著，他繼續往下說：「有一次喔！我自己隨便亂加蛋。」旁邊的學生學著火車叫聲嗚嗚叫。黃老師的眼睛向著其他學生，作出噓聲的動作，說：「噓！他在作嘗試喔。他隨便亂加，但是他在作嘗試喔！昨天有沒有說會做嘗試的小朋友是長大了？」有學生應著：「有。」黃老師的臉上露出很有興趣聽的樣子，提醒全班孩子：「注意聽！」

「結果喔！然後我就這樣，兔──兔──兔──（鏟子的聲音）」她興致高昂地邊說邊做動作。黃老師也跟著她做動作，說著：「兔──兔──兔──」

「結果太大力了，ㄆㄧㄡ！蛋就啪到臉上了。」她做出蛋就啪到臉上的動作，引來大家哄堂大笑。

「真的？」黃老師也跟著做出蛋啪到臉上的動作，邊說邊笑彎了腰。

「還有一點點在臉上，而且媽媽也被燙到了。」聽她這般敘述，大家露出為她擔心的驚訝表情，想知道媽媽會怎麼處置她。

「好高興喔！我的女兒燙到我了！真幸福！」黃老師突然站起來，壓低聲音抱著玩具弟弟，表演著說。

「媽媽說：『你還好嗎？整臉都是蛋餅。』」他的話

倒是讓全班鬆了一口氣。

「都是蛋餅？那個經驗你覺得怎樣？」黃老師延伸著這經驗。

「好痛！」他說。

「好痛，除了痛以外……」

「很好笑！」孩子說。

「很好笑！不敢再做了。」他問著。

「不是！是不敢再做沒有加油的步驟！」她澄清老師的理解說著。

「喔！下一次再炒蛋的時候，你就會先注意到，要在鍋底先加葵花仔油對不對？」黃老師的右手做出倒油的動作，繼續說：「會比上一次更小心了？對不對？」他點點頭，慎重其事地回答著老師。黃老師總結他的生活經驗，問著：「經過那一次的經驗，你有沒有覺得長大了？」她回著：「有。」

「哪方面的長大？」黃老師想知道他的知識歸類系統而問著。

「學習經驗。」他說完，黃老師即刻走向黑板，指著表格重述性地說：「學習和經驗的長大。」他也跟上老師的話，說出：「經驗變多了。」

「經驗變多了。好，我們給他的經驗長大了，畫一條粗線條，讓他和大家都看見自己長大了。」黃老師在「經驗」的格子內畫一條粗粗的橫線，接著問：「還有呢？」她說：「身體。」

「身體長大了？炒菜炒著炒著，我人就長高了？」黃老師故意逗著他說。其他學生也哈哈大笑地對著她逗玩。

「知識、知識!」她急著澄清。

「經過那一次的經驗,妳的身體有沒有長大?」黃老師再一次確認她的概念,她搖搖頭。黃老師把姿勢蹲低,做出炒菜動作,邊說邊問:「我剛開始炒的時候,小小的炒,結果炒完的時候,我人就長高了。」他慢慢站起來問:「有嗎?」她還是搖搖頭。

「所以,我們這裡……」黃老師正在表格上停留,一個孩子突然說:「不加分!」黃老師順著這突發的一聲,說:「我們不加分對不對?那一次的經驗沒有長大,還有哪一些長大?你經過那一次經驗,還有什麼長大?知識有沒有長大?」

「有!」她說。黃老師在確認中,問著:「什麼樣的知識?」

「炒菜時要加沙拉油。」她說。

「炒蛋時要加油。翻面的時候不能太大力。」她敘述得更完整了。

「翻面的時候不能太大力。如果太大力,燙到妳的臉,妳會怎麼樣?」黃老師在「知識的」的格子裡畫一橫線,說:「加一分。」他還問:「你的行為有沒有長大?」他點點頭。他問道:「怎麼長大?」他看著老師沒有回答。他說:「你下一次炒的時候,更注意了。這個行為有沒有長大了?」她點點頭。老師問:「有?」黃老師在「行為」的格子裡也畫一橫線,說:「這裡也加一分。好!你的想法有沒有長大?」她回著:「有。」老師再次探究,問她:「什麼樣的想法?」

「會幫媽媽做家事。」她有信心地對全班說著。

「會幫媽媽做家事。在她的想法裡，會更體貼媽媽了，我們把體貼寫在旁邊。」黃老師露出難得的表情，邊寫邊說：「這個小朋友會體諒媽媽了，她是一個體貼的孩子。你們覺得她是不是一個體貼的孩子？她開始有這個想法。你會開始體貼媽媽了，對不對？」他點點頭。黃老師開始從他的敘述中，一項一項地幫他統整這個經驗庫，問著：「好，還有勒？你會不會更願意做嘗試？」他點頭，說：「會！」黃老師在「想法」的格子裡再畫一條橫線，說：「好，我們今天幫這個小朋友爬樓梯。」黃老師站在成長圖的旁邊，在前四條線的上端，各別寫著：「身體、行為、知識、經驗」，並且在每一類目上放了一支磁鐵小動物，從零分點開始慢慢地往上爬升。

4.

「我們先幫小朋友畫這個成長圖，他的身體有沒有長大？」

「有。」、「沒有。」小朋友習慣的兩種不同意見。

「那一次炒菜的情形有沒有長大？」他問著。

「沒有。」

「行為有沒有長大？」黃老師逐步逐項地問。

「有。」

「好，爬上去，爬到這裡喔！」黃老師把小動物移到超過成長線上面。

「好。」、「不好。」小朋友的聲音此起彼落，又是習慣性的兩派意見。

「可以到這裡？」黃老師徵求孩子們的同意。

「可以。」、「不可以。」、「爬五格就好了。」

「為什麼可以？誰可以告訴我？」黃老師開始在建立孩子們的自我評量標準而問著。

「極限已經超過了。」一位學生說著。

「已經超過了。你的意思是說：『其實她的行為沒有炒的那麼好，沒有炒得像媽媽那麼好？』」他探尋著孩子的看法。

突然小組中有一位學生說：「那五格就好了。」黃老師說：「好，五格就好了。所以，先不要爬這麼高？」這孩子回了：「對。」

「你的行為差不多應該從這裡，把小動物從成長線的底部慢慢往上移，移到一半的位置停下來，」老師看著他說：「到這裡可不可以？」他同意的說：「可以。」黃老師指著格子說：「啊！媽媽的是在這裡」他用手指指著接近成長線的頂部，約五、六格的地方停下來，又問：「啊，做老師的我勒？」一位孩子給予他鼓勵的說出：「應該是最高。」他用手指指著接近成長線的底部，說：「不是，我在這裡面。我在肚子裡面。」

「老師不會炒菜喔？」大伙兒懷疑的問著。他才說：「哈哈！我不太會炒菜。」全班孩子笑得更加開心了，能當面知道老師的缺點是一件樂事呢！

「他笑我，他沒有長大。他笑我，他笑我不會炒菜。」指著第二組的第一位男生，臉上露出憂鬱的樣子說著。一下子班級就恢復正常了，他才說：「好，來，他的知識有沒有長大？」

「有。」

「那差不多長到哪裡呢？」黃老師把小動物慢慢從成長線的底部慢慢往上移動。小朋友的聲音跟著他調整地說：「再下來一點點。」、「再高一點。」當小動物慢慢從成長線的底部移到一半時，他問同學們：「這樣子？」

「這樣比較高。」

「那親親嘴。」把這一條線的小動物和隔壁一樣在一半的小動物親嘴，小朋友們正哈哈大笑著。

「好，他的知識和行為親親嘴了。那經驗有沒有長大？」

「有。」

「差不多長到哪裡？」

「一樣。」、「不能一樣。」、「每次都一樣。」小朋友爭論的聲音，讓黃老師把小動物慢慢從成長線的底部移到線的四分之一處。孩子們急得說：「不要，不要。」黃老師說明著：「他的經驗沒有很多嘛！炒一次而已嘛！對不對？他如果炒十次，我們就升高嘛！對不對？好，來！他的想法有沒有長大，想法？」

「有！有！」

黃老師在第五條成長線上方寫下「想法」後，說：「想法應該爬到哪裡？我們來檢查一下他的想法爬到哪裡？」

「爬十格，爬到愛心（線的頂端）。」

「心裡面長大了，把小動物移到成長線的頂端？」

「不要，太高了。」黃老師把小動物移至低於成長線的底端。

　　「剛剛好。」、「再高一點。」

　　黃老師把小動物停在成長線超過一半一點點的位置：「可不可以接受？」

　　「可以。」

　　「為什麼你可以接受？」他指著玩具哥哥：「你說，玩具爸爸，你說……」

　　「會體貼媽媽。」

　　「那種體貼媽媽，媽媽會不會很舒服？」老師延伸著內容。

　　「不會，因為她被燙到。」有位孩子插著話說。

　　「雖然，媽媽的手被燙到了，很痛。但是她……」黃老師接腔。

　　「她很感動。」另一學生說。

　　「很感動！什麼叫做感動？你說：『她感覺到了，身體就動一動。』」

　　「她女兒會幫她，讓她心裡覺得很舒服。」一位孩子搖著頭，澄清老師的說法。

　　「很溫馨，然後睡覺的時候就這樣子。」黃老師嘴巴往上翹，感覺在生氣。他又換一種表情，說：「還是睡覺的時候，很溫馨是這樣子。」他這次把眼睛閉起來，嘴巴微笑，感覺很快樂的樣子。學生們都搖搖頭。他看著同學們說：「通通都不是，那就不要睡覺。我女兒會體貼我了，不睡覺，在街上亂跑？」教室中又一片笑聲，黃老師說著：「然後到處告訴別人？」他走向其他小朋友，靠近他們說：「我女兒長大了，會體貼我了。你知不知道？我女兒長大了！這樣子喔？」孩子們還是搖搖頭，不給他機

會，他說：「不是喔？」

「很丟臉。」幾個孩子這麼形容。他恍然中說著：「我知道了，你的意思是不是說：『我女兒長大了，唉唷！很丟臉！』」他邊說邊做動作，一個同學回他：「臉被丟掉了。」小朋友哈哈大笑著。他停了一下，讓大家安靜下來，「好，安靜。OK！哎呀！有人要幫我發文章資料。」小朋友紛紛舉手搶著說：「我、我、我！」他探問著一位同學，「你是要讓我再注意你嗎？」、「不是？是純粹想幫忙我嗎？」那孩子急轉彎地說：「對、」

「那你要問：『老師，你現在心情覺得怎麼樣？』」黃老師教他這麼說。他說完後，黃老師轉頭對他故意說：「不好。旁邊涼快去。」

「妹妹妳的牙齒掉下來了。所以，只能到四年級好不好？妳的牙齒長大後是大門牙。」

「門牙兩顆。」、「掉兩顆。」、「老師我要發資料。」

「二年級的小朋友門牙掉兩顆是正常的，我小時候門牙是掉一排。」他說著，表演著拿下口腔裡的牙齒，還裝出一副很神氣的樣子，說：「沒了。全沒了！」

「哇賽！」低年級生就驚訝的笑出聲來。

5.

「現在文章發下去了以後，通通都不可以講話，自己請看一看，那你幫我判斷，這裡面的主角是誰？然後，他有沒有長大？是哪一方面的長大，幫我判斷一下，會判斷

文章的小朋友，會升到……」他指向黑板的成長線。

「六年級。」孩子急著成長地說。

「五年級啦！五年級。」黃老師用商量與堅持的口吻達成這共識。

「五美」、「五美」此起彼落的聲音喊著，「美班」對他們來說是代表不一樣的成績位階，需經過學校的美術測驗、性向測驗才能就讀的班級。

「好，升到五美。來，發資料，然後……」他手上拿起資料，站在第一組前。

「不會的ㄋㄟ？」孩子擔心資料太難，而問著老師。

「不會的，也不會掉下來。因為這個有一點點困難，我們先嘗試看看。好，來！在發文章的時候，要很開心的，很快樂的，然後很快的看文章，但是不是走來走去的，有一個小朋友發資料的時候，太高興了，說：『先給我！先給我！』結果把資料撕破了，馬上掉到媽媽的肚子裡面。」他邊說邊做動作。

「為什麼？」、「為什麼？」孩子的抗議聲響了起來。

「拿個資料也會把它撕破，」他說完，走向第一組，靠近某一個學生的耳朵，壓低聲音問：「好，來，你準備好了沒有？」然後轉向全班問話：「你準備好了沒有？」

「好了。」等到全班同學齊聲說好，他才開始。

「發資料的時候要做到什麼事才是長大？」

「安靜。」、「不要搶。」、「不要撕破。」、「不要太高興。」、「不要太粗魯。」

「不要太高興？」黃老師提高疑惑的聲音，澄清地

說：「要高興啦！動作不要太大。」

「還有一個更重要的，」他強調著說：「你拿到文章會馬上看，好不好？」

「好。」

「先拿到的先看，然後，看完了之後，要想一想，他哪裡長大了？預備，好了嗎？」

「好。」學生的應話，讓他還是再次提醒著：「輕輕的喔！太大聲我馬上收回來。」他先發給第二組，「好，馬上閱讀文章。」一個孩子抱怨著：「他都折到了。」他說：「聽到聲音就沒有長大了，我們看這一組有沒有做得很好？」隨後走向第二組。

「第二組很認真地看文章。」第二組的孩子要求自己的說著。

「他們有沒有做到？有沒有做到？」黃老師問著其他小組來共同檢驗第二組的實際行為表現。

「有。」少數學生回著。

「有！你看，他們現在在做什麼？」他說。

「哇！他們現在一直閱讀，趕快！」他把第二組學生的成長線往上一點一點畫著，說：「先給他們長大一點點。ㄟ，第二組，第二組先不要看，長大一點點了，看看，看看！」他指著剛剛畫的線說。有一個小朋友沒有看老師，黃老師走向他，用手在他眼前空揮了他一下，其他的小朋友哈哈大笑之後，他又說：「長大一點點了，他安靜的在做閱讀了，他長大了。」當他要把資料發給第一組時，有一個學生說：「老師！那不就是四年級下了嗎？」他回答：「四年級一點點，」他變聲回到低年級的聲音

說:「即將要跨出去了，好不好？」接著他把資料發給第
五組、第四組、第三組、最後是第六組，發完後說:「今
天有些小朋友長大得太快了。」

我會啦

媽媽在炒菜
好像　好像
魔術師喔！
讓綠色的葉子
跳上東　跳上南
讓白色的葉梗
跳上西　跳上北
我伸長了手，向媽媽說著:
「我也要變魔術啦！」
媽媽說:
「哎呀！你不會啦！」
我直直地伸長了手
扯著，媽媽的衣袖裡說著:
「我會啦！我會啦！」
我用力　再用力
用力伸長了手
向媽媽說著:
「我會啦！」
「我會啦！」

6.

「看完要先想一想，等一下我會問很多問題喔！」黃老師在小組間巡視著。

「好，1——2——3——」

「坐端正。」孩子跟著說。

「這一篇文章題目叫做什麼？」

「我會啦！」孩子看著文章題目說著。

黃老師在「我長大了」的格子內寫下「我會啦」後說：「好，你看到這三個字『我會啦』，我們來判斷這個主角他想不想長大？」

「請問你們一個問題，這個小朋友他要做什麼事？」黃老師問。

「要煮菜。」、「要炒菜。」

「喔！他要炒菜」他臉上露出恍然大悟的樣子，「從哪裡看得出來？」他低身看著小朋友的文章。

「這裡、這裡。他覺得炒菜很像在變魔術。」

「變魔術？為什麼說像變魔術呢？」

孩子們大聲地說：「把紅變成綠。」

黃老師又突然變成撒嬌的聲音，用手搖晃著學生的頭，「好，來，再下來，這個主角有沒有長大？小組討論，這裡面的主角到底有沒有長大？是哪一方面的長大？」

孩子們的聲音聽得出來是認真地在做小組討論。黃老師在小組間巡視，第五組有一位男生的屁股太翹了，黃老師打了一下他的屁股，幾分鐘後他說：「好，第一組，

我們先聽第一組講，沒有聽別人講話的小組會掉下來！」
他看見玩具哥哥的衣服掉下來，「玩具哥哥你的衣服怎麼
了？你想換衣服？你想換衣服就把它脫掉再穿上。」班上
同學覺得這很好笑，哈哈大笑地聽著老師說：「如果他把
衣服脫起來再穿一件，你會發現一件事。」黃老師指著自
己的衣服表演，「這裡偷偷寫上『我長大了』！」

　　第一組第二位小女生慢慢站起來，老師提醒著：「玩
具哥哥你的耳朵要靠過來。」玩具哥哥的耳朵靠近小女
生，露出要專心聽她說話的姿勢。這小女生才說：「我覺
得那個作者有長大，因為媽媽不要他做，可是他還是想要
幫媽媽。」

　　「喔！所以他的想法裡面有一個『想要』，像我們昨
天講的。」他邊講邊在「想法」的格子裡寫下「嘗試」，繼
續說：「他很想去嘗試，所以，我們可以說他長大了。他很
想嘗試，媽媽不要給他去做沒有關係，他想嘗試，我們說
他長大了，是不是？你的意思是不是這樣子？」他看著小
女生，試著把她的想法說一次，小女生點點頭後，他說：
「嗯，好。」他在「嘗試」的旁邊畫一條橫線，表示這一組
長大了一點點。接著，「好，第二組派代表發表。」

　　第二組第二位小哥哥說：「我們這一組覺得作者『沒
有』長大，因為他媽媽在炒菜，然後他也要玩，他媽媽說
哎呀，你不會啦！他一直拉她媽媽，表示他想要玩。表示
他一直很想要嘗試。」

　　黃老師回到黑板前，指著黑板「嘗試」二字，說：
「一直嘗試，一直嘗試，對不對？所以，你說他『沒有』
長大？」

「因為他玩圍裙。」小哥哥說。

「因為他玩圍裙那個東西，所以你認為他沒有長大。喔，這是幼稚的想法，他可能覺得這個小朋友年紀太小了，玩炒菜的遊戲是很危險的。所以，他很想玩，沒有長大，那個太危險了。」

小哥哥辯解著：「媽媽不讓他玩。」

黃老師的眼睛對著小哥哥講話：「媽媽不讓他玩，那是媽媽沒有長大？還是主角沒有長大？」

「主角沒有長大。因為他沒有想到很危險，所以沒有長大。」

一個小女生卻對這有意見地說：「他怎麼知道文章中的那個他還沒長大？」

「他的問題很好喔！」黃老師對著小哥哥說：「你怎麼知道他還沒長大？搞不好他已經長得很大了。」

「因為他說：『我會啦，我會啦！』表示還沒長大。」小哥哥回答著。但是小女生還是堅持他有長大，因此大家又需要從文章中找出其他的證據來支持彼此的不同看法。

「沒有關係，那你認為還是有長大，好，我們來判斷一下，我們來猜這個主角是幾歲？」黃老師引導著可能的方向，請小組馬上做判斷，開始小組討論。小朋友討論得很熱烈，幾秒後黃老師喊停的時刻，他看著其他學生還沒坐好，有一孩子還跪在桌上講話。他的食指放在嘴上，對著第一組作噓聲狀，然後從背後指著還跪在桌上的學生，意思要其他學生看著他，然後黃老師捉賊似地慢慢靠近他，「ㄟ，先生，先生，回位置了。好，作者寫的主角幾歲？」

「十二歲。」、「十歲。」、「八歲。」

他走向第五組，「八歲。八歲，就已經國小二年級了。」他的左手比著2的數字。

第四組的小朋友說：「十、十一、十二歲。」

「十、十一、十二歲就已經五年級、六年級了。」他轉身面對第四組，「所以你判斷是五年級、六年級，來！」他把麥克風遞給第四組的一位小女生，右手做出繞圓的動作，意思要小朋友注意聽別人說話，「請聽別人說，幾歲都可以，搞不好，他在媽媽的肚子裡呢！」他又說：「他打媽媽的肚子說：『我要炒菜，我要炒菜』，他說是五、六年級，請注意聽他說。」

「因為如果是一、二年級的話，可能會覺得這很危險啊！他可能會覺得不好玩啊！不想要，然後長大就會想說：『長大以後要炒菜，所以想要跟媽媽學啊！』」

「然後，五、六年級的小朋友會不會去扯媽媽的衣服，像這樣子……」黃老師拉著第一組某位小朋友的衣服，邊說邊做扯衣服的動作，「我會啦！我會啦！會不會？會不會？」黃老師徵詢地問著：「那你要不要改變你的判斷？」

第六組的小朋友隨著說：「五歲。那個，他都踮著腳，代表他很矮。」

「ㄟ，這一組有注意到了，他從文章中有看到說，這個主角是怎麼樣踮著腳。這表示他很矮，他很矮，表示他年紀比較小？所以，他是幾歲？你猜……」

小男生說：「五歲。」

「不一定啊！六年級也是有很矮的。」

　　「等一下，等一下，他喊暫停喔！」老師把麥克風遞給玩具哥哥。

　　「如果是一年級他應該不知道，他應該不會懂得要幫媽媽，啊那個四歲、三歲又不懂幫媽媽，所以是五歲。」玩具哥哥一口氣說完。

　　黃老師拿回麥克風，「會拉人家裙子的，然後會講說：『我會啦！我會啦！我會啦！』的，是差不多幾歲的小朋友？」

　　「六歲、幼稚園中班。」小朋友的共識漸漸形成了。

　　「來，我們請一個小朋友講。平常，我請你們講，現在你二年級對不對？你要做一件事情，媽媽跟你說不要，你會不會說：『我會啦！我會啦！』」他邊說邊左右搖擺身體，裝出孩子的樣貌。

　　一群小朋友都說：「會！會！會！會！」

　　「小朋友可以把經驗告訴我嗎？你要去做一件事情，然後媽媽跟你說：『你不要去做，然後你怎麼講？』」黃老師想邀請一個孩子說說自己的經驗。

　　小女生站起來說：「我說我弟弟。他大概六歲，有一次，他……」這小女生現場邊模仿弟弟邊說：「唉呀！那個玩具給你玩，不行啦，放在箱子裡啊，然後我就說：『不行！不行！』然後他就說：『怎樣？』，對啊！我就出去了，他就把箱子打開，全部的東西恰好都掉了下來，啊弄得亂七八糟的。」

　　「喔，也就是說，他根本沒有說：『我會啦』，就直接把東西都翻箱倒櫃？」

　　小女生發覺黃老師沒說出她要表達的意思，又繼續

說：「不是，就是有一個箱子裝著嘛，然後，他就說：
『哼，我自己去弄。』然後我就說：『不行！不行！』」
黃老師把麥克風拿走了，她還是滔滔不絕地講著：「他就
把東西用出來了，我以為他在樓下跟小弟弟玩，結果我進
去房間裡，他到樓上來，把箱子打開，整個玩具啪地就掉
下來了！」

「所以，文章裡面的主角應該要比你的弟弟年紀大還
是小？」

「差不多！」

「喔，你們有沒有發現，這個主角會不會撒嬌？還
是直接發脾氣？你從文章哪裡可以判斷他是撒嬌還是直
接發脾氣？像發脾氣的說：『媽媽你不讓我炒菜，我踢
你。』」第三節課在一片笑聲中下課。

7.

第四節課，他直接拋出了一個問題：「你們認為黃老
師有沒有長大？認為有的請舉手鼓勵我一下？」沒什麼反
應，「沒有！我到現在都還沒有長大？」

「對。」

「那麼等一下你要幫我長大一點點，好不好？」

「好。」

「我昨天就一年級了。」黃老師有點不服氣。學生的
聲音此起彼落，「對啊！你自己選幼稚園的。」黃老師很正
經的在教室中走路，「我自己選擇幼稚園是因為搖屁股的事
情。我在練習，我在做嘗試對不對？所以我還沒嘗試好，我

自己願意在幼稚園，等我做好了，做好以後慢慢的長大一點點好不好？好，現在請你回到文章，什麼叫做文章？」

「這個啊！」孩子拿出文章，有點在暗示他，像患了老年痴呆症一般忘事。

「最後面第三行，我們手指著最後面第三行，好，請你拿出筆來。」當孩子慢慢地拿出筆來，「什麼叫做筆？」有一個孩子拿筆給黃老師看，「你長大了，我看到了。拿出筆，然後拿著筆在你臉上畫一畫。」他把筆靠近學生，孩子轉頭說：「不要。」更有一個學生提醒著全班同學：「老師要畫喔！」

「來，我開始念了，最後第三行，『向著媽媽喊叫』，『喊叫』那兩個字請把它圈起來。」

「喊叫」、「哪裡？」

黃老師把雙手插在胸前，聲音有點變音：「『喊叫』，好，請問你們，作者為什麼用『喊叫』這兩個字？為什麼他不說向著媽媽『說』，向著媽媽『撒嬌』，或者向著媽媽『輕聲地說』，用什麼他要寫向著媽媽『喊叫』？為什麼？請小組討論。」

學生熱烈地小組討論著，他的手指指向第四組舉手的小男生，「好，這個男同學，你是我心目中的小英雄。小英雄來，不要懷疑，你是小英雄！」

「文章裡的這個小朋友，表示有一點點生氣的時候用『喊叫』。」

「『喊叫』是因為他很氣。因為不能炒菜」

「沒了，因為沒了，被他搶走了，那等一下再叫你，還有沒有？有沒有一種可能，有沒有可能他很著急，會不

會？認為會的舉手？」

「他不快一點，如果媽媽炒完，他就沒得炒了。」

「喔，媽媽炒完了，他就沒得炒了，所以他要趕快跟媽媽『喊叫』對不對？好，贊成不贊成他的看法？」

「贊成。」

「所以作者在這個地方用『喊叫』，有沒有特別的意思？」

「有。」

「他暗示了你什麼？暗示這個主角他很著急？然後勒，他有一點點生氣了，再然後呢？他很想表現他怎麼樣？」

「長大了。」

「ㄏㄟ，他能夠長大了，有沒有這種感覺？」

「有啦！一點點。」

「有一點點這種感覺，好。哪一個小朋友可以告訴我，『我會啦』這一篇文章都是在說什麼？」黃老師走向黑板指著『我長大了』，右手畫著大圈圈，「用一句話講出來，好，你！」他指著第四組舉手的小男生。

「我長大了。」

「我長大了，好。還有沒有？好，來，請小組討論三十秒，這篇文章都是在說什麼？」學生熱烈地小組討論，「好，123──」

「坐端正。」

「我先說，我想長大，讓我先說，好不好？」黃老師等小朋友坐好後，卻說著讓他先發表。大部分的小朋友說好，少數人說不好。他為了爭取同意，「不好？好啦！求求你啦！」他開始對全班同學撒嬌。有小朋友說：「那

給我們升到五年級。」他一聽愣住了,「談條件喔?讓我先說,你們就長到五年級喔!給我一個機會會死喔?」他對著昨天親你一個手特別設計的小男生說:「我昨天親你一個,你都不讓我講,你小氣鬼ㄟ!」小男生還了一個人情,讓老師先說:「這一篇文章都是在說我是小英雄。贊成不贊成?」他的兩手舉出大拇指在胸前神氣著。

「不贊成!」、「贊成!」學生大聲地說出兩派意見。

「ㄟ!我是老師ㄟ!你是小朋友ㄟ,你很幼稚ㄟ。那我是老師,文章讀完了,這一篇文章都是在說:『我是小英雄。』喔!老師你講得好棒,給你拍拍手,老師好好喔!我是老師ㄟ,老師知道得很多ㄟ!」黃老師開始使用教師的威嚴說著。

「不贊成!那你要說出證據啊!你沒有證據……」孩子嚷著說,並不服氣。

「我說這篇文章是在說『我是小英雄』,我堅持這個看法。」黃老師再強調一遍。

學生有許多不贊成的意見,「你又沒有證據,你很討厭哪!」

「我有證據。我找給你看『我是小英雄』!」他低頭看著學生的文章。他說:「『好神奇喔!』這表示『我是小英雄』。哈!哈!哈!」黃老師很得意的笑著,還在教室中笑得彎下腰來。

「不是……又不是這樣。」

「贊成我的」黃老師走向黑板,指著學生的成長線,「我會給他長大。這篇文章都是在說『我是小英雄』,你

贊成我的馬上升上五年級。」

　　有許多小朋友紛紛地舉手，「我贊成，我贊成。」學生贊成和不贊成的聲音不相上下，「要——要」、「不要」、「不要」。

　　黃老師看著全班小朋友，在學生的成長線上畫了一線，表示升到五年級，然後笑著對學生說：「耶！成功了，你長大了。」全班突然安靜下來。他又說：「還是不贊成的請舉手，老師我不要長到五年級！」他表現出義憤填膺的表情，「我才不認為是這樣子勒！」許多小朋友勇敢的舉起手來。

　　「ㄟ」，他對著昨天被他親小手的小男生說：「你有時候贊成我，有時候不贊成我，你到底是站在那一邊的？」他拿著寶特瓶作勢開玩笑，想要K他，然後對全班小朋友說：「好，放下，分兩邊喔！你贊成老師的就馬上升到五年級。」黃老師指著剛剛畫的橫線，「你不贊成老師的，就停留在這一邊。」他指著之前畫的橫線，四年級上來一點點，「好！贊成老師的請舉手。」小朋友舉手，黃老師數著舉手的人數一、二、三、四、五、六、七、八、九、十，十個。不贊成的舉手人數有二十個，比較多。他說：「不贊成，不贊成的會停留在四年級喔！」孩子說著：「沒關係、沒關係。」黃老師說服著：「但是你要長大，我幫助你快點長大。」孩子還是不理會他的誘惑，說著：「沒關係！」一副得意洋洋的挑釁對著黃老師神氣。有孩子說出：「老師，小氣，他們只有四年級。」黃老師見機即說：「換一個說法，贊成黃老師的，升到五年級。不贊成我的，降到三年級。」他在學生成長線上畫

一橫線，寫3。

「沒關係」、「又沒關係」。有孩子還是說：「如果他們贊成的話，他們只有四年級而已啊！」

「沒有，他們贊成的話就變成五年級了唷。」黃老師還是這麼誘惑著孩子說話。

「可是他們又沒有這樣說。」孩子開始有些氣話了。黃老師重複著老調：「人家沒有這樣子說，雖然是贊成了，跑到五年級。」這孩子說著：「可是還是四年級。」黃老師見到他的堅持，接腔說：「你是說：『心裡面還是四年級，沒長大。』」

「對。」這下他的心裡好受了，他真正的想法被說出來了。黃老師再澄清一次：「不管別人怎麼說，他心裡面還是四年級，對不對？」他更興奮地說：「對。」

黃老師猶豫了一下說：「那黃老師說：『只要你贊成我，就可以跑到五年級。』然後一直堅持的話勒？」

「你作弊的。」小組中有人推出這新款式的話語。

「那會怎麼樣？」老師問著孩子們。

「四年級。」、「幼稚園大班。」、「托兒所。」、「三年級」。

「托兒所，為什麼？」黃老師見孩子給他的成長評量直線下降而高興地問著。

「因為你一直堅持！」眾多孩子給了他刺激。他走下講台，「繼續下去，我會不會回到媽媽肚子裡？我的想法到底哪裡出錯了？」

當學生笑成一片的時候，他請了一位舉手要發表的孩子站起來等候。黃老師又開始行不由徑的說話了，「好，

我們聽他說，我們聽他說，搞不好，搞不好他說完了，我就，我就回到媽媽的肚子裡了。」他一副哭喪的臉，「但是」，他邊說邊把雙手從胸口往兩邊打開，「我要嘗試，我要勇敢，請說……孩子！」

「你竟然用文章來減我們的……」這孩子沒說完，黃老師緊接地說：「剪你們的頭髮。」他用同音字讓全般學生哈哈大笑，這小女生卻搖搖頭說：「你居然用文章剪掉我們，到三年級，真是太可惡了。」黃老師見他嚴肅、不苟言笑地衝口而出，鬧著說：「我，我長得很可惡喔？」

「因為」這孩子看著文章說：「媽媽你在炒菜好像魔術師，一會兒綠，一會兒紅，很神奇啊！『很神奇』又不是『我是小英雄』。」

「喔！」這聲音表示黃老師聽到了。

他指著同組對面的小女生，一起說：「我們兩個……」他想邀請對面的好朋友一起說，畢竟他們剛才私下談過這話題，比較有信心和老師爭論了。

「好，換妳，趕快把妳的智慧從這裡……」黃老師指著小女生的頭，「拉出來。」對面的小女生沒動靜。他引導著，「妳要說嗎？」對面的小女生還是沒動靜，「哈，沒啦！」他旗開得勝的樣子，面帶微笑地說：「那……這篇文章就是在說『我是小英雄。』」

一說完話，他很激動地瞪著老師說：「不對。」黃老師做出手打××的動作，並舉起左手說，要學生舉手發言，「請舉手，請舉手。」他請剛剛發言的小女生舉手，「妳！」這小女生指著對面的小女生：「她。」黃老師轉向那位女生，指著他說：「好，妳。」小女生起立說：

「老師，你……」黃老師對她示好地說：「妳笑得好可愛喔！」黃老師想要緩和一下大家被老師硬凹的心情，藉機發球說話。

「你居然用升級的方式來威脅我們？」他激動的說著。

「有嗎？我有這樣嗎？」黃老師露出一副無辜的表情。

「有……」大家僵持著。

「我只是堅持我的想法而已啊！難道這樣也有錯嗎？」

「可是他題目是說：『我會啦』！」第四組第一位小女生站著說。這時小組中的義軍突發。黃老師故意把理由說多，把內容說多了，孩子一下子轉不過來統整，就會敗陣下來，他設想著說：「但是我怎麼看，左看右看顛倒過來看，都是在說『我是小英雄』。文章中的『太神奇了，太神奇了』，他說太神奇了，我就想到小英雄啊！我會變小英雄啊！」黃老師的雙手握拳，從胸口打開。學生還是不太同意，有一些聲音在小組中滾燙著。其他學生說：「他又沒說我是小英雄，他是說：『我會啦！』」這小女生沒有說話還生著氣。黃老師指著他說：「妳生氣，表示妳沒有長大。」一位小女生也指著黃老師說：「你賄絡我們全班。」學生聲音此起彼落地說：「在炒菜啊，又沒有說『我是小英雄』……你賄絡我們。」、「對。」黃老師對著公義性的集體聲音說：「賄絡你們全班？好恐怖喔！」他的手做出噓聲狀，「真的啊？不要講，校長會叫我去罰站！」

8.

「好啊！好啊！」剛剛說話的同學們心底好受了，這是正義伸張的時刻。

黃老師指著剛剛那位指出他惡狀的小女生，「我又會賄絡人，又很噁心，還有沒有？」

全班孩子的聲音出來了：「又會威脅全班。」、「又會搖屁股。」、「害我們全班變成三年級。」、「害我們、害我們。」、「裝可愛。」，此起彼落的一次轟炸，全班哄堂大笑著。

「那麼，那麼我都一點沒有優點了，那我今天來……」他低姿態地探尋著孩子們的眼神。

「有一點搞笑。」孩子對著話。

「又有一點搞笑，上課不正經？但是你很喜歡我。」

「沒有。」孩子們故意說。「沒有，騙人。」黃老師側著臉說。有個孩子舉起手來，那像個救生圈浮在黃老師的眼前，他伸手一抓，「我有優點，好，聽他說，聽他說完好不好？」

小女生說：「就是，我看著篇文章是說，小弟弟只是跟媽媽說『我會炒菜啦！我會炒菜啦！』不是說『我是小英雄，我是小英雄』。」同組的第一位小女生跟著說：「對啊！他又沒有說『我是小英雄』，他是不會炒菜啊！」黃老師又掰了一下：「搞不好文章的背後是要說『我是小英雄』！」學生的聲音此起彼落，有一小女生拿起文章的背後說：「背後沒有啊！空白啊！」他跟著問：

「在背後偷看，好，那麼你認為這篇文章都是在說什麼？
告訴我……」這孩子很順暢地回答：「這篇文章都是在
說，他跟他媽媽吵著說：『我想炒菜。』」

　　「喔！這樣子，他要跟媽媽表示什麼？」有一學生
拿起文章，調皮地說：「背後有寫小英雄！」黃老師也跟
著起鬨，「ㄟ，你看，後面有寫小英雄。」其他學生說：
「那是他自己在後面寫的啊！」他正本溯源地回到文章，
問著孩子：「這篇文章、這篇文章都是在說小男孩怎麼
樣？」指著第五組的第一位小女生，小女生說：「證明自
己長大了。」黃老師跟著她的話延續：「他是一直想要
證明……」這小女生把話語補充完整的說：「自己長大
了。」

　　「長大了，很厲害。ㄟ，我想一想，你們講得有沒有
道理，我再看一遍。」他高興地從學生桌上拿起文章，看
了數秒後說：「哎呀！糟糕了，糟糕了！」他跑到自己的
成長線旁邊，「我當老師的，居然把文章讀錯了，那我應
該跑到哪裡呢？」

　　「肚子裡面。」學生像打擊惡棍一般，把黃老師就地
正法的樂。

　　他把自己的成長線畫到媽媽的肚子裡，「原來我文
章判斷錯誤了，我跑到肚子裡面，那麼你沒有讓黃老師騙
了，我賄絡你，你沒有接受，你可以跑到幾年級？」

　　「六年級。」、「五年級。」、「三年級。」

　　「我們班上的學生直接升到五年級。」他在學生的成
長線上往上畫一橫，並且在旁邊寫5，代表五年級，「這個
五年級是表示你，你會做判斷。」他在5的旁邊寫下判斷，

「你沒有被賄絡了」，他跑到黑板『知識的』格子旁，問著：「你的這裡有沒有長大？」

「有。」學生很用力地說。

黃老師在格子裡連勾五個勾勾，每勾一個，就說：「長大、長大、長大，很厲害喔！結果你們沒有被我騙了，好厲害。」，他又說：「好，來，你們同意這篇文章都是在說：『這個小朋友他急著想長大是不是？』」

「對。」

「好，請問你第二個問題，長大……」他停頓了數秒。一個有學生就問老師：「長大有什麼好處呢？」他轉向第四組問：「第四組，好，一個人想長大時要不要等一下？」

「要！」、「要！」

「要不要慢慢等？」黃老師拖長著聲音。

「要，要，要！」、「要有耐心。」、「要有毅力。」、「要有智慧。」、「老師，要有知識、要有毅力。」他走向第二組，第二組說：「意志力。」

「好，你有沒有想做一件事情，但是爸爸、媽媽說你還不可以這麼做？」

「有。」

「比如說什麼事情？說出來告訴我們！」

「網咖。」

黃老師問全班的孩子：「網咖？為什麼他說不行？你還沒長大，是嗎？」

「會影響功課。」、「會被騙走。」

「你回去，回去就跟媽媽說，跟爸爸說：『爸爸，我

長大了，你都不相信我。』」

「未滿十八歲不能進去，ㄏㄟ啊！」一個孩子指正黃老師的社會經驗。

「喔，這樣子喔，因為還沒有長到這麼大？所以，媽媽說不行，在這時候你要不要耐心的等一等？」黃老師邊說邊在黑板上寫著『等待』兩個字，「長大的孩子會不會等待？」

「會，會。」

「會，好！」他指著『等待』兩字，「我們這個部分先保留，接下來要發另外一篇文章，這篇很好玩，『猴子的文章』，猴子的，好，把『我會啦』文章先收起來。1、2、3——」

「坐端正！」還是有很多小朋友講話。黃老師拿起粉筆，走近學生的成長線，小朋友似乎意識到自己要被降級，激動地說：「No！No！No！」

黃老師爭說：「Yes！Yes！Yes！」小朋友激動地說：「No！No！No！」

「Keep Your mouse.」他的粉筆仍然指著降級的位置。

「No！No！No！」小朋友激動地說。

「You're stupid.」黃老師放下粉筆，準備發資料。

「老師，你的英文好差喔！」有小朋友說。

「I don't know your mean , Please say again .」他微笑著舉手請孩子們安靜，「來，發文章的時候請保持安靜！」孩子們合作著，他才說：「ㄟ，沒有掉下來喔！你還在五年級喔！」

有學生說：「老師，請講英文。我只是神氣一下而

已。剩下的英文我通通不會了。」他邊說邊發下文章，邊笑著自己只會一、二句英文句子，拿來唬孩子，一下子就穿幫了。

9.

猴子救魚的命

（節自：鳥之歌，新雨出版社，1999年1月初版。）

「你到底在做什麼？」我對猴子說，因為我看到牠從水中撈起一條魚，然後把魚放在一棵樹上。

「我要救牠一命，讓牠不致溺死，」猴子回答。

「這篇文章是我最喜歡的，你們現在要看的是『猴子救你的命』，看完了沒？」

「老師，看完了。」

黃老師走到講台拿水喝，說：「看完了，想一想，這個猴子真的長大了，好厲害喔！」

學生聲音此起彼落，「牠害死了魚……」

「沒有，那條魚很高興ㄟ，他看到猴子很高興ㄟ，你都不知道牠好熱喔！好，請小組討論，這隻猴子到底有沒有長大？」

學生熱列地小組討論，「好，123」、「坐端正」。

「來！」，他請第四組的小男生，「你對這隻猴子的感覺怎樣？」

「沒有好印象。

「因為……」這孩子還在思考時，黃老師即打斷他的話說：「因為牠的屁股是白色的不是紅色的？」其他的孩子哈哈大笑聽著老師胡鬧，這孩子一回神，「因為魚本來在水裡游，牠就把魚撈到樹上，魚就死了。」

「牠做一種嘗試，搞不好這種嘗試，這條魚都在水裡游，把牠抓到樹上去，如果牠在樹上跳來跳去的話，牠就嘗試成功了ㄟ！」他愈來愈特意和孩子們唱反調。孩子也能答上：「他沒有試對。」黃老師接下去說：「但是牠還沒有學到，牠要上去跳一跳就會試對了，你們認為，老師的看法可不可以被你接受？」

「不能。」、「不能。」

「這隻猴子要做一種嘗試，我猜的啊，」黃老師走近黑板，「猴子想要做一種嘗試，所以牠長大了。」

學生的聲音交雜著：「錯，老師錯，嘗試錯誤……」、「動物沒有智慧啊！」

他指著第五組舉手的小女生，「你怎麼知道動物沒有智慧？」他說：「老師教過了。」，黃老師一臉三條線，「老師有說動物沒有智慧喔？」學生的聲音也故意和老師唱不一樣的調子：「對啊！」

「搞不好那隻猴子是醫生，牠知道魚有病，要抓到樹上，然後在那邊跳，以後就會變成一隻猴子魚。」學生更是哈哈大笑著。黃老師說著：「請你們幫我判斷，這隻猴子到底有沒有長大？有沒有可能？」

「不可能。」、「沒有。」

「從另外一個看法，可不可能長大？」

「不可能。」、「不可能。」、「不可能。」

「請你舉出證據來告訴我。」他舉起左手，表示有學生要舉手發言，「猴子為什麼沒有長大？請舉手！」舉手的小朋友不多，「哈！哈！哈！哈！說不出來了，哈！哈！你已經沒有辦法判斷了，哈！哈！猴子到底有沒有長大？」黃老師激將著孩子們。

孩子們齊聲地說：「沒有！」

「從哪一方面？」黃老師的手指著黑板的「身體」、「行為」、「知識」、「經驗」、「想法」五個類目問。

「行為！」他捉緊問題提問：「是什麼樣的行為，讓你認為沒有長大？」

「知識。」有小朋友說。他還是捉緊問題提問：「牠的什麼知識沒有長大？來，請舉手，好。」他指著第三組舉手的小朋友。孩子說：「因為牠是水生動物啊，牠用陸上動物的生活方式判斷。」黃老師說：「所以，是不適合的。所以，這隻猴子沒有長大？」另外一個孩子卻有不同意見：「有，有長大一點點」，只是他不知道這隻猴子的知識怎麼樣。老師說：「猴子沒有讀自然科，牠的自然零分，牠不知道。」很多小朋友都說：「牠沒有經驗。」

「喔！」他指著黑板上『經驗的』格子，「牠沒有經驗，所以牠沒有長大！還有，牠的行為」，他指著第四組的學生，「猴子的行為有沒有長大？」

「沒有。」

「為什麼？」

「牠把魚放在樹上。」

「牠把魚放在樹上，是什麼樣的行為？」

「欺負小動物！」

「猴子牠好心啊！牠好心算不算長大了？」他指著第四組舉手的小女生問。

學生的聲音此起彼落：「一點點，可是魚溺死了。」

他在「想法」的格子內寫下「好心」，「可是猴子好心乀，牠為牠設想勒！」學生小組中也出現附議的聲音，「牠怕牠溺死。」

「牠怕牠溺死，趕快救牠勒！還在思考，還在思考喔，好，來，誰告訴我，這隻猴子這麼好心，為魚設想，從樹上下來，抱到樹上，為了救牠，算不算長大了？」他走進第二組，這小男生沒有說話。

「不算。」、「算。」、「一點點。」

有學生說，「猴子也會溺死啊！」

「因為魚是在水裡面的，猴子為牠設想是錯誤的、對魚是不利的。牠沒有了解牠啊！」

「喔，牠沒有了解牠，所以，還沒有長大，那麼如果，如果這隻猴子是了解魚的」，老師邊說邊在「好心」的下方，寫下「了解」兩個字，「那算不算長大了？」

「算。會了解別人的，算長大了？」

「是在哪一格？知識、經驗、想法、行為？」

「想法。」他指著『想法』的格子，「放在這裡？會了解別人的，算是長大了？」

「想法，牠知道牠需要什麼？」小朋友說。

第四組舉手的小女生說：「算。」

「因為牠知道牠需要什麼，所以，牠更體貼了，牠如果了解牠，算不算長大了？」老師邊說邊比出高低的動

作，「長大了要算很高還是很低？」

「很高！」

「牠的好心，我們給牠打幾分？1到10分打幾分？」

學生的聲音此起彼落：「5分、6分、8分------」

「好，牠的好心，我們先給他打幾分？10分、10分、10分。」

「喔！不要！」

「但是牠不了解魚，打幾分？」

「1.5分。」黃老師在「了解」的旁邊寫上1.5分，「他不了解魚，0分，還有勒，他的行為勒？牠的行為對這隻魚來講怎樣？」

「不利。」黃老師說：「不利的，又害了這隻魚對不對？幾分？」

「0分。」老師在「行為」的格子裡寫0分，不小心撞到電視機下的機器。學生哈哈大笑著。他摸摸自己的頭，然後指著機器說：「它有沒有長大？」黃老師打了機器一下，「它有沒有為我設想？它有沒有了解我？」

「沒有！」學生齊聲地說。

「我會不會討厭它？」

「會，老師你長太高了」、「那是說我不能怪它囉」、「要怪自己囉」、「因為我長太高了？」

小組中蹦出一個聲音，有人說：「沒有人錯。」

「沒有人錯，為什麼？」他指第五組的某位小女生。

「因為電視不能擺太高啊，擺太高會撞到電燈，還有你長高又不是你自己要長得那麼高的。」

「所以不要怪他也不要怪自己，當做發生一件可愛的

事就好了。」黃老師說。

「好，讓我想一想，你告訴我這個道理我終於懂了，我算不算長大？」

很多小朋友說：「有。」

「那我可以？」

學生的聲音贊成著他：「升三年級。」走進自己的成長線，畫上升到三年級。

「剛才你們告訴我道理，我想，嗯，我不怪它了！」黃老師原諒了電視機也原諒了自己。

有學生說：「是我們告訴你的！」

「你如果升到六年級就下課了！」

「老師快下課了啊！」剛好鐘聲響了，「要下課了，好，我請問你，請問你一個問題，下一節要不要繼續？」

「要！」似乎要的人比較多。贊成「要」的人多了許多。

「老師，到這裡就好了，我們已經長大了，可以了，我自己長大！」黃老師模仿著孩子的話自己說。有學生說：「要下課了。」

「今天你們已經可以升到六年級，因為你們已經會做判斷了。」他把成長線旁的『判斷』畫起來，「對，老師最佩服你們的是小朋友會做判斷，會根據道理做判斷，所以，我認為你們可以長到六年級了。一個人長大的時候，跟他的年紀有沒有關係？」

學生沒有回答，「跟什麼有關係？」

「行為。」、「智慧。」、「知識。」、「想法。」、「經驗。」

「如果他會願意常常調整自己，他是不是一直在長大？」

「對！」

「你今天長到幾年級？」

「六年級、五年級、高中。」

「好，我贊成你們長到六年級，今天，謝謝各位小朋友，你有沒有教黃老師很多東西？」黃老師強調著教學相長。教學、學習、發展是雙向的實務成長經驗。

「有。」

「我的想法有時候是亂想的，結果，誰告訴我的？」

「我們。」

「那到底誰比較厲害？」

「我們都很厲害。」

「好，我們兩個都很厲害，好，謝謝你，下課──」

「謝謝老師！」

10.

見到累世浪漫的影像，由此道路學會情感上的慈悲。

（白佛言）

蔡詩修花了幾天時間細細閱讀「我長大了」的教學實錄稿，他看見回憶中最實際的班級影像，他看見老師在班上的教學走動。他想著：「對待二年級的孩子都要這樣子，一步一步慢工出細活地引導，對待我們的一定有老師的堅持和想法，當一位小學老師真是不容易啊！」

那幾個星期，蔡詩修想著「海岸咖啡館相聚的白色小屋」，白色小屋是六年四班的共同回憶，晚間十一點，家長陸陸續續來接走同學，一個接著一個，同學們背後的身影讓他印象深刻。他傳回該給老師的畢業成長日記E-mail：

那天，在海岸

　　柏拉圖的永恆香濃咖啡廳裡，一個個能平靜聒噪心靈的優美音符，輕輕的透著有墨綠色流利曲線構成的風扇，和著復古的微風，悠揚環繞在四周。暖色燈光，伴隨旋律形成如月光般，溫柔的曲調。

　　眼神，專注在盛滿淡黃色花茶的玻璃杯順著杯頸緩緩流下來的透明小水珠，注視著，淡色的吸管，上面有著一顆心，那香氣四益的茶兒，名為真愛花語，是否，我開始尋找我的真愛？是否，我在探索夢幻的花語世界？來回裹著清透茶水裡的小湯匙，像裹著腦裡千千萬萬的思緒，裹著裹著，已把頭兒拖在手肘上，如同這純白的木桌，一片空白。長相清新的女服務生，柔聲的問候，和一抹溫暖而親切的微笑，讓心暖了起來，仔細一瞧，角落那消瘦卻和藹的微笑，像極了淺意識裡的那個身影，永遠支持我的那個人！

　　歡笑聲，傳自隔壁桌那些正打著牌的男孩，與窗台前悠悠談心的女孩們，避離人群，我漸漸邁向白色柱體所圍成的拱門，外面閃耀著不同剛才的陽光，更加的溫暖且燦爛了。用手擋住刺眼的光芒後，將眼慢慢張開，見到的，是一座寬大空曠的白色半圓形平台，天空，是萬里無雲，

晴朗得使人心情好不愉快的晴朗，煩惱全部一掃而空，愉
悅的擁抱照亮這片大地的太陽，用力呼吸新鮮的空氣之
間，卻在空氣中發現了海水的鹹味和海洋的氣息、聲音，
帶著自然反應著的興奮，立即向前眺望著風景，看尋著藍
色海的蹤跡。目光在還沒有找到蹤跡前，停留在低處的白
色平房身上，櫛比鱗次又高低有所起伏的佇立在金黃色海
灘邊，看到了！望見了那蔚藍的海，一望無際的延伸到世
界的地平線，也連接到另一個未知名的世界，只是一味的
奔向那裡，只是踏在溫熱的沙堆中，或感受海水經過腳邊
的清涼，穿過腳指的觸感，只是望了一眼眼前真實的景
色，就不能自己。

　　沙沙海浪聲，席捲而來的是一個精緻的心型琉璃空
瓶，裡面還裝有水藍色的信紙，這就是所謂的瓶中信吧？
打開它，發現瓶裡裝的是一種堅定的信念，叫做柏拉圖的
永恆，或許，這是個傳說，但是，它帶著我，走過了你們
所發生的情節，只相信著眼前所看到的，是的，我見證了
你們的愛情，雖然，它已不在，但它的美麗卻也在此刻，
和這片蔚藍海融在一塊，我們稱它為──愛琴海！就這樣，
讓長髮飄逸在風中，讓心跟著這海洋戀曲一起開始、結
束，漸漸，黃昏的到來，讓雙腳不聽使喚的走去，離開這
片屬於戀人的藍色愛琴海，還有著不捨……在一個踏步
後，遠方海洋的氣息消失在天際，再從夢幻的白色拱門望
去，耀眼的陽光已不在，又是另一片不同的景色，一片漆
暗的柔美夜景。

　　而咖啡廳裡的人們，卻還是依舊做著他們的事，彷
佛一切都沒發生過，我靜靜坐著，望著窗外一閃一閃的燈

光，像霓虹一般唯美，被愛神維納斯庇護的舞池又傳來足以炒熱氣氛的音樂，輕柔的絲質窗簾模糊了我的視線，突然的一隻大手從我眼前掠過，沒錯，我收到了一張邀請函，卻來不及回應，就已來到月兒高掛中央的舞池，不同於白色拱門的是，我從透明玻璃窗台越過，在邱比特微妙的奏樂下翩翩起舞，忘情的舞動著靈活的雙腳，一首接著一首的曲子，一段又一段的心情演變，化成了一個個震人心旋的動作，不知不覺，成為了這場奇幻舞會的焦點，享受著人們如雷貫耳的掌聲。

　　落幕後，我又回到了那原點，那個寧靜咖啡廳裡，再凝望一眼窗外的景色，又是一片沉寂，彷彿一切都不存在過，但，這裡的溫暖感覺與歡樂的笑聲，能否就這樣一直都不變？就像柏拉圖的永恆一樣，這裡，是一切的起始，只是結局，還未完成，留下的只有在背後支撐我走下去的美好憶景。

森林，誰在哭泣

天色接近夜之晚時，
那成堆成群的燕兒，
正翱翔在深遠天際，
是在傳達什麼嗎？

毫無目的地，
只管往前走，
微香的芬多精呀！

微微散發在談吐之間，
在高可參天的林子裡，
探索著一幕幕優美景色。

輕盈小巧的精靈呀
是不是在指引我的路？
看著你在寧靜的湖面翩翩起舞，
可那配樂怎麼那麼地感傷？
眼神　空洞了……
只是不知道，
樂音從何而來？

紫霧，
濃得化不開來，
模糊了眼框，
漸漸地把眼淚　出來，
聞不到花兒的香氣，
也無法感受花兒心情。

森之林呀！
你是否很傷悲？
森之林呀！
你是否在嘆息？

若是被美麗咸豐草兒的刺螫疼了，
若是你的葉片枯萎了。

從水的倒影看去，
才看清，
是誰在　哭泣

天空

藍藍的天，白白的雲，
暖暖的心，微微的笑。

萬里無雲的 天空，
像萬里無雲的你。

擁有了獨一無二的你，
就好像擁有了這一片，
寬廣無垠的──天空。

11.

　　畢業典禮當天早上，老師別上粉紅色蘭花編織的胸花，黃老師發給大家「畢業班導師時間」一篇文稿，讓孩子帶著離開校園。

　　如果說今天要說的話是重要的，那我寧可勇敢地說出：「我愛你。」
　　我愛你的苦惱，正如同你愛我的苦惱一樣多。如果說我們之間有什麼相像的地方，那就是我們彼此相愛，用一種相反的方向來愛對方。

明知道我討厭你不寫功課，你卻明知故犯，因為你要告訴我：「老師！你要注意我！」這是為什麼？難道對於在乎的人，你就要給他出狀況？練練他的喉嚨、練練他的氣管、練練他的聲音、練練他的機智能力，看看他如何在剎那間表現KONIKA相片的廣告詞：「你抓得住我！」

你也知道我會故意裝出和藹可親的神情說出：「小心我要你抄一遍國語課本，第四課愛的教育。」你知道我的千方百計都是為了你嗎？當老師的我，心裡頭被你激得又氣又好笑，既心疼又釋懷地對自己說：「我也不是省油的燈！」

你知道嗎？抓得住一個人和被一個人抓得住，同樣地幸福。

我們都一樣，相愛。你會抖出我的糗事，讓這一份快樂穿插在你們四周說閒話、話家常；而我也一樣，我也會抖出一些你的糗事，讓這一份快樂在老師們中間表演、迴盪。

「孩子！我愛你。」我們彼此相愛，我們終於找到一種相同的方向來愛對方。

你畢業了，我解脫了。你長大了，我自由了。你今天終於離開校門了，我勇敢地哭出來。

愛你，原來是要用許多眼淚來鋪陳。我的孩子！

愛你，原來是要用許多思念來表現，思念你的動感笑話、思念你的陰謀詭計、思念你的可愛和體貼入微。

愛你，原來是要用許多詭計多端來取悅你，用許多細細思量來傳達給你。

你對我的，正如同我對你的，我們的愛一模一樣，所以我們成為「朋友！」。「孩子！我愛你。」謝謝你讓

我回到愛做夢的少年時光，我們這樣年輕過，這是一個祕密。

所謂「祕密」就是不要到處告訴別人——「我愛你！」你知道就好，把「我愛著你」的這一些難能可貴，像許願瓶一樣，放在「你、我」的心裡位置，然後……你一定會讓自己學習到更多的學習面貌。然後……你要快樂。然後……我祝福你，如願望一樣有朝氣、有活力，是一顆東大附小的小太陽！把愛傳出去……。

典禮上，蔡詩修朗誦著畢業生致答詞：

我想：先生，我們可以一起唱首歌

夏天，夏天，這一段美好的夏天，
這一段美好的幾分鐘。我走向窗邊，
放低聲音說：「我們還見面嗎？」

讓我們同在一起的鏡頭有個收藏櫃，
藏在那裡頭的國語、數學，社會、自然，
藝術與人文、健康與體育，鄉土語言、
英文與眾多笑容併貼的生活NG畫面。
啊！這上課、下課，這上學、放學，這此在的生活NG，
我們記得老師和學生，我們年少一樣，看我：年少如你。
都是小孩子，都是小孩子！
看我笑得這麼開心，看我的淚中有你，
播放的生活NG畫面，我學會不再喊：「卡！」

我習慣笑得這麼開心，NG是自然的，
再來上演一次開心，看你笑得這麼開心。

夏天之後的幾分鐘，
我又會想著：這一段美好的夏天。
我將你放在心中，也在這一天將你放在世界的中心，
我把這樣花開、花落的季節放入想念。

畢業：我們開始被歡迎來到
這個人生辭源，尋找「永遠」這般字詞⋯⋯

畢業，我想：先生，我們可以一起唱首歌。

　　隔了一天，畢業的溫度下降了。黃老師還在導師室工作，往常的習慣，往常的黑咖啡，蔡詩修、張德洲、鄭品清、陳芭麗、林宜思、解璐樺、黎翌誠相邀來到教室看老師，他們都說：「別忘了教學河戀⋯⋯」這是一種約定。他們在桌上看見國立台東大學附小附幼九四級幼稚園畢業生師長的祝福和下一年年段教學計劃檔案：

　　各位畢業的小小小朋友，這是一份你⋯⋯大大大的禮物。
　　你帶給我們的留在校園的小角落裡，
　　別忘了⋯⋯你也複製一份，
　　帶在身上，走向每一個地方⋯⋯

　　第一個小禮（忘憂草）你一向忘記煩惱，記得快樂的笑容，謝謝你告訴我。

　　第二個小禮（藍色的天空）天空是藍色的畫布，這會讓我們的想像力無拘無束地，變化出許多可能，你在告訴我們生活藝術家是這樣的。

　　第三個小禮（白白的雲朵）一片雲朵飄過，就會讓我們想起你的一件小趣事。你真是神奇的開心果。

　　第四個小禮（小書包）背著小書包，那裡頭有許多夢想和玩具，學習真好玩，像遊戲。

　　第五個小禮（一道彩虹）看到彩虹就知道很驚訝的歡呼！因為你是七彩神仙，所有人都看見快樂的光芒。

　　第六個小禮（一棵小樹）你用年輪當記事本，記下你的每一年，我們愛看你的紋路，你長成一棵大樹後，我們真涼爽。

　　謝謝你帶給我們的六個禮物，像溜溜球、溜滑梯，留在校園的小角落裡，別忘了……你也複製一份。帶在身上，你就畢業了……。

12.

　　這是下一屆高年級生學群老師們的計劃檔案，楊老師的提議讓學群老師討論著，在學校的一個角落放上一個裝置藝術，邀請校內藝術與人文老師共同規劃設計「六月夢」藝術主題。一個生鏽的菱形裝置藝術上面陰雕著「六月夢」三個字，每個孩子都有一個小小的「許願瓶」，裡頭寫著三年後的夢想小字條裝入瓶內，標上自己的名字，一個班級一個塑膠置物盒，裡頭收集班上

的許願瓶，有一個開幕式典禮，大家朗誦「六月夢」之詩，唱著周杰倫的一首歌「蝸牛」，「我要一步一步往上爬」的副歌深印在大家的意象中，大家約定三年後的國中畢業典禮之後，我們再次回到校園，打開自己的許願瓶，看看自己小時候的「夢想」。

六月夢

有這麼一天我會放開自己，去飛翔；像五月雨季裡的天空，呢喃的燕子在校園穿梭自己的生活記事。

我也一樣自然，自然地有許多故事，像御風而行的姿態。

我會順著盤旋在空間裡的氣流，滑行我展開的翅膀。

有人說：「這是一個夢！」

我說：「唯一能帶著走的能力是一份感覺！」

感覺是從行走夢想開始的！我願意有夢，像現在透明、清澈、看得見的許願瓶，我放入一份自己看得見的心靈文件，一句話、一段文字、一張試卷紙、一份和好朋友放在一起的永遠、一些我自己喜歡的紀念，記得與念念不忘的小學六年回憶。

這一天，六月夢。六月是個種子成熟的季節，四月是花季，六月是蟬聲的鳴唱走向七月的奔放。這一些都聽得見、看得到。

校門旁的紫葳科火焰木經過大自然的成長儀式，就在六月風來的日子，用一個個聲音打開寶藏般的核果，我看見天空中雪花一般的飛舞，明透的羽翼帶著一顆心形的種子，陽光照見它的光彩，像一顆希望。

　　我看見楓樹的手裡還拿著許許多多的綠色棒棒糖，它的少年成長禮就是思念，思念這一天，屬於六月的夢。

　　黃老師寫著「騎士般的形象」，影印了三十六張，這是三年後要給每一個孩子的話語和對這一群孩子生命的期許。他貼上封條、蓋上自己的手印，告訴孩子：「三年後，老師想說的就在這一篇文章裡，慢慢閱讀……。如果你在附小校園見到這裝置藝術，那代表我們這一群人的夢。」

騎士般的形象

　　與其作為一個人，不如作為一種美，一種手藝的美，像神聖的鳥之翅膀，為了羽毛和陽光，所以有了四季騎士般的形象。

　　春天活過來了，嫩芽便是從深種的眼神與盼望的心目中伸出敬禮的名字。夏天是一座小島，詩人揣摩的所有思想，當日記與格外直入靈魂的海洋湧動簡潔的浪濤時，品格就是一種垂直的聲音，像女人的殷殷虛構擁有整個大地一般，一切生活都將母性化，像詩人的詞與詞乳化的嬰兒。

　　秋天把美麗的年鑑都鋪陳在斑黃、粉紅的質感之中，落葉的接縫只面對自己歌唱，來了同伴還會有同伴，一同墜入眼睛的詞句，黃昏只會更加柔軟；海，倒入顏料的美學基礎，渲染。上帝是一位詩人，祂首先在季節上的是一位詩人，從清晨五點鐘方向彎曲的生命，世界伸出一片新約的草原，讓冬眠在我的掌心神話，像線條的音調唱出彼岸。

　　冬天的雙唇保證用上帝的構思隱祕在這小島的每一條
河流，我的母親卑南之溪的青春。天空出現甜蜜的銀白色，
我知道六十歲的手掌唯一存在的真理是一片蔚藍的天空。

　　畫下一筆詞句……在一個明透的許願瓶中，沒有放進
任何文稿與物件，忘卻是奇蹟般的自由氣息。我滴上紅色
的蠟油封印，蓋上月亮金色的拇指渦紋。

　　畢業前，黃老師任教高雄的學生塩澤香織已三十一歲了，他
嫁到日本，在那開音樂教室，這是他喜愛的生活方式。

　　那一天他從日本來到附小，坐在教室後面看著他的黃老師上
課，小時候有許多記憶，每一片楓葉深紅的葉脈紋理，都是一股
人文溫暖的回憶。

　　離開後，他給了黃老師一封簡訊：「老師：見到你真的好
開心！謝謝老師總是鼓勵我，給我能量，給我信心，也希望老師
每天快樂，和女朋友永遠甜蜜美滿！下次再去老師的『別墅』泡
茶。香織。」

　　「香織：心在飛，清淨、清朗、清楚，所有的一切如微風走
入你的心內──『舒坦』！『老』師。」黃老師真正開心的是，
他愛著這一群一群的孩子，孩子長大了。

鵝毛筆

如果你是一隻鳥，
我拾起一片你落下的羽毛，
讓我記得……
飛翔。我的節日。

國家圖書館出版品預行編目

教學河戀：教室小說工房 / 白佛言著. -- 一
版. -- 臺北市：秀威資訊科技, 2010. 05
　　面；　公分. --（語言文學類；PG0363）

BOD版
ISBN 978-986-221-454-1（平裝）

859.6　　　　　　　　　　　　99006498

語言文學類　PG0363

教學河戀 —— 教室小說工房

作　　　　者 / 白佛言
發　行　　人 / 宋政坤
執　行　編　輯 / 詹靚秋
圖　文　排　版 / 張慧雯
封　面　設　計 / 蕭玉蘋
數　位　轉　譯 / 徐真玉　沈裕閔
圖　書　銷　售 / 林怡君
法　律　顧　問 / 毛國樑　律師
出　版　印　製 / 秀威資訊科技股份有限公司
　　　　　　　　台北市內湖區瑞光路583巷25號1樓
　　　　　　　　電話：02-2657-9211　　傳真：02-2657-9106
　　　　　　　　E-mail：service@showwe.com.tw
經　　銷　　商 / 紅螞蟻圖書有限公司
　　　　　　　　台北市內湖區舊宗路二段121巷28、32號4樓
　　　　　　　　電話：02-2795-3656　　傳真：02-2795-4100
　　　　　　　　http://www.e-redant.com

2010 年 5 月　BOD 一版
定價：480 元

讀　者　回　函　卡

感謝您購買本書，為提升服務品質，煩請填寫以下問卷，收到您的寶貴意見後，我們會仔細收藏記錄並回贈紀念品，謝謝！

1. 您購買的書名：＿＿＿＿＿＿＿＿＿＿＿＿＿＿＿＿＿

2. 您從何得知本書的消息？

　　□網路書店　□部落格　□資料庫搜尋　□書訊　□電子報　□書店

　　□平面媒體　□　朋友推薦　□網站推薦　□其他＿＿＿＿＿＿

3. 您對本書的評價：(請填代號　1.非常滿意 2.滿意 3.尚可 4.再改進)

　　封面設計＿＿　版面編排＿＿　內容＿＿　文/譯筆＿＿　價格＿＿

4. 讀完書後您覺得：

　　□很有收獲　□有收獲　□收獲不多　□沒收獲

5. 您會推薦本書給朋友嗎？

　　□會　□不會，為什麼？＿＿＿＿＿＿＿＿＿＿＿＿＿＿＿＿

6. 其他寶貴的意見：＿＿＿＿＿＿＿＿＿＿＿＿＿＿＿＿

＿＿＿＿＿＿＿＿＿＿＿＿＿＿＿＿＿＿＿＿＿＿＿＿＿

＿＿＿＿＿＿＿＿＿＿＿＿＿＿＿＿＿＿＿＿＿＿＿＿＿

＿＿＿＿＿＿＿＿＿＿＿＿＿＿＿＿＿＿＿＿＿＿＿＿＿

讀者基本資料

姓名：＿＿＿＿＿＿＿＿＿＿　年齡：＿＿＿＿　性別：□女 □男

聯絡電話：＿＿＿＿＿＿＿＿　E-mail：＿＿＿＿＿＿＿＿＿＿

地址：＿＿＿＿＿＿＿＿＿＿＿＿＿＿＿＿＿＿＿＿＿＿

學歷：□高中(含)以下　　□高中　□專科學校　□大學

　　　□研究所(含)以上 □其他＿＿＿＿＿＿＿＿

職業：□製造業 □金融業 □資訊業 □軍警 □傳播業 □自由業

　　　□服務業 □公務員 □教職　□學生 □其他＿＿＿＿＿

To：114

台北市內湖區瑞光路 583 巷 25 號 1 樓

秀威資訊科技股份有限公司　　　收

寄件人姓名：

寄件人地址：□□□

- -

(請沿線對摺寄回,謝謝!)

秀威與 BOD

BOD（Books On Demand）是數位出版的大趨勢，秀威資訊率先運用 POD 數位印刷設備來生產書籍，並提供作者全程數位出版服務，致使書籍產銷零庫存，知識傳承不絕版，目前已開闢以下書系：

一、BOD 學術著作—專業論述的閱讀延伸
二、BOD 個人著作—分享生命的心路歷程
三、BOD 旅遊著作—個人深度旅遊文學創作
四、BOD 大陸學者—大陸專業學者學術出版
五、POD 獨家經銷—數位產製的代發行書籍

BOD 秀威網路書店：www.showwe.com.tw
政府出版品網路書店：www.govbooks.com.tw

永不絕版的故事・自己寫・永不休止的音符・自己唱